# 牙のある時間

佐々木 譲

ハルキ文庫



角川春樹事務所

目次

# 第一部

ものごとがいったん荒々しい結末を迎えた日のことを、いまでもよく覚えている。

わたしがはじめて体験することになる北海道の冬の、その初めのことだった。十一月も末という時期で、その地方一帯の田園風景からはすっかり色彩が失《う》せていた。牧草地はすでに薄く雪におおわれ、北西から吹いてくる風が山荘をきしませるようになっていた。

悲嘆と絶望の吐息をもらすなら、たちまち白く変わって寒風に散ってゆくようだった。不謹慎な言いかたをするなら、やりきれない惨劇の話を聞くには、じつに似つかわしい日だった。

わたしはその日、午前中から自分たちの山荘を出て、円城正晴《えんじょうまさはる》のコテージに避難していた。胸が締めつけられるような不安とおののきのせいで、とてもあの山荘にはいることができなかったのだ。悪い想像が頭の中を飛び跳ねており、それも時間がたつに連れて、その想像はまちがいなく現実の予見だと確信するようになっていった。

夜の十時近くだ。コテージのドアがノックされた。

それが何を告げるノックであるかはもう承知していた。円城がドアを開け、わたしと恭《きょう》子《こ》夫人がそのうしろからおそるおそる外を見ると、立っているのは地元の工務店の赤木《あかぎ》さんだった。散弾銃を手にしていた。

赤木さんは言った。

「電話を貸してくれないか。女の子が見つかった。この果樹園の中だ」そしてわたしに気づくと、彼は申し訳なさそうな顔でつけ加えたのだった。「奥さん、ご主人が、女の子の死体のそばにいるんだ」

円城正晴は、不可解そうな顔で赤木に訊いた。

「女の子が、うちの果樹園の中で?」

「そうなんだ。石の廃墟《はいきょ》のようなところで、死んでる」

「あんたは、うちの地所に勝手に入り込んだのか?」

「守谷《もりや》さんが入っていったので、気になってあとをつけてみたんだ。電話、貸してもらえませんかね。警察を呼ぶ」

円城はわたしと赤木の顔を見比べてから、黙って使用人夫婦の家のほうを指さした。電話はあちらでかけろという意味だった。

ドアを閉じてから、円城はわたしに訊いた。

「いったい、どういうことだ?」

わたしは身を縮めて言った。

「順《じゅん》ちゃん、切れていたんです」

言ってから、身体《からだ》がぶるりと震えた。

そのときわたしは、彼の仕事部屋にあった一枚の鉛筆画を思い出していた。少女が行方不明だと知らされたその直後、わたしは守谷の仕事部屋で、石の上に横たわる裸の少女のエスキースを目にしていたのだ。眠っているかのように目をつむり、両手を胸の上で組んだ少女の姿だった。

警察の車が円城の農園入口にやってきたのは、それから十五分後だった。

守谷順一《じゅんいち》は、わたしたちがこの地に引っ越してきてからのある時点で、ついに精神の平衡を失ったのだ。以前からその兆し、その資質みたいなものは感じていたけれども、ここを越えたら最後、もう引き返せなくなる、という一線を踏み出したのは、移ってきてからだった。

それがいつかを、はっきり特定するのはむずかしい。最初に円城夫妻の家に招かれたときか。それとも髭《ひげ》をはやし始めたころか。それとも、もっと前のことだったのか。いずれにせよ、彼はこの土地で偏屈な暮らしを続けているうちに、どんどん現実との接点を失い、自分の妄想の世界に入りこんでいった。妄想が、仕事の中身に向けられているうちはまだよかった。守谷の仕事は幻想性の強い絵を描くことだったから、キャンバスの向こうの世界に魔法使いや言葉を話す狼《おおかみ》がいることを信じていたっていっこうにかまわない。いや、それを生き生きと信じることのできる能力が、むしろ必要とされていたのかもしれない。

でも、守谷はいつしか、自分の妄想の目で周囲を眺めるようになった。自分のアートの世界と現実との境目を、見極めることができなくなった。円城夫妻との風変わりなつきあいも、その促進剤となったのはまちがいない。とくに円城の言動はいつも、現実からずれてゆくことをけしかけるようなものだったのだから。

近所に犬がいる、という守谷の思い込みは、やがて近所に絶滅したはずのエゾオオカミが生きているという妄想に変わり、最後はあなたがたも聞いたとおり、隣人の円城氏が狼だと言いだした。加えて、中学生の女の子を殺したのも彼だと。円城氏はほかに何人も殺していると。

いまだ守谷は、頑として少女殺害を認めていないそうだけど、警察はいくつかの証拠をもうおさえているはずだ。解決がむずかしい事件ではない。ただ、警察や世間の好奇心が事件の背景に向いていることはたしかだ。ついでに守谷と長瀬《ながせ》という男の死との関連も明らかにしたいということなのだろう。

わたしが黙っていれば、憶測や噂《うわさ》がひとり歩きを始める。円城夫妻にも迷惑がかかることになる。だから、不本意ながらだけれども、わたしは自分たち夫婦のこの土地での生活について、あらましを語らないわけにはゆかないようだ。これから語ることで、あなたたちが眉《まゆ》をひそめるところが想像できる。最後には呆《あき》れかえるかもしれない。たぶん、それがふつうのひとの反応だと思う。

たしかにわたしは、あのひとの常軌を逸した部分を、最初は好ましいことと思った。小学校の先生とはちがう。奇妙な絵を描くことで生きているひとだ。趣味や嗜好《しこう》が少々変わっていてあたりまえだ。性格や振る舞いが多少エキセントリックだって、それがなんだというのだろう。

彼と知り合ったのは、わたしが大学を出て二年ばかりたったころだ。わたしは大学時代からずっと素人芝居に関わっており、アルバイトとしていつしかモデルをするようになっていた。もちろんファッション・モデルではない。画家のためのヌードモデルだ。ひょんなことから知り合った美大の先生が、勧めてくれたのだ。

マクドナルドで働くよりも時給はいいし、職業訓練もほとんど必要ない。なにより芝居を続けられるのがよかった。わたしはモデルを紹介するクラブに所属し、何人かプロの絵描きさんに気に入られて、彼らのアトリエまで出かけてモデルをつとめるようになった。

大学を出てもきちんとした就職はせず、相変わらず生活費はモデルの仕事で得るという生活を続けていたころ、クラブを通して守谷を紹介された。わたしの写真を見て、守谷が指定したのだという。急ぎの仕事で必要なので、二回だけ、という話だった。

会ったときの彼は、社交下手のクリエーターという印象以上のものはなかった。少なくとも、社会からずれたオタク青年のようには見えなかったのだ。あとになってから、あのひとのずれ具合もわかってくるのだけれど、わたしはそのとき、相手がきちんと仕事をしている絵描きだということで、まず安心したのだった。

守谷はわたしの顔を見つめて言った。

「まったく写真どおりだ」

わたしは言った。

「アンバランスな顔だって言われてます。目と目のあいだは離れているし、鼻は短いし」

「その落差がいいな」と彼は言った。「顔だちと、話しかたが、全然ちがう雰囲気だ」

「わたし、行儀が悪いんです」

「久美《くみ》さん、お芝居をやってるんでしょう?」

「わかります?」

「ひと目で」

「気に入ってもらえました?」

「ぴったり」

守谷は当時、鷹《たか》の台《だい》の集合住宅に住んでいた。彼が卒業した美術大学の近所ということだ。わたしの仕事は、その美術大学の研究室のひとつで、ということになった。守谷はモデルを招じ入れるほどのアトリエを持っていないのだとわかった。

守谷はその日、何枚かのスケッチをわたしに見せて言った。

「こういうのを描かなきゃならないんだ。二回きてほしい」

そこに描かれたもののひとつは、シュモクザメのような生物だった。その腹の部分が裂け、内臓が飛び出しているが、腹の空洞部分には裸の女が身体を縮めて入っていた。

わたしは訊いた。

「これはいったい何なの？　わたしは何のポーズをとるのかしら？」

守谷は言った。

「海の女神だ。『ヴィーナスの誕生』っていう絵があるけど、ぼくの女神は真珠貝からじゃなくって、サメの腹から生まれるんだ」

「これはあなたのオリジナル・アイデア？」

守谷はそうだと得意そうにうなずいた。正直なところ、その笑みにはたしかに、エキセントリックと言って言えるだけのものがあった。このアイデアの背後に隠れているものの不可解さをきみは知るまい、とでも言っているかのような微笑。それは何か秘めやかで隠微な喜びの記号なのだ、とでも自慢しているかのような笑み。

でも、そんなふうに感じたのも、ごく一瞬のことだ。

お芝居に関わっていたせいもあって、わたし自身がそもそもエキセントリックなひとには慣れていた。イラストレーターや絵描きのエキセントリックの程度など、なにほどのものでもない、という想いがあった。

ともあれ、わたしはなんとなく、二回だけの仕事では惜しいと思ったのだった。彼がハンサムで、繊細そうな細い指を持っていることがわたしの好みだった。

二度目の仕事のあと、わたしは自分から食事に誘い、一緒にお酒も飲んだ。仕事場を見せてもらっていいかと問うと、彼はうれしげな声で言った。

「もちろん」

守谷は集合住宅の狭い一室を仕事部屋としていた。それまでわたしが見てきた画家のアトリエと較べて、気の毒なくらいに見劣りがした。居間の天井には、下塗りをしたキャンバスが何枚も吊《つ》り下げられていた。

その居間の壁の一面がコルクボードとなっており、雑誌から切り抜いた写真やイラストがそのボードを埋め尽くしていた。そのうち何割かは動物の写真で、さらにその何割かは死骸《しがい》の写真だった。ライオンに食べられている最中のシマウマとか、狼に襲われたという馬の写真とかだ。

目を引いたのは、部屋の隅の骨の山だった。動物の頭蓋骨《ずがいこつ》ばかりが、無造作に積み上げられているのだ。石膏《せっこう》ではなく、本物の骨とのことだった。

わたしが室内を眺めていると、守谷は弁解するように言った。

「早く広いアトリエに移りたいとは思っているんだ。東京でなくてもいいから」

わたしは訊いた。

「どこか、あてはあるの?」

「とくにないけど、たぶん北のほうだな」

「どうして?」

「単に好みというだけだけど」

寝室の壁に、きれいな複製画がピンでとめられていた。

泉か沼の水の中に、着衣の白人女性が横たわっているのだ。衣装はずいぶん古めかしく感じられるもので、女性の目は虚空を見つめ、口が半開きで、前歯が露出していた。手首から先だけが、胸の脇《わき》で力なく浮いている。右手には編んだ花が握られていた。

わたしは、その女性はセックスのあとの仮死状態なのではないか、と感じた。

守谷が教えてくれた。

「ミレーというイギリスの画家の絵だ。『オフィーリア』という。ほら、『ハムレット』の中に出てくる女性で、小川で溺《おぼ》れ死んでしまうんだ」

「これは死体なの？」とわたしは訊いた。「だとしたら、悪趣味なのね。わざわざ死体を題材にするなんて。死体の表情をこんなにエロチックに描くなんて」

守谷は言った。

「この絵が暗示するものは、屍姦《しかん》への願望だよ。ネクロフィリア。表情がエロチックだというきみの見方は、いいところを突いてるよ」

「あなたは、この絵が好きなの？」

「ああ。題材も、構図も、構成も。技術的にも完璧に近い」

「プロにはプロの見方があるんでしょうね」

部屋で缶ビールを一本ずつ飲んだあとは、とうぜんセックスとなった。守谷はベッドの中でも繊細で品がよかった。わたしは帰るのが面倒になり、そのまま朝まで居続けた。守谷もそれを望んだ。守谷の部屋は、奇妙なコレクションがあるわりには、居心地はよかった。少し長めに暮らしてみてもいいかと思った。

アトリエは持っていなかったけれど、守谷は必ずしも貧しい絵描きではなかった。美大志望の学生たちにデッサンの指導をして、そこそこふつうの暮らしができるだけの収入はあったのだ。そのうえ、本業の絵がある。

少しずつ売れてきている、と守谷はベッドの中で言った。自分のウィーン幻想派ふうの画風は、このところ評価されるようになってきているのだと。

わたしには、それがどんな画風のことなのか知識はなかったけれど、要するに守谷の絵のタイプなのだろう。ため息が出るほどの完璧なリアリズムで描かれたファンタジーの世界。

そのころ彼はちょうど個展を終えたばかりで、金まわりも悪くなかった。わたしに何度も、フランス料理をごちそうしてくれた。創造的な仕事に就いていて、貧乏ではないのだ。同棲《どうせい》相手としては、条件はよかった。知り合ってひと月目には、わたしは守谷の集合住宅に居ついてしまった。

それまでつきあっていたかなり年上の恋人とは、きれいに別れることができた。いつでももどってこい、と彼は言ってくれた。お前には同世代の恋人は向いていない、とも言った。どっちともうまくやれる、とわたしは言い返した。どっちとも並行して、とまでは言わなかったけれど。

三カ月ほどたってから、お互いに同棲をもっと恒久的なものにしてもいいと思った。となると、鷹の台の集合住宅は手狭だった。わたしたちは武蔵小金井に一軒家を借りて引っ越した。

同棲をはじめてわかったのだけれど、彼がわたしのお芝居の趣味に寛容で、嫉妬《しっと》とか独占欲のような感情を持たないこともうれしかった。いや、それどころか、仕事に夢中になっているときには、守谷はまったくわたしに無関心になるのだった。そんなときにたとえばわたしが劇団の男友達と一緒に部屋に帰り、翌朝一緒にでかけたとしても、守谷はそのことに気づいたかどうか。たぶんその男が誰《だれ》か、という関心すら示さなかったと思う。

守谷は、仕事のうえではわたしにずいぶん奇態なポーズを取らせたり、奇妙な小道具と組み合わせたりするのだけれど、寝室ではむしろ保守的なほうだった。だいいち、寝室以外ではする気がない、ということ自体、わたしにとってはずいぶん堅苦しいことのように思えた。

複数でするセックスのことは、そのころから話題にしていた。聞いた話として、わたしがそれがどんなに刺激的かを教えたのだ。守谷ははじめは気乗りしない様子だったが、何度かわたしが繰り返しているうちに、守谷もとうとう言った。

「いいカップルと親しくなれたらいいな。誰も不公平にならないように」

「そうね」とわたしは同意した。「わたしたちも、磨きをかけておかなければね」

守谷の仕事は、彼の言葉どおり順調だった。

一緒に暮らし始めた直後、あるホテル・チェーンのオーナーが彼の絵を気に入って、ロビーやレストランに掛ける絵をまとめて十二点注文してくれた。守谷の話では、画商を通すと取り分は売り値の三割ほどだけれど、直接の注文ならばまるまる入る。おいしい仕事なのだという。彼はヴィーナスをめぐる連作の制作に、喜々としてとりかかった。

わたしはモデルの仕事を減らし、生活費の心配をせずに芝居に打ち込んだ。お芝居のないときは、ひたすら映画を見まくった。遊んでばかりでは申し訳ないような気がしたのでわたしの生涯で初めて建設的なこともしてみた。カルチャー・スクールに通うようになったのだ。最初は料理、そのあと、陶芸を習った。陶芸はいまのわたしのいちばんの趣味になっている。わたしがこの土地にくることに賛同したのも、北海道の田舎ならば、ぞんぶんに土をこねることができそうに思ったからだ。

料理と陶芸に入り込み始めたころから、なぜか芝居への興味が薄れていった。そのころにはとうぜん自分の才能もポジションも到達ラインも見えていたし、なにより仲間たちと安酒を飲んでくだを巻く暮らしがつまらないものに思えてきたのだ。それよりは守谷と一緒においしいレストランに行くか、思い切り手間のかかる料理を作っているのが楽しくなっていた。

同棲を始めてから一年半のあいだにわたしたちは三回、外国に旅行した。イギリスとアイルランド。ドイツとチェコ。バリ島とボロブドール。みんな守谷が仕事のために行っておきたいと主張した場所だった。わたしたちは三度目の海外旅行の直前に結婚することを決め、バリ島で式を挙げ、帰国してから入籍した。

彼の奇妙なところが目につくようになったのは、そういう旅行のあいだだ。イギリスではふつうの民家の庭先に入りこみ、窓から中をのぞきこんで怒鳴られたことがあった。アンティーク・ショップでは、きれいなフランス人形を万引きしようとした。わたしが守谷の不審な様子に気づいてとめた。店を出てから、彼は万引きの意思を否定したけれども、まずまちがいなかったはずだ。

チェコ旅行で、コノピシチェ城を訪ねたことがある。例のセルビアで暗殺された皇太子の居城だ。城はどの部屋にも廊下にも、やたらに動物の剝製《はくせい》が飾られており、守谷の好みと言える空間だった。その城をガイドについて見学している途中、彼はツアーからはぐれてしまった。駐車場で三十分待っても出てこない。わたしはガイド・ツアーの一行から離れ、ひとりそこに残って、守谷が現れるのを待った。城の見学時間がすぎてから、守谷は警備員に両腕をとられて、突き出されてきた。

「剝製とか武器とかを眺めていたんだ」と守谷は弁解した。「時間がたつのを忘れていた」

見学路にいるかぎりは、行方不明になることはない。彼は見学中にどこか勝手にドアを開けて、公開されていない部屋にでも入り込んでいたのだろう。なぜかはわからない。

バリ島で、守谷は鶏をつぶしている様子を妙に熱心に観察したことがあった。小さな農村でのことで、農夫が鶏の首をはねると、頭を失った鶏は血をまき散らしながら庭を転がった。わたしには正視できぬ光景だったのだが、守谷は金を払って、もう一匹つぶしてくれと頼んだ。農夫はうれしげにもう一匹、鶏をつぶしてくれた。

わたしは、守谷のそんな奇矯な部分もたいがいは許した。なんたって、貧乏な役者志願にとって、彼が稼ぐお金は魅力だった。奇妙な絵を描くためにその私生活の奇妙さも必要だというなら、わたしは我慢できた。できる程度のことだった。

ただ、確実にそれがエスカレートしてゆく、という想いはあった。守谷の仕事が高く評価されてゆくに連れて、奇矯さのボルテージも上がっていったのだ。仕事が、より集中力を必要とされるものになっていたせいかもしれない。いったん始まると、何日もその仕事に没頭するという生活になっていった。昼夜が逆転するどころか、昼夜をまったく区別しない生活に入るのだ。

わたしの場合もそうだが、ひと公演終わったあとの打ち上げでは、むちゃくちゃにハイになる。思い切りばかげたことをしたくなる。神経の平衡を保つためには、守谷にとって奇矯な行動は必要欠くべからざるものだったのだろう。

二年ほど前になる。守谷は窃視の現場を見つかり、警察に突き出された。近所の女子高校のプールを、塀の上からのぞいていたというのだ。更衣室ではなく、ただのプールだったのだが、あまり気色のいいことではない。わたしが警察まで身元引受人として行かねばならなかった。警官は、守谷が結婚していると知って、犯罪の要素を割り引いて考えてくれたようだった。すぐに解放された。

それから三月後に守谷が引き起こしたのは、ちょっと血なまぐさいことだった。近所の家で飼っている猫を、叩《たた》き殺してしまったのだ。その猫が発情して、うちの庭先でやかましく鳴いていたせいだ。守谷は仕事の途中、ふいに怖い形相になって外に出ていった。それからその猫に石をぶつけて傷つけ、庭の敷石に叩きつけて殺したのだ。飼い主が警察に訴え、守谷は事情聴取を受けた。

厳密には、器物損壊という罪にあたる行為だったそうだ。でも、猫はよその家の庭にいたわけだし、飼い主の側にも落ち度はあった。犯罪とはならずにすんだが、近所のひとびとは守谷を異常性格者扱いしただ。猫殺しのお兄ちゃん、と子供が守谷を呼んだくらいだから、ずいぶん噂になったのだろう。他人の目など気にしないわたしだけれど、それでもこたえるほどだった。

「引っ越そう」と守谷が言いだしたのは、その事件のあとからだ。「こんな町にはもう住みたくない。ぼくには、もっと気持ちよく住める環境があるはずだ」と。

「どこに越すの？」とわたしは訊いた。わたし自身も、武蔵小金井のその貸家にはもう住み続けたくなかったのだ。

「北海道がいい」と守谷は答えた。「住むなら、北だ。北海道のどこかにアトリエを借りる」

わたしは、自分が退屈するだろうとは思ったが、最低限、陶芸が続けられるならいいかと思いなおした。永久に北海道に住むつもりはなかったが、守谷のことだ、どこにいっても、いずれ近所の住人たちとトラブルを起こすことだろう。となればまた引っ越しだ。せいぜい二年の辛抱だ。

それに、北海道がだめなら、つぎは外国しかない。二年後にはたとえばニューヨークの可能性が出てくるのだ。ニューヨークなら、わたしは陶芸ができなくても退屈はしない。それに何より、守谷が仕事に集中できなければ、わたしの気ままな生活を縮小せざるをえないのだ。とりあえずは、守谷の希望をいれなければならなかった。

それでもわたしは条件を出した。最低でも三月に一回は上京させること。一年に一度の公演参加を許すこと。守谷は条件をあっさりと飲んだ。結果として守谷は、この土地で破局へと突き進むことになるのだった。

この土地に目星をつけたのは、守谷だ。守谷は美大の恩師を通じて、アーチストを受け入れるというこの町を紹介されたのだ。住民票を移して創作活動に打ち込んでくれるなら、町が仕事場を安く提供してくれるのだという。近所の町や村も似たような制度を持っていて、彫刻家とか陶芸家がこの制度を多く利用しているとのことだった。もちろん、ウィーン幻想派ふうの絵を描くまだ無名の画家でもかまわない。

わたしは、地元の行事にいろいろ引っ張り出されることを心配したが、たしかめると、そういう行事がいやなら参加しなくてもけっこうとのことだった。それは条件ではないと。守谷とわたしは、下見に一度この町を訪ねた。

帯広《おびひろ》空港から車で約四十分。十勝平野の東寄りにあるワインと酪農で有名な町。名前は聞いていたが、その正確な位置など知らなかった。北海道のどこか、という程度の知識しかなかった。

わたしはそもそも、北海道の東側、日高山脈のこちら側まできたのは初めてだった。福井育ちのわたしにとっては、この地方の風景はまるで日本ではないかのように感じられた。全体に水平線が強調され、そこにあるものがもし水平線ではないとしたら、代わりにゆるやかな弧だという土地。道路は妙にすっきり整備されており、自動車の数が少なかった。農家のたたずまいも日本の農村のものとははっきりちがう。そのうえ、人家と人家とのあいだが、間が抜けて見えるほどに離れているのだ。

その下見旅行のときに町役場のひとたちと話をしてから、守谷はこの町へ越すことを決めたのだった。

でもこの町で、退屈どころかこうもエキサイティングな暮らしが始まることになろうとは、じっさいに越してくるまでは想像することもできなかった。

円城正晴とは、わたしたちがここに下見にきたその日に知り合った。わたしたちが、住むことになる建物を見てまわる途中だった。

その日は、地元の工務店の社長、赤木さんという中年男性が、わたしたちを案内してくれた。

わたしたちが借りることのできる建物は、三軒あるとのことだった。一軒は、広い牧草地を見わたすことのできる丘の上の山荘。あとの二軒は、離農した酪農家の住まいだという。赤木さんは最初に、牧草地の端の三角屋根の山荘へと案内してくれた。わたしも守谷も、ひと目でこの山荘が気に入った。

山荘の外に出てあたりを眺めながら、わたしは工務店のその社長さんに訊いた。

「お隣りさんとは、どのくらい離れているのかしら」

赤木さんは、左手の丘の方角を指で示して答えた。

「向こう側の谷に、葡萄《ぶどう》農園がある」赤木さんはつけ加えた。「外国ふうの屋敷があるよ」

「外国ふうの?」

「そこは、ふつうの農家じゃないんだ」と赤木さんは言った。「昔の地主さんの一族が住んでる。屋敷も外国ふうなら、まわりの庭もそうだ。絵描きさんなら、写生したくなるんじゃないかね。もっともひとづきあいの悪いひとだから、喜んで庭に入れてくれるかどうかはわからないけど」

その最初の山荘を見た直後に、わたしたちは偶然から円城と知り合うことになったのだった。山荘の外の道路で、円城が赤木さんの飼い犬をはねてしまったのだ。赤木さんはその日、飼い犬を四輪駆動車に乗せていたのだけれど、山荘を案内してくれるあいだ放していた。その犬が表の道路へと飛び出し、そこにたまたま円城が自動車で通りかかったのだ。

考えてみればけっこうたいへんなアクシデントであったのだけれど、わたしにとっては、それは円城との出会いとしてしか記憶に残っていない。

第一印象から、円城は素敵だった。イギリス製の四輪駆動車からおりてきた姿は、ベルトルッチの映画に出たときのバート・ランカスターのような雰囲気があった。言うならば、前世紀の教養ある大地主。口髭に加えて顎髭《あごひげ》をたくわえており、ツイードふうのジャケットを着て、スウェードのカジュアル・シューズをはいていた。五十五歳、とわたしは彼の年齢を読んだ。多くとも六十か。鄙《ひな》にはまれな、という言い方が男の場合にも使えるのかどうかは知らないが、こんな農村ではまず滅多に出会えないような、豊かに成熟した男の雰囲気があった。

赤木の紹介を受けると、円城はわたしたちを交互に見つめて言った。

「あの山荘に住むんですって?」

低くて、深い知性を感じさせる声。耳元でささやかれたら、さぞかしセクシーだろうと思わせる声だった。

わたしが答えた。

「ええ。引っ越してきます」

わたしの答え方が、いくらかおおあわてという調子だったのだろう。円城は顎髭におおわれた頰《ほお》をゆるめた。黒目がちの目が少しだけ細くなり、目の光が柔和になった。

円城は言った。

「うちは、すぐ隣りです。葡萄を作っているんです」

「素敵なお屋敷だそうですね」

「小さなコテージですよ。イギリスから移築した民家です。古いけれども、自慢の美しい家です」

守谷が、家の様式のことで何か質問した。円城は答えながらも、わたしにちらちらと視線を向けてくる。役者をやっている身には親しい目、素人のデッサン会などにゆくと、よく感じ取れる視線だった。わたしの肉体が吟味されているのだ。ただし、円城の目は、女を吟味することに慣れた男のものだった。いくつものいい情事を重ねてきた男のものだった。そうとうに遊んできたひとにちがいないとわたしは思った。

彼もわたしに、通りいっぺんという以上の興味を持ったようだった。彼は、わたしと守谷を半々に見つめて言った。

「引っ越したところで、いらしてください。お茶にお招きしますよ」

守谷が初対面で円城にどんな印象を持ったのかは、聞いてはいない。悪い印象ではなかったと思うが、守谷の関心はむしろ、円城の住んでいるコテージのほうにあったようだ。

守谷が赤木さんに訊いたことを覚えている。

「円城さんは、犬を飼っているんですか」

円城の体臭に、犬の匂《にお》いでもかいだのだろう。もしかするとあの言葉が、この土地で守谷がずれてゆく、その兆しだったのかもしれない。円城を狼だと信じこむそのきっかけが、あの犬の匂いをかいだ、という錯覚だったのではないだろうか。

円城との初対面のあと、わたしたちは役場のひとたちから、円城の素性について少し教えてもらった。驚いたことに、ほんとうに彼は大地主と言ってよい人物だった。彼の一族は戦前までこの地方で大農園を経営していたのだという。いまの農園は、戦後の農地解放のとき円城一族の手に残った最後の一区画とのことだった。

いまも、かつての小作人の子孫夫婦が農園で働いている。円城は、ただ農園の中の美しいコテージに住んで、悠々自適の暮らしとのことだった。自分で農作業をしているわけではない。

役場のひとは、円城はたぶん金利か株の配当で食べているのだろうと言っていた。でも、はっきりしたことは知らないようだった。要するに、円城は有閑階級なのだ。

引っ越したのは、下見からひと月半ほどたった初夏のころだった。

このころには、田舎に逃げる、というような意識は薄くなっていた。むしろ、円城正晴のような隣人を持っての田園生活が楽しみになっていた。わたしは飽きっぽいたちだけれど、嗜好の範囲は広いのだ。どっちみち、北海道の田舎での暮らしがこの先生涯続くわけじゃあない。時間限定つきなら、そこそこ楽しめるだろうと思うようになっていた。

引っ越して何日目だったか、わたしたちは円城の招待を受けて、農園のコテージに行くことになった。

行ってみると、庭も農園もコテージも、想像していた以上の美しさで、わたしは守谷と行ったイギリスの湖水地方の村のことを思い出したものだ。葡萄畑はイギリス的な風景ではないのだろうが、その小さな谷あいのたたずまいは、たしかにわたしにイギリスの田舎を連想させたのだ。

迎えてくれた円城正晴に、わたしは玄関先で言った。

「ここまで美しいお庭を造るには、ずいぶん長いことかかったんでしょうね」

円城は言った。

「植えた木が、望むとおりの形になるまでに、最低でも二十年はかかりますからね。もっとも、わたしがこの農園を引き継いだときには、もう庭はあらかた完成していましたが」

リビングルームに招じ入れられたところで恭子夫人が姿を見せた。わたしは、彼女の若さに驚いた。せいぜいわたしと同年輩なのだ。となると、円城との歳《とし》の差は、最低でも二十五歳くらいか。身長は百六十五センチほどだ。わたしよりも数センチ高い。身体つきは、のびやか、とでも表現すればよいのか。細身だが、痩《や》せてはいない身体だ。柔らかな生地のドレスを身につけていた。

彼女の目は品のいい切れ長で、それでいて細すぎるということもない。理想的な卵形の顔だちの中で、むしろ目の大きさは平均以上だと思えた。肌はつややかな白磁質で、頬にも額にも、どんな種類の色素も見当たらなかった。

いいとこのお嬢さんだ、とわたしは判断した。歳の差はともかく、円城正晴には似つかわしい女性だと。赤木さんから、夫人は音楽学校の卒業生だと聞いたことも思い出した。わたしが恭子夫人も、わたしを逆に素早く観察したようだった。わたしの容姿や年齢、わたしが発散するフェロモンの質や量を、値踏みしたように見えた。

もしわたしたちが犬科の動物だとしたら、にらみあいのあとにすぐに序列が確認され、一方が尻尾《しっぽ》を丸めたことだろう。残念ながらわたしたちは人間の牝《めす》であったから、序列を見極めることは簡単ではなかった。わたしたちは互いに、自分が優位である、という確信は持てないままに、親しい隣人同士になるしかなかったのだった。

恭子夫人は、無邪気そうな笑みを見せて言った。

「円城は、庭のことをほめられるのがとても好きなんです。すっかり目尻《めじり》をさげてしまうでしょう」

わたしが言った。

「自慢するものは、たくさんおありでしょうに」

「たとえば？」と夫人が首をかしげた。

「奥さま。このコテージも。こんな暮らしも」

円城が言った。

「とにかくまあ、奥の方へ」

わたしと守谷はダイニングルームに通された。白いクロスを敷いたテーブルに着くと、夫人が言った。

「円城は、あなたがたご夫妻が引っ越してくるのを、とても楽しみにしていたんですよ。下見のとき、お会いしてから」

守谷が言った。

「話の合うひとが、この土地にいるなんて思っていませんでしたよ」

夫人がわたしに訊いた。

「こちらでは、毎日お忙しくなるのかしら」

わたしは答えた。

「そうでもないと思います。町の陶芸教室に入るつもりでいますけど、あとは家事だけ。そのうち庭いじりもやってみようかと思っていますが」

「いつでもお茶を飲みにいらしてください。円城も、大歓迎ですわ」それから守谷に顔を向けた。「ご主人もぜひ」

わたしも守谷の顔に視線をやった。

「お邪魔にならない程度に」と守谷が言った。

そのとき、わたしはやっと気づいた。

わたしが円城正晴の魅力に陶然となっているように、守谷は守谷で恭子夫人に惹《ひ》かれているのだ。

わたしはワイングラスを引き寄せ、唇を近づけながら、その場を観察した。

そこには、関心とときめきと期待のラインが二本、交錯していた。本来のカップル同士のあいだにではなく、クロスするラインだった。わたしは、自分の心臓の動悸が大きくなったように感じた。顔がほてったような気もした。わたしは動悸と顔のほてりを隠すために、ワインを喉《のど》に流しこんで、いくらかおおげさに言った。

「おいしい！　こんなにおいしいワインって、初めてです」

円城は笑った。

「そんなお世辞を言ってくれなくても」

言いながら、テーブルの上のわたしの左手に、自分のてのひらを重ねてきた。

わたしは微笑《ほほえ》みながら夫人を見た。夫人は自分のお気に入りの花壇でも眺めている女の顔で言った。

「さっきのことにつけ加えるとね、円城がほめられていちばんうれしいのは、自家製ワインなの」

円城が手を離して言った。

「自分に自信がないものほど、ひとの評価が気になるのさ」

守谷が訊いた。

「ワインには、自信がないんですか？」

彼は、円城がわたしの手に触れたことなど気づいていないかのようだった。

円城は言った。

「どうしてもある水準から上には行けない。土や気候のせいなのか、醸造技術のせいなのか」

円城が、自分は東京農大の醸造科の卒業だと教えてくれたのは、このときのことだったろう。博物学の趣味がある、とも言った。

守谷が感嘆の顔で円城を見つめた。

キッチンからシェフがテリーヌを載せた皿を持って出てきた。円城は、この日のためにわざわざ帯広からプロの料理人を呼んでいたのだ。会話はそこでいったん中断となった。

そのあと、食事と楽しい会話が続き、わたしも守谷もすっかり上機嫌となった。驚いたことに守谷は、帰り際にわたしの目の前で夫人を口説いた。モデルになってくれ、ということだったが、意味ははっきりしていた。それをわたしや円城の前で口にしたのだから、彼なりの勝算というか、許されるはずだという自信があったのだろう。もしかすると、食事のあいだに円城がわたしの手に触れたようなサインが、夫人から出されていたのかもしれない。円城もその点は寛容なのよ、とでも言うような。

わたしにしても、夫人だけに人生の蜜の部分をなめさせておくわけにはゆかなかった。彼女が蜜を味わえるのなら、わたしもそれをしなければならなかった。

ともあれ、こうしてわたしたちふた組の夫婦の隣人づきあいが始まっていったのだった。それはある部分は同盟であり、ある部分は競争であり、またある部分は犯罪の共謀と実行だった。言葉を変えれば、わたしたちは互いに競い合う共犯者同士だった。

最初の訪問の翌日には、わたしたちはまた円城の農園を訪ねていた。

コテージに行くと、わたしたちはまず裏手のテラスでお茶を飲んだ。それから円城が、農園の中と庭を案内してくれた。小さな盆地の中央、平坦《へいたん》な部分が庭で、斜面になっているところは葡萄畑だった。斜面の上のほうに石で造られた建物の廃墟があった。わざわざ廃墟のように見せて造ったものだという。古代ローマふう、と円城は説明したけれども、わたしには西洋の墓地の納骨堂が崩れたもののように見えた。その廃墟の周囲だけ、桂《かつら》や楡《にれ》の木が残っており、廃墟は生い茂った葉に包まれてたたずんでいた。

庭の案内が終わってコテージにもどってきたところで、守谷は夫人を伴って前庭へと出ていった。夫人をモデルにスケッチするのだという。わたしは円城と共にテラスに残った。

円城が、お茶に口をつけながら言った。

「ここには、どのくらいいるつもりなのかな」

わたしはつい言ってしまった。

「トラブルが起きるまで」

「トラブル?」

「ええ。じつは東京から越してきたのも、それが原因なんです」

「騒音とか、騒ぎとか、そういうトラブルかい?」

「いいえ」わたしは、全部正直に話すわけにはゆかないと思った。「守谷はああいう仕事をしていますから、近所のひとたちには、気味悪く思われていたようなんです。公園で子供たちをスケッチしたり、猫をかまっていたりすると、どこか変質者みたいに見られるところがあって」

「具体的に何か困ったことがあったんだね」

「ええ、まあ、少し」

「この土地は、ひとは少ないが、そのぶん近所づきあいの濃度は都会以上かもしれない」

「できるだけせずにすませたいんですけど」

「何か起こったら、ここも出てゆくのかい」

「最低でも二年ぐらいは住みたいと思っています」

「守谷くんにも話した。あなたたちがここで快適に住むためなら、できるだけのことをするよ」

「と言いますと？」

「いい隣人がくるのを、待ち望んでいたからさ。会話のできる相手が、欲しかったんだ。だから、快適な環境づくりには協力する」

わたしは言った。

「ここでの暮らしが快適であれば、守谷もトラブルを自分から避けるようになるかもしれません」

「彼にとっては、どんな暮らしが快適なんだろう？」

「自分の秩序を乱されないこと。いいひとたちとおつきあいできること」

「その点はぼくとおなじだな」円城は椅子《いす》の上で脚を組み替えて続けた。「自分の生活の中に、偽善を持ち込まないこと。ぼくの快適な暮らしの欠かせない要素はそれだ」

「偽善者がおきらいなんですか？」

「ああ。似非《えせ》道徳家、偽善者、建前で生きてる者。みんなきらいだね」

わかった、と思った。円城がこの田舎で隠遁者《いんとんしゃ》として生きているのは、たぶん守谷と同じような理由があったからなのだ。東京で、何か社交生活のうえでの厄介なトラブルがあったから、彼はこの美しい谷に引っ込んでしまったのだ。

わたしは無邪気を装って訊いた。

「何か、いやなことがあったんですね、きっと。こちらにお住みになる前に」

「あった。ひとつは、ぼくの性生活が問題を引き起こしてね」

「どんなことです？」

「決定的なのは、恭子と一緒になったことだが」

「美しいかたですものね。守谷が絵を描きたいと夢中になるくらいに」

「歳も離れている、と言いたいんじゃないのかな」

「それもあります」

円城はわたしを見つめて、視線をまったく動かさずに言った。

「恭子は、自分のごく身近なひとから恋人を奪ったんだ。ぼくの生きていた場所では、ちょっとしたスキャンダルになった」

「どうしてです？　よくあることでしょうに」

「ま、それはそのうち」と円城は言った。「いずれにせよ、ぼくらは似たような理由でこの土地にやってきたようだ。いい隣人づきあいをしよう」

隣人づきあい以上のことを、と言いたかったが、そこに守谷と恭子夫人が帰ってきた。

話の続きは、あらためてしなおさなければならなかった。

守谷が、そろそろおいとましようとわたしに言い、夫人に、二日後にまたくると約束した。円城は、その日の午後は不在だという。守谷がわたしに、一緒にこようと誘ったが、わたしは用事があると答えた。そのほうが、守谷にとっても都合がよいのではないかと思ったのだ。これでもわたしは、夫の人生を豊かにするためなら、けっこう献身的になるほうなのだ。

二度目の訪問の翌日、守谷が二階で仕事に没頭しているようだったので、わたしはひとり散歩に出た。エプロンをつけたままで、買ったばかりのオリーブ・グリーンの長靴をはいた。頭には、陽灼《ひや》け防止用の帽子。ガーデニングを趣味にする主婦、という恰好《かっこう》となった。

庭を出ると、足はごくごく自然に円城の農園に向かった。とくにはっきりとそのつもりがあったわけではない。牧草地のほうへ歩きだすなら、いやおうなく円城の農園のほうへ向かわざるをえないのだ。

円城の農園は、借りた山荘とは小さな尾根をはさんで反対側にあった。

わたしは尾根沿いの牧草地の端の小道を三分ほど歩いた。林がまばらになり、左手に円城のコテージが見え隠れするようになった。

やがて左手に折れる小道とぶつかった。その小道に入り、木立を抜けて稜線《りょうせん》を越えたところでわたしは足をとめた。そこまでくると、さえぎるものなく農園全体が見渡せる。

農園の左手奥の葡萄畑で、何人か農作業をしているひとの姿が見えた。殺虫剤をまく作業かなにかのようだった。

コテージのテラスに、小さくひとかげが見えた。シルエットから、円城正晴だとわかった。息抜きでもしているような様子で、自分の農園全体を眺めていた。

やがて円城はわたしに気づいたようだ。円城はテラスから庭におり、敷石の上を歩いて葡萄畑のほうへと出てきた。小道を昇ってきた。

わたしも小道をおりた。トラクターの轍《わだち》のついた道だ。やがてわたしは、谷の内側を輪切りにする横道に出た。前の日にも、この道までは円城に案内されている。左手に行くと、あの廃墟にぶつかるのだ。

斜面の途中で、わたしたちは向かい合った。

わたしは言った。

「ごめんなさい。ちょっと散歩のつもりだったんですが、ついつい入り込んでしまった」

円城が言った。

「かまやしないよ。遠慮なく散歩にきてくれ。守谷くんは？」

「仕事です。いま、そっちのほうに頭が行ってる状態です」

円城のその日の恰好は、膝《ひざ》までの長さのブーツ、カーキ色のパンツ、それに白い洗いざらしのシャツを腕まくりして、黒いベストをボタンをかけずに着ていた。フェルトの帽子をかぶっている。腕の毛深いのが目についた。

円城は言った。

「お茶を飲んでいくかい？」

わたしは首を振った。

「行くと、長居をしてしまいそうです。ほんのちょっと出てきただけですから」

「じゃあ、少しだけでも歩こう」

「いま、奥さまは？」

「絵を描いているよ。守谷くんに感化されて、自分の趣味にもっと打ちこまなきゃと思ったようだ」

「絵がご趣味？　音楽がお好きなんでしょう？」

「彼女は音楽は捨てたんだ。それに、一度は趣味以上のものにしようとしていた。そのことを考えると、ときどきつらいようだ」

「どうして捨てたんです？」

円城はそばの葡萄の葉を一枚むしってから、鼻に近づけて匂いをかいだ。それから、あの石作りの納骨堂のような建物へと足を進めた。

わたしは彼に追いつき、横に並んだ。

わたしを見ないままに、円城は言った。

「恭子は、ぼくと一緒になるために、音楽も、実の母親も捨てたんだ」

「実のお母さまを？」

「そう」

円城が農園の中を歩きながら語ってくれたのは、こういう話だった。

当時、円城は恭子さんの母親とつきあっていたのだという。夫人の父も健在だし、そのころも離婚はしていなかったから、円城と恭子さんの母親との関係は不倫だったということになる。恭子さんはまだ音楽学生で、ウィーンに留学中だった。

恭子さんの母親は旧華族の家系につながっており、美しく社交的で傍若無人、夫のことなど気にもとめておらず、いったん服を脱ぐと、とことん下品で淫蕩《いんとう》だったという。

円城は、短く解説した。

あのような階級では、小市民を縛る倫理や法律は意味を持たない。既婚者が愛人を持つことなど、醜聞のうちにも入らないんだ。ただ、娘が母親の恋人を寝取るというのは、ちょっとばかり戸惑いを持って受け取られることだった。

円城がヨーロッパ旅行に出かけるとき、恭子さんの母親も追いかけてきた。というよりは、公然と密会の機会を持つために、円城たちはヨーロッパ旅行を計画した。母親のほうが旅行に出る名目は、恭子さんの留学修了旅行に同行するということだったという。ミラノで、三人が合流した。

母親が自分の娘を円城に紹介した。よもや娘が恋敵になるとは夢にも思わずにであったろう。ところが、爆発するかのような恋となった。四日後には円城は恭子さんとベッドを共にしていたのだ。

母親はこれを知って激怒した。円城をののしり、娘につかみかかって、警察が駆けつけるほどの痴情沙汰《ちじょうざた》となった。そのすえにひとりで帰国してしまった。

それ以来、恭子夫人は実の母親とはもうほとんど顔を合わせたこともないのだという。実家からも勘当状態とのことだった。

円城正晴の語ってくれた話は、わたしを興奮させた。

非道徳的で、反社会的で、魅力的なストーリーだった。しかもおもな舞台はヨーロッパ。階級のバックグラウンドも、話をいっそう華麗なものにしている。円城に、あるいは夫人にもう少しポピュラーな名声があったなら、ワイドショーの恰好の標的となったろう。娘が母親から恋人を奪うのだ。しかも奪い取った恋人とその娘との年齢差は三十近い。円城正晴にとってというよりも、むしろ恭子夫人の周囲で、それはスキャンダルだったのではないだろうか。

円城は、うっとりと聞いていたわたしの様子を見て笑った。

「そんなに楽しい話かな。まるでぼくが、おとぎ話でもしたような顔をして」

わたしは言った。

「おとぎ話以上です。なんて素敵な恋物語なんだろう、と思って」

「スキャンダルを話したんだよ」

「スキャンダルくらい素敵なことってありませんわ」

円城は、顎髭におおわれた頬をゆるめて言った。

「きみは、変わったひとだな。結果としてのスキャンダルを受け容れる女性は多くとも、スキャンダルそれ自身を好む人は少ない」

「そうでもないと思いますけれど。わたしのまわりでは、スキャンダルは勲章です」

「お芝居をやってるひとは、という意味かい？」

「ええ。円城さんと同じように、偽善や建前をきらうひとたちの世界ですから」

円城は言った。

「ぼくも、子供のように素直に手を伸ばしてしまった。彼女は目の前に跳んで出てきたカモシカだった。可愛らしくお尻を振りながらね。手に入れないわけにはゆかなかった」

ならばわたしも、お尻を振って彼の前を通りすぎてみるべきなのだろうか。

でも、同時に心配もした。わたしは、恭子夫人と較べられるだけの女ではない。わたしには、出身階級という後光もなく、身持ちのよさといった評判もないのだ。乗りの軽い女、という程度の特徴では、円城の気をいっとき惹くことはできても、それ以上の存在にはなりえない。人妻である、という事実は、多少の媚薬《びやく》代わりになるかもしれないが、それにしても、円城が夫人を忘れてまでわたしを真剣に追い求めるはずはない。「奥さまと引き換えにしたもののことを、いまだに惜しいと思います？」円城さんは」と、わたしは思い切ったことを訊いた。

「何のことだ？」

「東京の生活とか、お仕事とか。奥さまを手に入れたことで、この農場に隠遁せざるをえなかったんでしょう？」

円城は、少し遠くのほうに視線を泳がせてから言った。

「隠遁にはちがいないが、気に入ってるよ」

「奥さまって、円城さんにそう思わせるだけのひとなんですね」

「自分の女房のことだ。うんそうだよ、と肯定するわけにはゆかないな」

「照れなくともいいのに」

「男のたしなみってものだよ」

農園で働いている綿貫《わたぬき》老人とすれちがった。二日前にも、円城の招待をうちに伝えにきてくれたひとだ。綿貫さんが頭をさげると、円城は荘園主然としてうなずいた。

わたしたちはそのまま葡萄畑のあいだを抜け、斜面をZの字の形のように移動してから、裏手の牧草地につながる小道にもどった。

「それでは」と、わたしは円城に言った。「またちょくちょく散歩にきてもいいでしょうか」

「いつでも。時間があるなら、寄っていってくれ」

わたしたちは、稜線上の小道のクロスするところで別れた。

その日、わたしが散歩の途中で摘んだロシアタンポポを一本、一輪挿しに挿していると、守谷が訊いた。

「きょう、どこに行ってた？」

わたしは振り返って答えた。

「どこも。近所を散歩してただけよ」

「動物の匂いがする」

「わたしに？」

「ああ。近所で牛でも触ってきたのかなと思って」

「牛にも馬にも触ってないわ」

守谷はふしぎそうに首をかたむけ、小鼻を小さくうごめかしてから、二階にあがっていった。

その晩、わたしは守谷と交わるとき、相手が円城であることを想像した。毛深く大柄な円城がわたしの身体におおいかぶさってくるところを思い描きながら、守谷の相手になった。終わったあとで思った。守谷は守谷で、もしかすると恭子夫人を脳裏に描いていたのかもしれないと。べつにその日の守谷の行為に、それを暗示するようなことがあったわけではないのだけれど。

翌日、守谷が円城のコテージに行っているあいだに、わたしはひとりで町役場に行き、町の文化教室の案内をもらった。陶芸の教室も開かれていた。教室は、町民会館の一室を借りて週に一度開かれており、入会は随時自由だ。わたしはその足で町民会館に行き、受講を申しこんだ。

係の婦人は、カウンターをはさんで中年の女性と話していたのだが、わたしの申込書の住所を見て、わたしに訊いた。

「円城さんのお隣りなの?」

「ええ」わたしは答えた。「引っ越してきたばかりなんですが」

「東京から?」

「ええ」

係の女性は、あらためてわたしの風体に一瞥《いちべつ》をくれた。

そばにいた中年女性が、なんとも無神経な調子で、その係に言った。

「また町の男どもが騒ぐよ」

係の女性は、笑って言った。

「陶芸教室にも男の生徒が増えるかもしれない」

「円城さんの奥さんも、何か教室に入ればいいのにね。そうしたら、文化教室ももっと活発になる」

ここでもわたしは、恭子夫人と比較されたのだ。わたしはいやおうなく、夫人と競う立場についてしまったのだとわかった。競争はわたしの本意ではないけれども、いまさら棄権はできないのだろう。だったら、順位をはっきりさせねばならないようだった。

わたしは、その場の女性ふたりがそれ以上詮索《せんさく》してこないうちに、町民会館をあとにした。

それからさらに数日のあとだ。守谷が散歩に行くと言ってでぶらで牧草地のほうへと出ていったとき、わたしは守谷の仕事場に上がった。彼がいない隙《すき》に、見ておきたいものがあったのだ。

めざすものはすぐに見つかった。彼がいつも御茶ノ水の画材屋からまとめて買っている茶色の表紙のスケッチブック。デスクの横にたてかけてあった。

中を開いてみると、二十ページ以上にもわたって、恭子夫人の鉛筆描きのクロッキーがあった。シャツ姿の上半身のものが大半だったが、シャツのボタンをはずして肩をすっかりむきだしにしたポーズのものもあった。最後の一枚は、ブラのストラップをはずして、夫人が手でブラを押さえている図だ。

それをたしかめたかったのだ。彼はまだここまでだ。主語を逆にして言うなら、夫人はまだここまでしか守谷に迫っていない。わたしはまだ先を越されてはいない。妙に安心した。

思い返せば、そのころわたしは円城夫妻がしつらえた競技場にすっかり入りこんでいたのだった。トラックに走りだしていたのだ。競うことの先にあるものをまだ想像できてはいなかった。

そのあと、七月の終わり近くまで、守谷は週に一度くらいずつ、円城のコテージに出かけていった。引き続き夫人にモデルをお願いしているとのことだった。そのつどわたしは守谷のスケッチブックを確認したが、夫人が先行して折り返した、という証拠は見つけることができなかった。

わたしのほうは、引っ越しのあと作業のごたごたもあって、なかなか一歩を踏み出すきっかけをつかめなかった。円城からも、なぜかあの日わたしの手に触れた以上のアプローチはなかった。あのひとが公言する人生観から考えるなら、それは少々自制心の強すぎることのように思えた。

お茶に来ないか、という誘いがまたあったのは、七月の終わりころだと思う。円城が電話で言った。恭子が作ったハーブティの試飲会をやりたいんだ、と。ぜひ評価を聞いてみたいそうだ。

円城はつけ加えた。午後の早い時刻、まだ虫が出てこない時間にきてくれ、と。

わたしと守谷は自動車を使わず、農園の裏側から小道をおりて、円城のコテージを訪問した。殺虫剤をまく作業はその日も続いており、モーターとコンプレッサーの音が、その小さな谷間を満たしていた。

コテージまで行ってみると、テラスのテーブルの上に小さなガラス瓶《びん》が五つ六つ並べられていた。どれも夫人が自家栽培したハーブを乾燥させたものだという。ガラス瓶のひとつを手にとると、ミントの香りがした。

ミントね、とわたしが言うと、円城は愉快そうに笑って訂正した。

「薄荷《はっか》だ。ぼくの世代は、薄荷と覚えた。むかしはこの土地の特産品のひとつだった。いまでは、このあたりに自生してるよ」

夫人が、はにかみながら言った。

「ハーブを育てるなんて、絵に描いたような田舎暮らしでしょう。あんまり月並みなんで、恥ずかしいくらいよ」

円城は言った。

「お茶ばかり、そうたくさん飲むこともできないだろうから、口なおしに果実酒も用意してある。やはり恭子が仕込んだものだ」

言いながら夫人に目をやる円城のまなざしは、いくらか誇らしげで、加えて無条件の愛情が見てとれた。まるでできのいい娘を自慢するときの、親馬鹿《おやばか》の父親のような表情だった。

わたしは恭子夫人を観察しなおした。円城からふたりが一緒になった顛末《てんまつ》を聞いたので、少しイメージが修正されたような気がした。いかにもお嬢さん育ちらしい天真爛漫《てんしんらんまん》さと品のよさの裏に、女としての猛烈な強さも見なければならなかった。それとも、あの天真爛漫さが男に向けられたときの、とんでもない飛びっぷりに思いをいたすべきか。

夫人を見つめながらわたしの頭をよぎった言葉はひとつだ。

強敵だ。

果実酒は、二種類用意されていた。コクワと、ハスカップという果実のものだ。

わたしは、コクワという果実を知らなかった。円城が、本州ではサルナシと言うと教えてくれた。それなら、名前だけは聞いたことがある。

飲んでみると、どちらもとろりとして、濃密な甘さのお酒だった。東京農大の醸造科を出たという円城が、この日もハーブのことから専門の果実酒の作りかたについてまで、豊富な知識を披露してくれた。

夫人はちょうど押し花のようなハーブ類の標本も作っていた。ハーブの花から茎から根っこまでを乾燥させ、スケッチブックにはさんであるのだ。たぶんあの標本の作りかたも、博物学を趣味にしている円城から手ほどきを受けたものだろう。

守谷がその標本集を見て、植物画を描くうえでの注意をふたつみっつ夫人に与えた。円城がさらにいくつか、むずかしい知識をつけ足した。その会話にはわたしが入ってゆく隙がなく、少しのあいだ、わたしは果実酒をなめ続けているしかなかった。

何かの拍子に、夫人が庭に出て、守谷も洗面所を借りるかなにかで、席をはずした。

わたしは思い切って円城に言った。

「こういうお酒は、たくさんストックしてあるんですか？　お酒の貯蔵って、けっこうデリケートなことだって聞きましたけど」

円城は訊いた。

「興味がある？」

「ええ。果実酒にも、ワインにも」

「ワインのボトリングは、工場に頼んでいるが、貯蔵はうちのワイン蔵だ。果実酒のほうは、そう多くはないよ」

「ワイン蔵は、どこにあるんです？」

「農具倉庫の裏手だ。軟石造りの小屋があるが、わかるかい」

「ああ、小さなおうちがありますね。半分斜面に埋まっているように見えますけれど」

「あれが、うちのワインセラーさ。地下室もあって、いま二千本ぐらい収まってる」

「ヨーロッパを旅行したとき、ワインセラーを改造したレストランに入ったことがあります。ああいう空間て、素敵ですよね」

円城はわたしの顔を愉快そうに見つめて言った。

「いま案内してもいいが、もう酔っているようだな」

「昼間から、強いお酒を飲みすぎました」

「今度の金曜日に、守谷くんと一緒にきたらいい。守谷くんは、恭子と仕事をするようだけれど」

「そうします」

そこに守谷がもどってきた。

その金曜日となった。わたしは守谷と一緒に小道をおりて円城のコテージに向かった。守谷はどことなく上機嫌だったが、これはわたしの気分が感染していたのかもしれない。

お茶を飲んだあと、守谷と恭子夫人が居間のほうに消えると、円城が言った。

「ついておいで。ワインセラーを案内する」

わたしは円城について、庭へと出た。

日差しが南国並みに強い日だった。農園は草いきれに満ちていた。黙っていても汗ばむほどの暑さだった。

農作業は相変わらず続いている。コンプレッサーの音が谷間全体に反響しあって、うるさいくらいだった。農作業の人手も、十人ぐらい入っていたのではないかと思う。

車庫の前を通り、綿貫夫妻の家の裏手へと出た。

赤いトラクターが裏手に鎮座しており、その横にふたつの建物。木造の背の高い建物は倉庫で、その横の石造りの小屋がワインセラーだった。

円城が、重そうな木の扉を開けて中に入った。ひんやりとした空気が、中から流れ出てきた。円城にうながされて、わたしも小屋の中に足を踏み入れた。

中は天井が低く、四隅にクモの巣がかかっていた。両側は木の棚で、ガラスの大瓶がいくつも並んでいた。真ん中に階段があって、暗い半地下室へと続いている。

円城が言った。

「恭子の果実酒はここだ。そんなに数は仕込んでいないよ。作っても、ふたりきりの暮しでは、飲みきれない」

わたしは手近の瓶のラベルを見ながら言った。

「あんなにおいしいお酒ですもの。売ればいいのに」

「残念ながら、日本の税法でそれはできない」

円城は半地下室の照明をつけると、先に立って階段をおりた。おりてみると、狭い地下室には通路が二本あって、両側の棚にはぎっしりとワインの瓶が横倒しにして並べられている。通路の奥には古い樽《たる》が重ねられていた。ランプとか、ブリキの缶とか、陶器の瓶とか、古い農家にはありがちなものも目についた。

しゃがみこんでランプを手にとって見ていると、円城が横に立って言った。

「きみも、ものごとをまず目で愛《め》でるほうだな」

意味がわからなかった。わたしは円城を見あげて訊いた。

「どういうことです？」

「守谷くんや、恭子の性質だよ。自分の好きなものがあると、彼らは観察する。凝視する。見つめて幸福になる。眼福、という言葉があるが、それだ。見つめることが、幸福の同義語だ」

「たいがいのひとは、そうじゃありません?」

「ぼくはちがう」と円城は言った。「ぼくは、好きなものは味わうほうだ。お酒を口に含み、喉に流す。食べものを嚙《か》みくだき、舌に乗せ、ごくりと飲みこむ。匂いをかいだり、舌に転がる感触を楽しみ、味のすべてを知ろうと思う」

わたしは立ち上がった。通路が狭かったせいで、腰が壁に当たった。わたしはよろめき、思わず円城のほうに倒れかかる恰好となった。

円城が支えてくれた。両手で支えられてわかった。それは想像していたとおりの、骨太のたくましい肉体だった。

わたしは円城を見つめた。円城もわたしの目をのぞきこんでくる。円城はそのとき、わたしの期待も理解したにちがいない。

円城は言った。

「きみは、食欲をそそるよ」

わたしはうなずいたが、自分でも奇妙に思えるほどナーバスになっていた。これはただの婚外交渉とはちがう、という想いだ。わたしが自分のつきあいの範囲で、守谷には内緒で関係を持つのとはちがう。いやおうなく濃密につきあってゆかねばならないひとたちと、危険を冒すことになるのだ。これまでにない関係のありようだ。わたしは、自分がどこまで行ってしまうか不安だった。要領よくやれるか、その自信もなかった。

ましてや、この場で、ということも考えていなかった。五十メートル離れたコテージには守谷と恭子夫人がおり、その周囲の葡萄畑には、農作業の人手が入っているのだ。しかもまだ午後の早い時間。あまりにも健全で健康的なときが流れている時間だった。

わたしの躊躇《ちゅうちょ》を感じ取ったのか、円城は言った。

「外が気になるかい?」

わたしは答えた。

「あちらのふたりのことが」

「嫉妬しているのか?」

「いいえ。そんな感情は、わたし、持ち合わせていません」

「でもまだ、どこか抑制がきいているようだな」

「ほんとうにこれでいいのかと思って」

「ぼくらは、もっと親しくなる必要があるかな。四人が、だ」

円城はわたしの背中から腰へと手をまわした。

外のコンプレッサーの音が、心なしか大きくなっていた。作業をする男女の声も、風に乗って聞こえてきた。

綿貫老人の声がした。

「旦那《だんな》さん。旦那さあん」

わたしたちは、互いの身体に手をまわしたまま、身を固くした。

綿貫老人の呼びかけが繰り返された。

「旦那さあん、ちょっと」

円城は鼻から荒く息をついて言った。

「隣り同士だ。焦ることはないな。日をあらためよう」

わたしは、半分安堵《あんど》する気分で言った。

「ええ」

ワインセラーの外を、ひとが歩く音。わたしたちは身体を離した。

七月の終わりとなって、わたしたちも田園暮らしにどうにか慣れたと思えたころだ。バーベキュー・パーティへの招待状が届いた。最近この町に移ってきたひとたちが主催する集まりだという。町役場の担当者からも、ぜひ行くといいですよと勧められた。

そのころ守谷は妙に機嫌がよい状態が続いていた。転地療法が成功したのかもしれない。隣人との、とくにその夫人とのつきあいで、気持ちがすっかり落ちついているのかもしれなかった。いずれにせよ、珍しく守谷はその誘いを断らなかった。

わたしには、そのパーティは退屈だった。出席者たちは、わたしたちが円城の農園の隣りに住んでいるのだと知ると、異様にも思えるほどしつこく円城夫妻とのつきあいのことを訊ねてくるのだった。円城夫妻がこの町ではひとづきあいの悪いカップルで通っていることがわかった。それでいて住民たちは、夫妻を無視できないのだ。彼らを放っておくことができず、好奇心が満たされぬ欲求不満にあえいでいるのだった。

長瀬という写真家と知り合った。彼は円城のコテージに、これまた異様なほどの関心を示した。撮影欲をそそるいい対象なのだという。

「何度か、敷地の境界ぎりぎりまで入りこんで、眺めたことがありますよ」と長瀬は言った。「いわゆる絵になるうちなんです。スコットランドあたりでなきゃ見られないような建物でしょう？　古くて、風土に溶け込んでいて、まわりに醜い邪魔物がない。ぼくがこの土地の写真集を出すときには、絶対に一点、あの家の写真を入れたいところですよ」

長瀬はわたしたちに、なんとか撮影の許可をもらってくれないかと頼んできた。

わたしは、そんなことであいだに入るのはまっぴらだった。

「そうですね、そのうちに」と、適当に受け流した。

長瀬はくどかった。何度も言った。

「頼みます。ぜひ、円城さんから了解をもらってくださいよ。そんなに嫌がるようなことじゃないと思うから」

丸山律子《まるやまりつこ》という、民宿とハーブ農園を経営している女性を紹介された。六年前に東京から移ってきたという女性だった。

丸山は、円城正晴にまつわる噂をいくつか教えてくれた。たとえば十五年ほど前に起こったという、レイプ事件。あるいは、レイプ事件ではないか、とも噂された、女性が犬に襲われたという話。

若い女性が円城に暴行されたと警察に連絡してきた。女性の身体は生傷だらけだった。警察は女性を病院に送るいっぽう、すぐに円城の農園に出向いて円城から事情を聴取した。でもそのとき円城はちょうど高熱を出しているさなかで、とても女性を襲えるような体調ではなかったという。

病院の医師は、女性の傷を診て、これは犬のような動物に襲われてできた傷だと判断したという。円城への嫌疑は晴れた。女性は何か意図があって円城に襲われたと訴え出たのだろう、と推測されたという。

それに続く女子高生の失踪《しっそう》事件というのもあったそうだ。十二、三年ほど前の夏、ちょうど円城がこの地に滞在していた時期に、女子高生が失踪したという。いまだその高校生は見つかっていないそうだ。

「円城さんが農園にひとを入れたがらないのは」と丸山は言った。「よくないものが埋まっているからじゃないのか、なんて噂もあるのよ」

でも、農園には農作業で多くのひとが出入りしている。丸山の話は、飛躍しすぎだ。べつの女性が教えてくれた。円城が出入りの設備業者に暴行したこと。

若い農協職員の遭難のことも聞いた。恭子夫人に言い寄ったハンサムな青年が、やがて行方不明となり、翌年の雪解けのあと、河原で死体となって見つかった事件。遺体は野生動物によってかなり傷められていたという。

わたし自身は、根拠のない田舎の陰口としてしか聞かなかったが、守谷はかなり強い印象を受けたようだ。自分の身に引き寄せて考えてしまったのかもしれない。守谷だって、スケールこそ小さいけれども、地域社会でいやな噂を立てられたという点では、似たような境遇にあった。

パーティからの帰り道、守谷は言った。

「円城さんについての噂話を信じているわけじゃないけど、あれでもし円城さんがひとり暮らしだったら、完全に変質者扱いだろうな。きれいな奥さんがいてよかった」

わたしは言った。

「順ちゃんもね。きれいな奥さんがいなければ、いろいろ誤解されるところよ」

守谷はわたしの冗談を聞き流した。

わたしたちの関係が急進展したのは、そのパーティの数日後になる。八月初旬の、夏も最高潮に達したという日だった。

わたしたちはその日、四輪駆動車で農園の正面へと乗りつけた。散歩がてら、ではなく、いくらかあらたまった恰好で農園を訪ねたのだ。守谷はその日、仕事のことで少しトラブルを抱えており、もしかしたら悪いお酒になるかもしれない、という危惧《きぐ》はあった。ストレスがたまっているとき、守谷は人格が変わるくらいに悪酔いするほうなのだ。

その日はスペイン料理だった。テラスのかまどで、パエリャが作られた。わたしたちはテラスのテーブルで、スペイン人並みの食欲で料理をたいらげた。

食事がすむと、円城はわたしたちに特製の煙草を勧めてくれた。手巻きだという。その甘い匂いをかいで、すぐにわかった。日本では禁制品の葉を乾かしたものだ。

円城は、いたずらっぽい顔で言った。

「これもうちの農園でとれたものさ」

ミントも葡萄も栽培しているのだ。この程度のものがあってもふしぎはないのだろう。

円城は守谷の肩を押してリビングルームのほうへと誘った。男同士の話がある、という雰囲気だった。なんどかリビングルームを通ったとき、そのつど円城はいかにも人生の先輩らしき態度で守谷の言葉に相槌《あいづち》を打っていた。

わたしと恭子夫人は料理を片づけ、台所に入った。

台所は、いわゆるカントリー・キッチンのスタイルだった。床はタイル貼《ば》りで、部屋の中央に大きな作業用のテーブルがある。そのテーブルでは、パンをこねることもできるし、鶏をさばくことも、もちろん軽い食事をとることもできるのだ。流し場の上にはいくつものあかがねの鍋《なべ》がさがり、壁ぎわの棚には香辛料やハーブの瓶が整然と並べられていた。

私たちは台所の隅で特製の煙草を喫《す》った。女ふたり、台所で煙草を喫う図は、会社の給湯室で女子社員たちが上司の悪口を言い合う場面に似ていないこともなかった。恭子夫人も、やはり男のいない場所では、いくらか蓮《はす》っ葉《ぱ》な雰囲気を見せた。スカートをたくしあげ、あぐらをかくように椅子に腰かけて、禁制の葉の煙を吸いこんだのだ。

夫人は訊いた。

「この土地、いかが？　おもしろい？」

わたしも、胸いっぱいに煙を吸いこんでから答えた。

「まあね。いまはなにごとも珍しいから」

「町のひとと、おつきあいはあるの？」

「このあいだ、移住者の会のパーティに行ったけど」

「ああ」夫人は鼻から煙を吐き出して言った。「円城の悪口、いっぱい聞かされたんでしょうね」

わたしは夫人に言った。

「いいえ。でも、円城さんご夫婦が、町のひとたちにどんなに関心を持たれているのかはわかった」

　夫人は言った。

「気にしないでいてくれたらいいのに」

「あまり町のひとは、おつきあいはないんですか？」

「通りいっぺんのことだけ。こうして、おうちに招《よ》んだり招ばれたり、っていうことは全然していない」

「退屈はしません？」

「ときどきするわ。でも、けっこう頻繁に東京には出ているし、田舎ならではの趣味も持つようになった」夫人は逆に訊いてきた。「久美さんは、退屈していないの？」

「それがなによりの心配だったんです。でも、わたしも東京にはちょくちょく出てゆくつもり。年に一度くらいは芝居に出たいし、それがここに移るときの条件なんです」

「お芝居に出るときって、どのくらい行っているものなの?」

「一ヵ月か、それ以上」

「そのあいだ、ご主人はひとり?」

「ええ。自炊してもらうつもり」

「久美さんは、東京に親戚《しんせき》でも? その、つまり、そのあいだ、ホテル住まいなのかしら」

「ううん。わたしが関わってるのは商業演劇とはちがうから、ホテルに泊まってはいられませんね。芝居仲間のところに転がりこむことになるでしょう」

「そういうのって、ふつうなの?」

「こんなものです」

「守谷さん、心配しないのかしら」

「わたしのことだから、気にしてもはじまらないと思っているんでしょう」

「理想的なご主人ね」

「あっちはあっちで、やっぱりちょっとずれてるひとだから、釣り合いがとれてる」

「うちはだめだわ」夫人はまた鼻から煙を吐き出して言った。「円城は、独占欲が強いの。わたしが東京に出るときは、すごく神経質になる。目を離すことが心配でならないのね」

若くて美人の奥さんを持てば、と言いかけて、言葉を呑《の》みこんだ。年齢差が不釣り合いだ、などと言うのは、あまりにも月並みな感想だった。それにだいいち、わたしはふたりの年齢差を不自然なものとは思っていない。わたしの以前の恋人は、ほとんど三十歳年上の大学教授だったのだ。

夫人は訊いた。

「久美さんは、何かここでする趣味はあるのかしら」

わたしは答えた。

「陶芸をやろうと思って、教室に申しこんできた。東京でも、カルチャー・スクールで少しやってたんです」

「ああ、素敵な楽しみね」

「ほかに何かないかしら。この町で、退屈せずに暮らす秘訣《ひけつ》。あったら、教えてください」

夫人は言った。

「ばかなひとたちをからかってやるのもいいわ。驚かせたり、うらやましがらせてやるのよ」

「ばかなひとたちって?」

夫人は、カメラマンの長瀬とか、民宿の丸山という女の名を口にした。わたしが同意し、わたしたちはしばらく、夫人が言うところのばかなひとたちを肴《さかな》にして盛り上がった。

果実酒の瓶が一本すっかり空いてしまった。わたしたちは二本目の瓶の栓《せん》を抜き、新しい手製煙草をそれぞれ手にとった。夫人はしきりにくすくすと笑うようになり、わたしも彼女の幸福さが感染して、いつになく愉快な気分になった。

夫人が言った。

「守谷さんがね、わたしに王女さまふうの服を着てほしいって言ってるの。何か仕事で使う絵のモデルにしたいみたい」

「あのひと、リアリティにこだわるひとですから。ほんとうなら、もうモデルなど使わずに描けなきゃいけないのに」

「いいじゃない。これもわたしの退屈しのぎのひとつになるわ。わたしのドレス、見たい？」

「ええ。見せていただきたいわ」

「二階にあるの。コンサートで着た衣装《いしょう》よ」

わたしたちは、居間を抜けて二階にあがった。ドーマー窓のついた小部屋が、夫人の趣味のための部屋だった。壁紙はウィリアム・モリスだという。建物と同じように古い木製のテーブルがあり、水彩の道具が並んでいた。夫人がクローゼットを開けた。中には、ぎっしりと夫人の舞台衣装が吊るされている。かなり装飾過多なものばかりだ。コンサートでは、この程度の派手な衣装を着なければ、舞台がもたないのかもしれないが。

夫人が言った。

「どれかに手を入れたら、王女のドレスらしく見えるでしょう」

ファッションが話題になれば、お酒と煙草の入った女たちは、いっそうハイになるしかない。わたしたちはクローゼットから全部のドレスをひっぱり出して吟味し、けっきょく着替えることにしたのだった。

夫人が自分のサマードレスを脱いで鏡の前に立った。シルクの可愛らしいキャミソールを着ていた。わたしは夫人のむきだしの肩のあたりに、まったく弛緩《しかん》や脂肪が見当たらないのを見た。まだ二十代前半のような若々しい身体だということだ。

わたしもシャツとスカートを脱ぎ捨てた。東京にいるあいだ、ダンスのレッスンを受けていたから、身体には多少の自信はあった。ただしわたしの身体には、夫人とはちがって自然なふくらみややわらかさはなかった。鍛えて整えた、舞台女優の肉体だった。

夫人は鏡ごしにわたしの身体を一瞥して言った。

「健康そうな身体ね。カリフォルニア・ガールみたい」

わたしには、それが皮肉なのかどうか区別がつかなかった。かなりいい気分になっていたときだ。賛辞だと受け取ることにして、わたしは言った。

「恭子さんの身体も、ほんとに色白なのね。白人の血でもまじっているんじゃないかと思う」

「その可能性があるのは、円城のほうだわ。毛深くて、身体に厚みがあるの。それに」そこまで言ってから、夫人は顔を赤らめた。「はしたないことを言ってるわ、わたし」

夫人がドレスのひとつを身にまとった。ピンクのフェミニンなドレスだ。胸の部分が広く開いている。

夫人が言った。

「ふたりを驚かせてやりましょう」

わたしは黒いドレスをとって身体にあてた。健康そうな印象が、いくらかでも消せるならよいと思った。


階段をおりてゆくと、守谷と円城が目を丸くしてわたしたちを見つめてきた。夫人がCDをかけて、わたしに両手を差し出してきた。踊りましょう、というサインだ。わたしが夫人の手をとると、夫人は音楽に合わせて踊りはじめた。ヨーロッパの民族音楽のようだったけれど、どこの国のいつの時代のものか、わたしにはわからない。わたしも夫人にならって脚を動かし、身体をゆらした。踊っているうちに、ハイな気分はいっそう高まっていった。踊りながら、わたしはずっと、くすくす笑っていたような気がする。

音楽がやんだとき、夫人が円城に近づき、手から何か小さな錠剤のようなものを受け取って飲んだ。

それが何かはわからなかったけれど、わたしも欲しくなった。夫人が円城から与えられるものなら、わたしだってもらいたかった。

わたしが円城の前に立って口を開けると、円城はわたしの口の中に同じ錠剤をぽんと放りこんでくれた。わたしはその錠剤を噛み砕いてから、そばのテーブルの上のワイングラスに手を伸ばし、ワインで喉に流しこんだ。

音楽はいつのまにかウインナ・ワルツに変わっていた。円城が夫人に代わってわたしの手をとり、わたしをリードしはじめた。

踊りながら、円城が言った。

「きみたちは双子みたいに見えるよ」

わたしは言った。

「奥さまのドレスのせいでしょう。どちらがどっちか区別つきます？」

「ぼくがキスしても問題のないほうが、妻だな」

円城はわたしに素早くキスしてきた。

わたしは言った。

「何も問題はなかったみたいですね」

「しかし、きみが妻だという確信も持てないな」

「なんでもいいのかも」

ちらりと夫人を見た。夫人は守谷をダンスに引っ張りだそうとしているところだった。

守谷はすこしためらっていたが、けっきょく夫人に手を引かれて踊りに加わってきた。

しばらくのあいだ、ふた組のカップルが居間の中でくるくると舞った。守谷は足元がおぼつかなくて、何度もわたしの背中にぶつかった。

三曲も踊ったころには、わたしたちはみな踊り疲れ、ただ互いにもたれあって揺れているだけとなった。両方のカップルとも、密着の度合いはチークダンスのようだった。いくらか記憶があいまいだけれども、守谷もあのとき、夫人に軽くキスをしていたはずだ。

円城が、わたしの耳元でささやいた。

「このまま、サンルームになだれこもう」

わたしは、やっとの想いで目を開けて訊いた。

「何をするんです?」

「ジャグジーに、湯が張ってあるよ」

「お風呂ですか」

夫人が横から、呂律《ろれつ》のまわらぬ声で言った。

「とびこんで、ふにゃふにゃしてしまいましょう」

わたしは言った。

「ふにゃふにゃして、ぴちゃぴちゃしましょう」

そのころには、わたしは自分がそうとうに酔っていることを意識していた。もちろんワインだけではなく、あの手製煙草のせいもあり、さらにいましがた飲みくだした錠剤の影響もあったろう。要するに、わたしは飛んでる、あるいは浮いている、という状態にあった。

円城がわたしの背中に手をまわして、ボタンを探った。何をしようとしているのかすぐ察しがついたが、わたしは抵抗しなかった。円城はいとも簡単にボタンをつぎつぎとはずしていった。わたしのドレスが足元にするりと落ちた。

円城はわたしから少しだけ身体を離し、自分も手早くシャツを脱ぎ捨てた。毛深い、と夫人が評した身体がさらされた。灰色の胸毛が密生していた。さらに円城は一気にズボンをひきおろした。下着も一緒にだ。わたしは思わず円城の股間《こかん》に目をやっていた。円城の体格にふさわしいだけのものがそこにあった。

円城はわたしに背を向けると、リビングルームからサンルームのほうへと大股《おおまた》に歩いた。わたしは自分のブラをはずしながら円城のあとを追った。円城はサンルームの中に入ると、軽々とタブのふちを乗り越えて、タブに身体を沈めた。わたしはタブの手前でもうひとつの下着を脱ぎ捨て、タブに飛びこんだ。転びそうになったところを、円城が支えてくれた。

続いて夫人が、裸になりながらもなおかつ育ちのよさを感じさせる様子でタブに入ってきた。夫人の乳房は想像以上に大きく、そして恥毛は予想していたよりもずっと薄かった。

最後に、幼児みたいな微笑をたたえて入ってきたのが守谷だった。守谷はタブのふちに足をひっかけ、頭からタブの中に倒れこんできた。水しぶきが派手にあがり、わたしたちは爆笑した。爆笑は、濡《ぬ》れた頭を出した守谷を見て、それからさらに三分は続いた。

ワイングラスをタブの中に持ちこんで、また酒宴ということになった。飲みながら、タブの中でわたしたちは互いに足を触れ合わせた。わたしは円城の足の下にわたしの両足を入れていたが、夫人も円城の足に自分の足をからませていた。守谷は、たぶん夫人の腿《もも》にでも自分の足を触れさせていたにちがいない。

円城が満足げに言った。

「まだ若いころだけれど、スウェーデンの家庭のサウナに招かれたことがある。行ってみると、向こうは家族全員が一緒にサウナに入るんだ。奥さんも、十代の娘さんたちも、みんな一緒だ。そして熱くなると、外の雪の中に飛び出すんだ。親しい友人はサウナに招く、ということになっているんだが、ほんとうに裸のつきあいになるのさ。いいものだと思ったね。いつか自分も、親しい友人を、そんなふうに招きたいと」

わたしは言った。

「わたしの田舎では、温泉の混浴って、わりあいふつうです。中学の同窓会を混浴の温泉ですることもあるくらいですから」

「そうだろう。日本にも、そういう伝統があるはずなんだ」

夫人が言った。

「みんな、新大陸のピューリタニズムがよくないのよ。世の中に偽善と欺瞞《ぎまん》を広めたって、これは円城が日ごろから言ってることなんだけど」

円城が言った。

「隣りにきたのが、リベラルな夫婦でよかった。ようやくぼくは、理想的な隣人にめぐりあった気分だな」

守谷が、寝ぼけたような声で言った。

「隣人同士ってだけじゃない。ぼくらは、狼の一族だ。円城さんがファミリーのボスだ」

目を見ると、完全に行ってしまっている様子だった。わたしたちは、守谷をそのままにして、タブの中で長いこと歓談した。お湯はほどほどのぬるさだったので、のぼせあがることもなかった。わたしたちを上気させるものがあったとしたら、ふた組の夫婦が一緒に裸で小さなタブの中にいる、という事実だけだった。

守谷がとうとうダウンしたと見えたころ、わたしたちのパーティもおひらきとなった。わたしたちはバスローブをまとってから守谷をリビングルームへと運び、カウチの上に寝かせた。

円城が言った。

「よかったら、きみも泊まってゆきなさい。と言っても、ゲストルームがある家じゃないんで、こっちのソファに寝てもらうしかないが」

夫人が円城の腰に手をまわし、ぴったりとくっついていた。目のまわりを赤く染めて、しなだれかかっているのだ。どうやら円城の性的関心も、いつのまにかあらためて自分の妻のほうに向いているようだった。タブの中で、夫人とのひそかな触れ合いと、言葉のない会話があったのかもしれない。それともわたしの裸は夫人と較べてやはり見劣りするものだったのか。円城の隣人の妻——わたしのことだ——は、いくらか敗北感めいた気持ちにとらわれた。その夜、円城の相手が誰になるのかは明白だったのだ。

でも、夫をひとり残したまま帰宅することは、あまりにも不作法というものだ。それに、夜中にまた新しい展開があるかもしれなかった。あの夜は、奇跡でも神の存在でも、なんでも信じられる気分だった。わたしはリビングルームのもうひとつのカウチで眠らせてもらうことにした。


新しい展開はなかった。わたしは朝の六時ころに目覚め、さらに一時間ほどカウチの上でまどろんだ。軽い二日酔いだった。

わたしは自分の衣類を探しながら、前夜のことを反芻《はんすう》した。

たとえホットタブに裸で入ったところで、あちらの夫婦の絆《きずな》はほころびなかったのだ。わたしは、円城夫妻とのつきあいの先に、冒険と刺激を夢見たことを恥じた。世の中それほど甘いものではない、ということなのだろうか。それとも、それまで円城が送ってきたメッセージを、わたしはまるっきり読みちがえていたのだろうか。

わたしはどうにも居心地が悪くなってきた。そのまま居たならば、夫妻と朝食をとることになる。たぶん、夫人は満ち足りて弛緩した顔になっているはずだし、円城のほうも少し脂気が抜けてさっぱりした顔で、朝食のテーブルに着くことだろう。そこにわたしがいるのは、なんとも間抜けな場面となる。

わたしは筆記用具を探し、電話のそばのメモ用紙にあいさつを書いた。朝一番で家具が配達されるので失礼します、と。白々しい言い訳だったが、ほかにいい理由は思いつかなかった。

守谷が山荘に帰ってきたのは、午前十一時過ぎだ。

表情が妙だった。何か気がかりでも抱えているような顔だったのだ。

守谷は訊いた。

「昨日、ぼくは羽目をはずして騒いだか?」

わたしは答えた。

「みんな、少しだけ羽目をはずしたじゃない」

「ホットタブにも入った」

「ええ。四人で。覚えていないの?」

「いや。そうだな。思い出した」それから守谷は、唐突に言った。「円城正晴は、狼だよ」

そうでしょうね、とわたしは応えた。

守谷は言った。

「ホットタブの中で、狼になってた」

わたしは、彼が見た幻覚を想像しながら言った。

「男は、みんな狼じゃないの」

守谷は、わたしの反応に不服そうに首をかしげたが、それで話題を打ち切った。

いまにして思えば、守谷の「円城正晴は狼だ」という言葉は、レトリックではなかったのだ。少なくとも、わたしと同じ意味では、その言葉を使っていなかった。彼は、どういう根拠からか、純粋に生物学的な意味で、円城正晴は狼だ、と言っていたのだ。

前にも書いたが、この近所には野犬がいるみたいだ、とは、引っ越した当初から守谷は口にしていた。野犬を見た、吠《ほ》えるのを聞いた、と言ったこともある。野犬ぐらいはいてもふしぎはないけれども、わたし自身は一度も野犬を見たことはない。吠え声を聞いたこともなかったし、匂いをかいだこともなかった。

ホットタブ・パーティの少し前のことを思い出した。

夜中に守谷がとつぜんベッドから身体を起こしたことがある。わたしも目を覚まし、どうかしたかと訊いた。

犬の遠吠えを聞いた、と守谷は言った。きみは、聞かなかった?

わたしが首を振ると、守谷はベッドから立ってベランダのガラス戸を開けた。わたしも守谷のうしろに立った。満月に近い夜だったらしく、人工の明かりなどまったくない牧草地なのに、ぼんやりと起伏の見分けがついた。涼しい夜風が、部屋の中に吹きこんできた。

守谷は言った。

「まちがいないよ。この近所に、野犬がいる。野犬じゃないとしても、何かイヌ科の動物だ」

わたしは言った。

「イヌ科の動物って、キツネとか？」

「キツネの鳴き声って、あんなに野太いんだろうか」

「わたしは聞かなかったから、わからないわ」

守谷は少しのあいだ、月明かりの牧草地のほうに目をこらしていた。想像力をあれこれ働かせているときの顔だった。たぶん、あのころすでに守谷は、そのイヌ科の動物は、円城の農園のある小さな谷の中にいる、と想像していたのではないかと思う。そして彼が言うイヌ科の動物とは、つまり狼のことだった。


隣人同士のつきあいは、その後しばらく、足踏み状態となった。守谷はあまり円城のことを話題にしなくなり、モデルが必要だという素振りも見せなかった。わたしも、夫人と競うことの愚かしさを感じていた。あの魅力のある男女の仲だ。他人がそうそう簡単にその絆の隙間に割りこむことはできないだろう。わたしは、冷静にそう考えるようになっていた。いつまでもそれでいいとは思わなかったし、いずれもっと発展する希望は捨ててはいなかったが、世間知らずを笑われそうな馴《な》れ馴れしい振る舞いはよそうと決めたのだ。

つぎにわたしたち夫婦が円城のコテージに招待されたのは、ホットタブの夜から二週間もたったときだった。

夫人とふたりきりになったとき、彼女はわたしに言った。

「ご主人、このところ、わたしにモデルの声をかけてくれないけれど、お忙しいのかしら」

わたしは答えた。

「ええ、このところ、かなり集中して仕事をしていますから」

「前のとき、わたしたち、失礼なことをしてしまったようで、それで守谷さん、うちを敬遠してるんじゃないかと思ってしまった」

「そんなことはありません。でも、守谷は少し節度を持ったほうがいいと思っているかもしれませんね。けっこう臆病《おくびょう》なところがあるひとですから。」

「だとすると、やっぱり失礼なことをしてしまったんだわ」

「ほんとに、全然失礼じゃありません。面食らったところはあるかもしれないけど」

「きらわれていなければいいわ」

前にも言ったように、似たような想いはわたしのほうにもあった。あのワインセラーでの円城の抱擁は何だったの？　あの夜のダンスやキスやホットタブは、田舎の中学の同窓会以上の意味はないの？　スウェーデンふうのおもてなしというだけだったの？　もっと不健康で危険な関係への一ステップではなかったのかしら？

わたしは、それを円城に直接訊ねることはしなかった。何も深い意味はない、と答が返ることを心配したのかもしれない。円城のキャラクターを考えるなら、それは十分にありうることだった。

九月になって、あたりの農作業も一段落したころだ。守谷が散歩に出たときに、わたしは彼の仕事場にあがって、またスケッチブックを点検してみた。あれほどご執心だった夫人と、その後ふたりきりの逢瀬《おうせ》を重ねていないのがふしぎだったのだ。それがほんとうかどうか、たしかめてみたかった。

テーブルの上のスケッチブックには、夫人をモデルにした新しいスケッチは描かれていなかった。ただし、もし夫人をモデルにするなら似合いだろう、と思われる構図の絵がいくつかテーブルに散らばっていた。廃墟の中にたたずむ中世のお姫さま、といった図だ。新しい仕事のための、ラフスケッチだったのだろう。

いっぽう、テーブルの脇にあったスケッチブックには、目新しいものがあった。何枚もの少女の裸婦像が鉛筆で走り描きされていたのだ。十二、三歳の少女なのだろうか。ショートヘアで、まだ胸のふくらみも小さい少女の姿。いくつかショートパンツ姿の同じ少女の絵もあった。

わたしは着衣のほうの絵を見ていて、その少女をどこかで見たことがあるような気がした。守谷の持っているたくさんの写真集の中で見たのか、それとも現実にいる少女か。

考えていて、やっと思い当たった。

近所の農家の子だ。

ときおり、左手の稜線沿いの小道を、牧草地の北の方向に歩いてゆく子がいる。先日、円城のコテージを訊ねたときも、農園で見かけた。たぶん家族の誰かが農園でパートタイムの仕事にでもついていたのだろう。守谷のスケッチは、あの子の印象によく似ていた。

その一連の絵の最後に、少女と二匹の犬がからんだ構図のものがあった。少女が裸で地面に横たわり、その両側で二匹の大型の犬が口を開けている図だ。大型の犬と見えるものは、もしかすると狼であったのかもしれない。二匹の狼が、獲物を前によだれを流しているところか。何か仕事のからんだ絵だとは思ったが、単に守谷の妄想を描いたものかもしれなかった。

もうひとつ、興味深いものを見つけた。古い新聞記事のコピーが七、八枚だ。

「農協職員、凍死体で発見」

「凍死体は、行方不明の農協職員」

そういった見出しの小さな記事がコピーされていた。地元の新聞のローカル面に掲載されたもののようだ。町の図書館にでも行って探したのだろうか。

さらにこんな記事もあった。

「高校生行方不明。きのう山林を捜索」

「文江《ふみえ》さん、捜索打切り」

「文江さん、行方不明のまま三カ月」

守谷は、円城にまつわる噂話を聞き流すことができなかったようだ。

ま、いずれにせよ、おかしな性癖を持つ男なのだ。気にすることはない、とわたしは自分に言い聞かせた。夫人と守谷が、ひそかに関係を深めていない、ということがたしかめられただけでもよかった。

何度も招かれた返礼に、わたしたちが円城夫妻を山荘に招いたのは、九月に入ってからのこととなった。屋外にバーベキューのセットを組み上げて、焼肉料理の小さな宴《うたげ》としたのだ。工務店の赤木さんが、鹿肉《しかにく》を土産に参加した。守谷に訊くと、家庭用品の店で偶然出会い、バーベキューをするのだと言ったら、肉を持っていってやる、と自分から言いだしたというのだ。赤木さんが鹿猟を趣味としていることは、山荘を案内されたときに聞いていた。自分で撃った鹿の肉なのだろう。わたしは、夫妻と赤木さんとが同じテーブルに着いて、会話がはずむとは思えなかった。その日のなりゆきを心配した。

でも円城正晴は、赤木さんが参加したことにも迷惑気な表情は見せなかった。赤木さんが鹿肉を持参したことがよかったのかもしれない。円城はほんとうにおいしそうに、レアに近い鹿肉をずいぶんたくさん食べた。

その日の話題は、もっぱらこの土地の自然と鹿猟の話だった。赤木さんは、鹿猟の話題からさらに、鹿の害を防ぐために狼を放そうという案が出ている、ということまで話題にした。このときもやはり守谷は、異常とも思えるくらいの関心を見せた。

赤木さんが言った。

「おれはもう、じっさいに狼をこのあたりに放したやつがいるんじゃないかと思うよ。野犬だけじゃなく、狼もいるんじゃないかって思うときがある」

その言葉を聞いたとき、わたしは守谷の目に妙な光がともったのを見逃さなかった。瞳《どう》孔《こう》がぐんと広がったのだ。やはりそうか、というような目。これでわかった、とでも言っているような目の色だった。

赤木さんは、ワインをかなり早いペースで飲んだために、早々とできあがってしまった。彼が帰ってゆくと、残された四人は、またなんとなくふたつに分かれた。わたしと円城、守谷と夫人、そのふたつに。

守谷が夫人を自分の仕事場に案内しているとき、円城が訊いてきた。

「守谷くんが仕事に没頭しているとき、きみは何をしているんだ？　家事に追われているのかい？」

わたしは答えた。

「あのひとが仕事に没頭しはじめたら、わたしはできるだけ近寄らないようにしていますわ。凶暴になるんだから」

「家を出てしまうのか？」

「ええ。そういうときに、買物をしたり、雑用をすませたりします。何日も没頭が続くときは、食事だけ作って放っておきます」

「絵描きさんの仕事もたいへんなんだな」

「その世界にすっかり入りこんでしまうひとですから」

「でも、買物と雑用だけでは、時間をつぶせないだろうに」

「陶芸教室に入ったので、そっちに出かけます。講師がいないときでも、勝手に教室は使えますので」

円城は言った。

「こんど守谷くんがそういう状態になったら、うちにくればいいじゃないか。もっと有意義に時間がつぶせる」

きた、と、わたしは思った。こんどこそ、くらいついてやるべきだと。

たぶんそのバーベキューのとき、守谷のほうもあらためて夫人と密会の約束をとりつけたのではないかと思う。

守谷が夫人と初めて性交渉を持った日がいつかを振り返ってみると、バーベキューの日から二週間か三週間のあいだのいつかだったはずだ。というのも、そのころ守谷の態度が妙に感じられたときが何度かあったのだ。わたしがそばに近寄ったとき、ふいに身を引いたとか、視線を合わせなくなったとか。それも露骨にではなく、思わず身体がそう反応してしまったとでも言うようにだ。

確信は持てなかった。ただ、わたしもつつましく葡萄の実が熟するのを待っているわけにはゆかなかった。せっかく円城のほうからも誘いがあったのだ。機会が生じたならば、こんどこそ百パーセント利用しきって、完結させなければならなかった。

うれしいことに、守谷は新しい大きな仕事にかかり、日ごとにその集中の度合いが増していった。自分の仕事にひたりきっているときの目になってきた。食事も、睡眠も、不規則になった。経験から言うと、そんなときの守谷は、現実から完全に浮き上がる。ほとんど夢遊病者のようになる。

ある夜、寝入りばなに、わたしは何かの物音で目をさました。ベッドの上で首を傾けてかたわらの目覚まし時計を見ると、深夜一時近くだった。守谷が仕事を切り上げたのだと思った。ほどなくして、ベッドにやってくるだろうと。

ところが、なかなか守谷はおりてこない。それどころか、仕事場では音がしなくなった。夜中だと、耳をすませば、守谷のたてる音が聞こえるのだ。椅子のきしむ音とか、絵筆を洗う音、絵の具箱を動かす音などが。でも、そのときはまったくしなかった。

ではあれは何の音だったのだろう。

わたしは気になってベッドから起きだし、寝室を出た。仕事場の下の階段から守谷を呼んでみたが、返事はない。二階へ上がってみると、仕事場は空だった。

わたしはもう一度一階へとおり、キッチンを見てから、トイレをノックした。いないようだった。玄関に出て、靴をたしかめた。守谷のゴム長靴が消えていた。

こんな時刻に、外出？

パジャマの胸をかきあわせて、表へと出てみた。満月だった。牧草地が、銀色に光って見えるほどの明るい月だ。自分の影が、くっきりと足元の地面に落ちた。わたしは二、三分のあいだ、目をこらして周囲に目をやってみたが、守谷の姿は見当たらなかった。いくらか遠くまで散歩に出たようだ。わたしは寝室にもどったが、けっきょくその夜は、いつ守谷が山荘にもどってきたのか、わからずじまいだった。でも、彼が寝室に入ってきた時刻だけは、時計を見たから覚えている。もう朝、午前六時ぐらいだった。もしかすると、それまでずっと外にいたのかもしれない。よくはわからない。

守谷はベッドに入るやいなや、軽く鼾《いびき》をかきはじめた。小さく呼びかけてみたが、何の反応も見せない。丸太になったかのような熟睡だ。たぶん午後遅くまで、目を覚ますことはないだろうとわたしは思った。

木曜日だった。円城夫妻とのそれまでの会話で、わたしは夫人が町のスーパーマーケットに買物に出るのは、週二回だと知っていた。駐車場のすいている月曜日と木曜日、それも午前中にすませてしまうのだ、と夫人は言っていた。

わたしはその昼前、農婦ふうのゆったりとしたエプロン・スカートを身につけた。頭には、スカーフを巻いた。

円城のコテージを見おろす小道まで出て、しばらく様子をうかがった。左手の斜面のほうでは、その日も防虫剤の噴霧作業がおこなわれていたが、ひとの数は少ない。綿貫さん夫婦だけでやっているのかもしれなかった。

小道からはコテージの陰になって前庭は見えなかった。夫人がいれば、庭にはマツダの赤いミアータがあるはずなのだ。十一時十五分になっていた。もし夫人が買物にでかけているなら、ぐずぐずしないほうがよかった。

ためらっていると、コテージのテラスにひとかげが出てきた。白いシャツにベスト姿。円城だった。円城はとうにわたしに気づいていたようだ。大きく手を振ってきた。早くこいと言っているように見えた。

わたしは小道を駆けるようにおりて、コテージのテラスの前へと出た。

円城が、わたしを頭から足先まで眺めて言った。

「田園暮らしにだいぶなじんできたようだね。その格好は、ヨーロッパの農婦を意識してるのかな」

わたしはスカートの端を少しだけ持ち上げて言った。

「テス、です。ナスターシャ・キンスキーの」

「なるほど」円城は笑った。「ロール・プレイング・ゲームができそうだ」

「何をするんです？」

「ぼくは好色な荘園主。きみは純朴な小作人の娘」

「きっと、生娘なんですね」

「テス」と、円城は表情まで変えて言った。「用事がある。うちの中に入りなさい」

わたしは、おおげさにおびえたふりをして言った。

「ごめんなさい、旦那さま。悪気はありませんでした」

「叱《しか》るわけじゃない。用を言いつけたいだけだ」

「はい、旦那さま。なんなりと」

わたしはテラスからサンルームへと入り、さらにリビングルームへと進んだ。

うしろから円城が言った。

「そこでとまって、こちらを向きなさい」

言われたとおりにすると、円城は革のカウチに腰をおろすところだった。

わたしは、夫人がほんとうに不在なのかどうか気になった。ちらりと左右に目をやった。

円城は、わたしの気持ちを見透かしたかのように言った。

「奥さまは、いましがた出ていったばかりだ。気にすることはない」

「はい、旦那さま」

わたしは頭に巻いていたスカーフを取り、髪をほどいた。とうとう、とわたしは思った。

これで夫人を出し抜いたか、少なくとも並ぶのだ。

リビングルームのカウチの上で、わたしは下着だけはずした姿で円城と交わった。なんとなく予想していたとおり、それは後背位で始まり、後背位で終わった。円城には似つかわしいというか、円城とならば似つかわしいというべきか、ともあれそれはけっして期待を裏切らないだけの、激しく荒々しい情交だった。

山荘に帰ってみると、守谷はまだ眠っていた。とはいえ、六時に眠りに就いたとすると、そろそろ目覚める時刻だった。わたしは、いまセックスを終えたばかりの顔で守谷と顔を合わせたくなかったので、手早く着替えをすませて、陶芸教室に行くことにした。陶芸教室から帰ってくると、守谷は仕事中だった。わたしは簡単な夕食を作ってひとりで食べてから、居間で音楽を聴いた。

やがて守谷がおりてきて、わたしを見ると言った。

「きょうは、外出していたのかい？」

「ええ」わたしはヘッドホンをはずして答えた。「午後は、町の陶芸教室に出ていた」

「どこに行ったのかと思った」

ほんのかすかに、とがめるような調子があった。あるいは、疑念とでも呼ぶべきもの。何か不安でも感じたのかもしれない。でもその疑念なり不安は、自分の秘密めいた行動の反映にちがいなかった。

わたしは逆に訊いてやった。

「昨夜、どこかに出かけた？」

「ぼくが？　何時ころ？」

「わたしが眠るころ」

「いや、どこにも」

「あなた、仕事場にいなかったけど」

「覚えていない」と、守谷は自信なげに言った。わたしの質問に面食らったようだった。

「散歩にでも出ていたのかな」

「そうなんでしょうね」

わたしはカウチから立ち上がって、守谷にコーヒーをいれてやった。そのときも守谷は、ほんの少しだけ身を引いた。まるでわたしが、守谷の身体から何かを嗅《か》ぎつけるのではないかと恐れているかのようにだ。


円城との二度目の情事も、夫人が買物に行っている隙のことだった。夫人が出かけたはずだというころあいを見て、わたしは円城のコテージに電話した。円城が、わたしの声を聞いて言った。

「恭子は帯広に出かけた。きなさい。すぐに」

農園の小道を駆けおり、テラスからコテージの中に飛びこんだ。円城はわたしを抱き上げ、濃厚なキスをくれてから、二階の自分の寝室へとわたしを引っ張った。この日は、お芝居はなかった。お芝居をしているほど、わたしたちに余裕がなかったのかもしれない。わたしたちはほとんど前戯らしい前戯もないままにつながり、むさぼりあって、果てた。

ほんとうは、終わったあとも、しばらくまどろんでいたかった。でも、やはり夫人のことが気にかかった。わたしは、本来夫人の領分であるはずの部屋で、本来夫人の専有物であるはずの男と交わったのだ。あのホットタブの一件があったとはいえ、わたしたちはパートナーの交換を認め合ったわけではなかった。やはりそれは、いまだ秘めごととしておくべきものだった。隠しておくべきことだった。わたしは時計を気にしながら衣類を身につけて、床におりたった。

円城が言った。

「もう行くのか」

わたしはうなずいた。

「ええ。晩御飯の支度もありますから」

「まだ日も高い」

「ずっとこうしているわけにもゆきません」

円城は髭に覆われた頬を緩めた。わたしが意外にスクエアとでも思ったのかもしれない。お芝居をやってるエキセントリックな女、と思って手を出したら、案外保守的であったと、失望したのかもしれなかった。

円城もベッドからおりてズボンをはき、シャツに腕だけ通してわたしを送ってくれた。

わたしはテラスから農園へと出て、小道を登った。きたときは気がつかなかったが、その日はパートタイムのひとたちがいつもよりずっと多く働いていた。しかも、小道のすぐ脇の葡萄棚で作業をしていたのだった。

何人かの視線を背中に感じた。夫人がいないあいだにやってきて、小一時間コテージの中にいたかと思ったら、そそくさと帰ってゆくのだ。どう噂されるかは想像がついた。

小道を登りながら思った。

円城は、このあいだのときも、いまも、夫人のことはいっさい話題にしなかった。彼は果たして、自分の妻と隣人の夫との関係をどう思っているのだろう。

何も気づいていないのか、無言のまま許しているのか、まだまだ関係は可愛らしいレベルにとどまっていると信じているのか、それともこれらはみんな互いに了解ずみなのだろうか。

四番目ではないだろう、と思った。円城のほうがそもそも夫人の目を盗んでいるのだ。了解ずみのはずがない。もっともその時点では、わたしも守谷と夫人とがどこまで行っているものなのか、確信もなければ証拠もつかんではいなかったのだが。

夫人の言葉が思い出された。

円城は独占欲が強いの、と夫人は言ったのだった。わたしが東京に出るときは、すごく神経質になる。目を離すことが心配でならないのね……。

夫人の言葉どおりだとしたら、守谷は危険な領域に入りつつあるということだ。

そのころから、守谷は髭を伸ばすようになった。最初は、伸ばすという意識はなかったかもしれない。ただ、シャワーと洗顔という習慣を放り投げていただけだ。数日間、同じ仕事着を着っぱなしでさすがに汗臭くなってきた。ある朝、わたしは守谷に注意して、身ぐるみをはいだ。

洗濯のとき、守谷のシャツにはふたつ三つ赤黒いしみがついていた。最初絵の具かと思ったのだが、よく見るとそれは血だった。平筆でひと掃きしたような血痕《けっこん》だった。

わたしは、洗濯を終えてから、守谷に訊いた。

「引っかき傷でも作っていない？」

「どうしてだ？」と守谷が訊き返した。「傷？」

「ええ。シャツに血がついていたけど」

守谷はほんとうに意外なことを言われたという顔で、自分の両手をまじまじと見つめた。

「何もないと思う」守谷は答えた。「たぶん」

その翌日、わたしが牧草地のほうへ散歩に出たときだ。稜線のそばの藪《やぶ》の中に小動物の死体を見た。灰色の毛で、小さな猫ほどの大きさのものだ。

じっさいにそれが何であったかはわからない。半分は草に埋もれていたし、全体は潰《つぶ》れていて、毛はべっとりと粘っこそうな血にまみれていた。猫ではなく、ウサギだったのかもしれない。

わたしは、守谷の血とその小動物とのつながりを連想した。気味のいいことではなかったが、ごく自然な連想だったと思う。東京で、守谷は猫を石にたたきつけて殺したという実績があるのだ。わたしは目をそむけ、その場から立ち去った。

九月も、もう下旬に入ってのことだと思う。カメラマンだという長瀬が、とつぜんうちを訪ねてきた。守谷の仕事への没頭ぶりが、沸点に達するのではないかと思えたころだ。ほんとうなら、腫《は》れ物にさわるように守谷に接していなければならない時期だった。

朝、表で車の音がしたのでわたしが玄関へと出ると、玄関に長瀬がいた。呼び鈴も鳴らさないままに、すでにドアを開けていたのだ。

長瀬は、含み笑いでもしているような顔で言った。

「ちょっとご主人にお願いがあって」

わたしは言った。

「いま仕事中で、ひとには会えない状態なんですが」

「ちょっとですから」

「ほんとうに、いまはだめなんです」

もうふた言三言押し問答があって、長瀬は言った。

「ぼくがきたと聞けば、ぜったいご主人は出てきますから」

妙に確信ありげだった。何か約束でもしていたのかもしれない、とわたしは思った。

リビングルームにもどって、階上に声をかけてみた。返事はなかった。わたしは階段を昇り、二階の仕事場に入った。守谷はスツールに腰をおろしてキャンバスに向かい、絵筆を動かしていた。

わたしはうしろから言った。

「お客さんがきてるわ」

守谷は、電流を通したカエルの脚のように反応した。小さく悲鳴さえ上げた。

「ごめんなさい」わたしはあわてて言った。「長瀬さんが下にきてるの」

守谷は振り返った。目がつり上がっていた。

「長瀬が？」

「ええ。カメラマンの」

「ぼくは眠っている、とでも言って追い返してくれ」

「仕事をしていると言ってしまったの」

「非常識だ。こんな朝に」

「それだけ大事な用なんでしょう。とにかく出るだけ出てみたら」

「非常識だって」

「あなたは、かならず自分に会うはずだ、と言ってるわ」

守谷の目が、いっそう角度をつけてつり上がったような気がした。

「ぼくが、会うって？」

「そう言ってる」

守谷は立ち上がったが、そのとき膝をワゴンの角にぶつけた。ワゴンの上の筆立てがひっくり返った。守谷はかまわずに階段をおりていった。わたしはワゴンから落ちた筆を拾い、筆立てをなおした。

階段をおりるとき、守谷の声が聞こえた。何か怒鳴っている。喧嘩《けんか》だ。でも、なぜ？原因は？

わたしがあわてて玄関へと出ると、守谷も長瀬も外のポーチの上だった。守谷がちょうど斧《おの》に手をかけたところだった。長瀬の顔に、本物の恐怖が浮かんだ。

暴力。それも、斧を手にしての。それまで守谷が犯したいくつもの軽犯罪のことが頭をよぎった。でも凶器を持ち出しての暴力となれば、冗談ですますことのできるレベルの話ではなかった。謝罪や、簡単な説教で解決がつくことではない。

わたしは思わず玄関を飛び出した。守谷の背中にうしろから抱きついた。守谷のすべての筋肉が、大きく隆起しているのがわかった。

「やめて、順ちゃん、やめて、お願い」

守谷はそれでも大きく斧を振りかざそうとした。わたしは守谷に抱きついたまま、振りまわされた。

「やめて。これ以上はだめ」

守谷の筋肉がいっそうこわばり、はりつめた。いまにも内側からはじけるのではないか、と思えるくらいに。

わたしも必死だった。はねのけられないように、守谷の腹で両手を組み合わせた。とにかく守谷の動作の自由を奪わねばならなかった。

つぎの瞬間、守谷の身体から力が抜けた。理性がまだ残っていたわけだ。激情を抑え、かろうじてこちら側に踏みとどまろうとするだけの意思が。

守谷が筋肉をゆるめ、斧をぶらりと片手にさげた。長瀬はよろめきながらステップを駆け降り、庭にとめた自分の四輪駆動車のほうに駆けていった。わたしはそこで守谷から身体を離した。

長瀬の車が庭先から出てゆくと、守谷はぶるりと身体をふるわせた。ちょうど悪寒でもしたようだった。

守谷はわたしの顔を見ずに手を振り切って、ステップをおりていった。わたしが何を心配したかは、彼もわかったはずだ。それがそもそも、わたしたちが北海道の田舎へ越してこなければならなかった理由だったのだし。

見ていると、守谷はそのまま牧草地のほうへ足早に向かっていった。興奮を鎮めるために、多少の時間がいるということだろう。周囲に誰もいないところで、思い切り暴れまわり、のたうちまわることが必要なのかもしれない。

わたしは守谷を追わなかった。守谷は伸びた牧草のあいだにずんずんと入り込み、やがて起伏の向こう側に消えていってしまった。

山荘に帰ってきたのは、昼すぎだ。何か思い詰めたような表情でうちの中にあがってきた。ジーンズとシャツには、先日にもまして泥やら葉っぱやらがついていた。

「長瀬さんと何があったの?」とわたしは訊いたのだが、守谷は答えなかった。そのまま仕事場にこもってしまった。

それから三日後、守谷の大仕事が終わった。守谷は町まで、厳重に梱包《こんぽう》したキャンバスを送りにいった。

そのうちの一点の絵は、わたしもどんなものかたしかめている。石の廃墟のそばにたたずむ王妃、といったテーマのものだ。王妃の顔はどう見ても夫人そのもので、悲しげな表情を見せつつも、全体の様子はかなり濃厚になまめかしかった。夫人と守谷とがすでに性関係を持っていることを暗示させる作品だった。

守谷は、宅配便の営業所からもどってくると、ベッドに倒れこんだ。目覚めたのは、それから十四時間後だ。

その夜、起きだしてきた守谷の身体からは、張り詰めていた雰囲気が消えた。長瀬が訪ねてきたときに見せたような、暴力の匂いも失《う》せていた。

ただ、いつもなら守谷は、そこでふつうの常識人にもどるのだけれど、でもそのときは、何かひとつ抜けきっていないものがあるように感じられた。エネルギーとして身体の中にためこんだものの一部が、仕事と一緒には放出されなかったかのような……。逆の言いかたをするなら、仕事のためにうんと遠くまで行った男が、帰ってきたときも向こうでの仕事の熱をそのまま持ちかえったような、そんな印象だ。

ひさしぶりの一緒のお酒の時間に、わたしは守谷に訊いた。

「身体、具合でも悪い？」

守谷は首をかしげて訊き返した。

「どうして?」

「なんとなく、そんなふうに思うから」

「顔色でも悪いか?」

「ううん」

でも、あらためて真正面から守谷を見つめて思った。顎髭を伸ばした、いくらか脱力感の感じられる顔の中で、目の光だけが奇妙に強いままだったのだ。何かに強く執着している目、現実とはちがうものを見てきたような目だった。

円城正晴から守谷に誘いがあったのは、そんなふうに守谷がかなり弛緩しているときだった。収穫の秋も真っ盛りというころだ。円城農園のパートタイムの作業員たちも、その日、仕事が一段落したことを祝う宴会を開く、とのことだった。

すでにその宴会の始まっている庭先を抜けて、わたしと守谷は円城のコテージの前に立った。

円城が言った。

「どうしたんだ? その目の光」

彼にも、守谷の目の色はやはり異様なものに見えたのだ。

守谷は言った。

「仕事の世界にはまりこんでましたから」

「そっちの世界に行ったきりでなければいいが」

わたしは言った。

「だんだん、もどってくるのに時間がかかるようになっていますわ」

夫人が守谷の髭のことを話題にした。似合うとかなんとか。

玄関先でわたしたちが話しているところに、自動車が滑りこんできて停《と》まった。長瀬が、その車からおりてきた。わたしは身を固くした。

長瀬はちらりと守谷に目をやってから、円城に向かって言った。

「許しが出たと思いまして。明日あたり、いかがですか」

円城が訊いた。

「何のことだ?」

「お願いしていました撮影の件です」

「前にも断ったはずだが」

「あれから事情も変わったので、それで奥さんに許可をお願いしていたんです。守谷さんにも頼んだ」

円城は夫人に顔を向けて訊いた。

「このひとは、何の話をしてるんだ?」

守谷が代わって答えた。

「農園を撮影したいそうです。ぼくから円城さんに頼んでくれないか、と言ってきたことがあります。きっぱり断っているんですが」

先日のトラブルの日のことを言っているのだろうか。でも、なぜその程度のことで、守谷が斧まで持ち出したのかわからなかった。

長瀬は、夫人に言った。

「こころよく了解してもらえたものだと思っていましたが」

夫人は困惑を見せて言った。

「お断りしたはずです。それは無理ですって」

「無理を通してもらえると思ったのですが」

「誤解があったようですが、もう一度申し上げます。お断りです」

長瀬は、なぜかにやつき、夫人と守谷と円城の三人を交互に見つめながら言った。

「悪い話じゃないと思うんですがね。円城さんご夫妻にとっても」

円城は一歩前に出て言った。

「いい加減にしてくれ。出ていってくれないか」

「考え直してください」と長瀬。

「くどい」

「何を噂されてもいいんですか」

そこまで聞いて、わたしはようやく事情をつかんだ。長瀬がこうも強気であつかましいのは、夫人と守谷とのことで、何か弱みを握ったからだ。密会の場を目撃したとか、あるいはもっとひと目をはばかる場面を写真に撮ったとか。ならば守谷の先日の怒りようもわかる。

円城正晴も、わたしと同じことに思い至ったのだと思う。彼は長瀬にとびかかって胸ぐらをつかむと、長瀬をぐいと宙に持ち上げた。長瀬は脚をぱたぱたさせて逃げようとした。円城は数歩勢いをつけてから、長瀬を本人の四輪駆動車のボンネットの上に放り投げた。まるで長瀬の身体が、藁《わら》人形かなにかのように軽そうに見えた。

円城は、ボンネットの上から転がり落ちてきた長瀬をもう一度引き起こし、こんどは砂利の上に突き飛ばした。そのときの円城の表情には、そばの者をたじろがせるだけのものがあった。鬼か夜叉《やしゃ》を思わせる形相だったのだ。

わたしは守谷を見た。守谷も目を大きくみひらき、口を開けていた。円城が見せた激しい反応に驚いているようだ。はっきりとおびえも見えた。円城の怒りを買うと、リアクションは生やさしいものではない、と知ったせいかもしれない。守谷は、円城を怒らせるだけのことをもう犯しているはずだし。

長瀬は地面に起き上がると、あとじさりながら怒鳴った。

「黙ってないぞ。やることはやってやる」

円城が長瀬に指を突きつけて怒鳴り返した。

「出ていけ。いますぐだ！」

長瀬はよつんばいになるように地面を駆けて自分の自動車にもどると、乱暴に車を発進させて逃げ帰っていった。

けっきょくその日の会食は、どうにも沈鬱《ちんうつ》でおもしろくないものになった。せっかく帯広から料理人がきていたというのにだ。円城が、いまの一件については話題にするな、と命じた。かといって、誰の頭にもそのことがわだかまっていたのは明白だった。べつの話題を出そうとも、盛り上がりようもなかったのだ。

同時にわたしは、円城や夫人の態度から、彼らのあいだにも、この四人の関係についてはあまりざっくばらんな話がされていないことを知った。円城も夫人も、自分たち自身は世間のモラルから自由であるとはいえ、同じような倫理観を持った隣人夫婦とのつきあいには慣れていないのだ。ことによったら、わたしたちのような夫婦とこんなつきあいをするのは、初めてのことだったのかもしれない。

デザートが出るころに、円城が言った。

「あの男のせいで、すっかりしらけてしまったな。でも、すぐに口なおしの機会を作ろう。今年のワインができてくるころにでも」

わたしと守谷は、ろくに言葉も交わさずに帰宅し、そそくさと眠りについた。

その後数日間、わたしも守谷も、長瀬との一件については一切触れないままに過ごした。

不自然ではあったけれども、やむをえなかった。一ヵ所、堰《せき》に穴があけば、ひょっとしたら堤防は完全崩壊ということになる。わたしたちにはまだ、崩壊させずに軟着陸させるだけの準備がなかった。もう少し、なりゆきを見守っているしかなかった。

同時に、円城夫妻とどのように揃って会ったらよいか、わたしたちは方法を見つけられずにいた。円城正晴は、ロなおしにべつの機会を作る、とは言っていたけれど、それを作るためには必要な手続きがある。まず夫人が、長瀬になぜあのような図々しい要求を持ち出されることになったのか、円城に説明できていなければならないはずだった。

わたしは、夫人がそれを屈託なく円城に明かしたとは思えなかった。円城の嫉妬深さと独占欲の強さについては、夫人の口からも聞かされていたし、守谷の見方を借りて言うなら、円城は一族のボスだ。若いメンバーのつまみ食いをそう簡単には許さないはずなのだ。円城がそのことにどう決着をつけるか、わたしは好奇心半分、おそろしさ半分でなりゆきを見守るしかなかった。円城との逢瀬の再開も、円城夫妻のあいだでそれが解決したあとのことだろうと考えていた。

たまたまそのころ、町のホールでコンサートが開かれた。札幌《さっぽろ》交響楽団のメンバーによる、室内楽の演奏会だ。

わたしは、音楽好きの夫妻はこのコンサートには必ずくるだろうと踏んでいた。たぶんこのときまでに、夫妻はひとつ結論を出しているだろうと。

「行くわね」とわたしが守谷にたしかめると、守谷は言った。

「ああ」

田舎の近所づきあいはいやだ、と言っていたわりには、あっさりとした答えだった。彼も、その日が夫人と会えるいい機会だと考えていたのだろう。

予想どおり、夫妻はコンサートにやってきた。円城はスーツ姿だったけれど、夫人のほうはその場では少し浮いて見えるほどにドレスアップしていた。

ロビーで、円城がわたしたちに言った。

「くると思っていた。楽しみにしていたんだ」

夫人が言った。

「ひさしぶりにおめかししてきちゃった」

ふたりの表情からは、例のことがすでに解決ずみなのかどうか、見きわめがつかなかった。夫妻の愛想のよさは、そのことは問題にしたくない、という意思表示なのかもしれなかった。

わたしたち四人が集まると、周囲の視線がわたしたちに集中したのがわかった。男の目も、女の目も。もちろんいちばんひと目を引いていたのは夫人だったろうけれど、わたしたち四人が固まってそこにいる、という事実も、周囲の好奇の的となっていたはずだ。わたしは陶芸教室の生徒たちのあいだでさえも、円城夫妻とわたしたちとの関係が興味本位に噂されているのを知っていた。仲がいいんですってね、と、意味ありげに言われたこともある。もっとも、わたしはそれをとくべつ迷惑に感じてはいなかったが。

その場でわたしたちはひとしきり親しく夫妻と雑談を交わした。音楽のこと、映画のことなどを、まるでスノッブなカクテル・パーティにでも出席しているような調子で話したのだ。

守谷は、なぜか妙に神経質になっていた。周囲を気にして、視線が落ち着かなかった。会話にも、反応が一拍遅れだった。演奏会場に入ってからも、わたしは守谷が気になってしかたがなく、その日の演目のモーツァルトもブラームスもろくに耳に入らなかった。

演奏会のあと、同じ建物の会議室でささやかなパーティがあった。札響の演奏者たちを囲んで、町の音楽関係者たちが歓談の場を持ったのだ。ヴァイオリニストのひとりが夫人の大学時代の友人ということで、わたしたち四人も会場へと招じ入れられた。会場には、六、七十人のひとが入っていたと思う。学校の先生たちとか、役場のひとたちが多かった。

夫人の同窓生だというヴァイオリニストが、札響のチェリストを紹介してくれた。太った中年男で、顔が赤かった。たぶんそのときすでに、そうとうのお酒が入っていたのだろう。

そのチェリストは、わたしたち四人の組み合わせを誤解した。

夫人と守谷とが夫婦だと思って、守谷に言ったのだ。

「初めまして、ご主人」

夫人の友人は手を振って訂正した。

「何を言ってるのよ。ご主人はこちら」

チェリストは言った。

「あ、失礼しました。こういう組み合わせだと聞きちがえた」

守谷の顔色が変わったのがわかった。一瞬だけれども、血の気が引いたのだ。ぴくりと身体が痙攣《けいれん》したかもしれない。わたしは、チェリストの言葉よりも、守谷のその反応のほうに驚いた。

チェリストは、円城とわたしを交互に見てから、愉快そうに言った。

「こちらも、カップルだと聞いたように思ったものだから」

ヴァイオリニストが言った。

「もう酔ってるのね。あっちに行って」

チェリストが立ち去ると、円城が言った。

「ぼくたちの仲のよさが、このところ評判のようだな」

夫人は円城の腕に手を添えて、かすかにこわばった表情で言った。

「田舎のひとって、どんなことでも噂にしないとおさまらないのね」

切り上げることにして、わたしたちは駐車場へと出た。

円城が提案してきた。

「うちで口なおしをしようか。ブラームスを聞こう」

わたしは賛成した。

「余韻が欲しいところですものね」

守谷が、気乗り薄の調子で言った。

「もう、こんな時間ですが」

円城が言った。

「たまには夜更かしもいいさ。とっておきのワインを抜いて、火入れ式とゆこう」

暖炉に、そのシーズン最初の火を入れるのだという。わたしは円城のコテージには、石を組んだ素敵な暖炉があったことを思い出した。わたしはもう一度はっきりと賛意を示した。

「素敵ですね。うかがいます」

わたしたち二組の夫婦は、それぞれの乗用車に乗りこんで、ホールの駐車場を出た。

円城のコテージにつくと、夫人がわたしに目配せしてきた。何か、話したいことがあるような素振りだった。わたしは円城と守谷をリビングルームに残し、夫人について台所に入った。

夫人はテーブルの前の椅子に腰をおろして言った。

「もう気がついていると思うけど」

きた、とわたしは思った。いつかこういう場面がやってくることは、予想していた。

わたしは夫人の斜向《はすむ》かいに腰をおろして言った。

「ええ。想像はついてる。そうだと思っていた」

「久美さんもでしょう」

わたしは、言いよどんだりせずに答えた。

「そうなの。知っていた?」

「ええ」夫人は一瞬目を伏せてから言った。「じつはいま、帰り道の途中で、きちんと聞いたの」

わたしは言葉を選びながら言った。

「ごめんなさい。その、こんな秘密を作ったりして」

「いいえ。謝る必要はないわ。わたし、久美さんを傷つけるつもりはなかったし、久美さんだって同じでしょう?」

「もちろんだわ」

「こういうことを、醜いことだと思う?」

「醜い? いいえ。まさか」

「そうでしょう。それはわかっていた。最初に、久美さんたちご夫婦を招待したときから」

「恭子さんは、怒ってはいない?」

「怒る理由なんてないわ。これって、ものを盗んだり、お金をとったりするのとはちがうことだもの」

「ご夫婦のあいだに、ひびでも入れてしまっていなければいいんだけど」

「そんなこと、あるはずがないわ。久美さんと守谷さんのほうは?」

「心配しないで。うちはふたりとも、変人同士の夫婦よ。このことで、いきなり家庭崩壊まで行ったりはしない」

「わたしも、わたしたちも、そんなことは望んでいない」

「これから、どういうふうになるの?」

「たぶん」夫人は、テーブルの上のドライフラワーの屑《くず》を床に払ってから言った。「もっとあけっぴろげになるのよ。秘密の時間はおしまい。これはこれで、わくわくするものがあったけど」

「ご主人も、そう望んでいるの?」

「いずれこうなることは知っていたって」

「なら、なにも困ることはないわね。でも」

「でも?」

「うちのひと、守谷の様子がなんとなくおかしいの。このこととは関係がないのかもしれないけど」

「おかしいって、どんなふうに?」

「口で言うのはむずかしいわ。とにかく、ちょっと様子が変なの」

「深刻に考えているのかな」

「わからない」

「こういうことは、もうよそうとしているってこと?」

「いいえ。そうじゃない。だけど、この先どうなるかを心配してるのかもしれない」

「心配することなんて、何もないのに」

わたしは、もうひとつたしかめておきたかったことを訊いた。

「前にも、こういうことはあったの?」

「一度だけ、同じようなことがあったわ」

「どうなったの? いい思い出じゃないみたいだけど」

「向こうのご夫婦は、かんちがいしたのよ。最後は、しょうもない三面記事みたいな終わりかたになった」

「ここで?」

「ううん。東京でのことだけど」

「かんちがいって、どんな?」

夫人は、その話題を口にはしたくないようだった。立ち上がって言った。

「チーズを切ってくださる? 冷蔵庫の上の棚に入ってる」

わたしも立ち上がった。

五分後、わたしたちはワインとチーズを持ってリビングルームにもどった。

暖炉にはすでに火が入っており、薪《まき》から勢いよく炎があがっていた。ぱちぱちと、薪がはぜていた。部屋の奥のイギリス製のスピーカーからは、その夜聴いたのと同じブラームスが、ほどよい音量で流れてきていた。

同時に部屋には、あの甘い匂いが満ちていた。前にも一度喫わせてもらった自家製煙草のものだ。わたしたちがキッチンで話しているあいだに、男たちは先にリラックスしていたわけだ。

円城が夫人に言った。

「守谷くんは、くだらない噂を聞いて、すっかりナーバスになっていた」

夫人は言った。

「噂に負けない方法はただひとつ。それがどうしたの、って言い返せるようになればいいのよ」

暖炉の前には、ハの字の形に革の椅子が二脚置かれていた。円城がひとつの椅子に腰を沈めた。もうひとつには、守谷が腰をおろした。

夫人はお盆を床におろして、ふたつの椅子のあいだに横座りとなった。

円城は、わたしが差し出したグラスを受け取ると、椅子の肘《ひじ》かけをたたいて言った。

「きみはここにきなさい」

わたしは理解した。

こちらでも、話し合いはついたのだわ。円満な解決があったのだわ。

わたしは円城の足の前の床に腰をおろした。円城がわたしの頭に手をおいてなでた。わたしは腰をずらして円城にすりより、彼のひざに手をかけてあごを預けた。

夫人のほうも、守谷の足に手をかけ、よりかかった。

円城が夫人に言った。

「もっと早くこうなっておくべきだった。守谷くんを仲間にするには、あまり時間をかけるべきじゃなかったな」

夫人は言った。

「ごめんなさい。前のことがあったから、慎重になるべきだと思ったの」

「自然にまかせておけばよかったんだ」

「じゃあ、今夜が自然になる夜なんだわ」

わたしは守谷を振り返って訊いた。

「いけない?」

守谷はわたしを見つめて首を横に振った。

「困る?」と、わたしは訊いた。

「いいや」

わたしは、彼の本心が読み取れなかった。それまでのことを受け入れたのかどうか、これから起こることを納得しているのかどうか、彼の目からはうかがいしれなかったのだ。どうにでもなれ、というような雰囲気も、かすかに感じられた。

わたしは続ける言葉を失ったけれど、いっぽうでその夜に起こることへの期待も、大きくふくらみはじめていた。わたしは意味なく犬の真似《まね》をした。

「ワン」

一拍遅れて、守谷は微笑した。それまでの緊張がやっとそこで切れたようだった。

守谷がくすくすと身体をゆすったせいで、グラスからワインがこぼれた。スーツのすそにワインの染みができた。

守谷は立ち上がろうとしたが、夫人が守谷からグラスを取り上げて言った。

「気にしないで」

夫人はグラスを床に置くと、守谷にのしかかるような恰好になった。のしかかって、上着を脱がせようとしているのだ。

わたしは円城の膝にあごを預けたまま、ふたりを見つめていた。夫人は守谷に身体を押しつけたままの姿勢で上着を脱がせると、守谷に唇を近づけていった。

円城がわたしの頬を両手ではさみこみ、自分のほうへと向けた。顎髭と頬髭のせいか、円城の顔は守谷とよく似ているように思えた。

円城がわたしにキスしてから小声で言った。

「二階へ行こうか」

わたしも、ささやくように答えた。

「ここでいいわ」

「彼は承知してるのか」

「なりゆきにまかせるでしょう」

わたしはちらりと隣の椅子を見た。

夫人が守谷のシャツを脱がせにかかっているところだった。守谷の手は夫人の腰にまわり、スカートをたくしあげていた。夫人の白い腿に、暖炉の火がゆらめいて映っていた。円城の手が、わたしのシャツの下にもぐりこんできた。


その夜、わたしたちは暖炉の前で、それぞれ自分の配偶者とはべつの相手との情事を持った。どこまで行ってよいものか、わたしたちはその場の空気を繰り返したしかめなければならなかった。二組四人の男女のうち、ひとりでもハイになりすぎていたり、逆にひとりでも気おくれを感じていては、うまくゆかないのだ。四人が同じようにたかぶり、燃えていなければならなかった。

さいわい、音楽と暖炉の火と、おいしいワインとが、わたしたちのあいだに共通の気分を作ってくれた。そこにはわたしたちをしらけさせるような現実はなにもなかった。あの部屋に満ちていたのは、背徳的で、甘く、いくらかは腐臭さえ感じられるような空気だった。わたしたちは互いに、もうひと組のカップルがたてる音や視線を、興奮剤の代わりにした。その興奮剤は、よくきいた。

わたしたちはほぼ同時に行為を終えた。達するとき、わたしと夫人の絶叫が互いにこだましあった。正直に言えば、夫人への対抗心から、わたしはふだん以上に大きく声をあげたと思う。

そのあとのゆるやかな弛緩の時間に、わたしはぼんやりと考えた。わたしたちの仲はステップを踏んで過激になってきたけれど、行きつく先はどこだろうと。ダブルの密会、複数での情事ときて、つぎは何かと。わたしはかなり過激な性生活を送ってきたという自負もあるけれど、そこから先にはわたし自身も未経験の領域があるはずだった。たとえば道具を使うとか、ＳＭとか、同性愛とか。

そのあと、二ヵ月前のときと同じように、わたしたちはホットタブの中でお酒を飲み、また手巻きの煙草を喫った。タブでたあいなくいまの情事の感想を口にしながら、わたしは守谷を観察した。彼の目のぎらつきは、いくらか弱まっていた。

もしかして、とわたしは思った。守谷がこのところ少しおかしかったのは、夫人と抜き差しならぬ仲になったことを必要以上に意識したせいか。円城がどう反応するか、それを心配していたせいなのかと。

彼がいま弛緩しているのは、きっと円城の反応がありがたいものだったからだ。彼は、ボスの雌狼に手を出した若い狼を、狼のボスのように扱うことはなかった。むしろ、同好の士として暖かく迎えいれてくれたのだ。

やがて円城が、少し照れるように言った。

「こんどはぼくが恭子を愛したくなった。お先に上がらせてもらう」

彼の歳で、それほどの回復力があるとは意外だった。ぽかりと口を開けたわたしの前で、円城は夫人を抱き上げ、タイルに水をたらしてサンルームを出ていった。

わたしは守谷に目をやって訊いた。

「あなたはどう？」

守谷の足に手をはわせて、彼の股間をたしかめた。守谷はわたしの手の中で、すぐに回復した。

守谷は言った。

「彼に負けるわけにはゆかない」

やはり彼は、円城と競っているのだとわかった。

その夜、パートナーを変えての二度目の情事のあとで、わたしはさっき自分が考えたことの新しい答を思いついた。このつぎの段階は何かということ。

守谷の仕事場で見たあのスケッチが思い出されたのだ。二匹の大きな犬が、横たわる裸の少女を囲んでいる図。あれが彼の無意識の願望を表しているのだとしたら、守谷にとって、つぎにくるものは屍姦《ネクロフィリア》とか、幼女強姦ということになるのではないかと。

もうひとつ思い出した。

はじめて守谷の部屋を訪れた日、彼がミレーの複製を解説してくれたこと。テート美術館の有名な絵、『オフィーリア』。

守谷は言った。この絵が意味しているのは、屍姦への願望だ。ネクロフィリア。自分はこの絵が好きだ。

その夜以来、守谷はずいぶん性的に率直な男になった。ときところをかまわずわたしを求めてくるようになったのだ。強くなったと言えるのかもしれない。それまでの守谷を考えると、かなりの変化だった。守谷に求められれば、わたしだっていくらかは優しい気持ちにもなれる。彼の異常行動も、大目に見てもいいかという気になった。

わたしは守谷に言った。

「円城さんご夫妻と知り合えてほんとうによかった。大事にしたいわ、あのかたたち」

これ以上のことは望むまい、という気持ちがあって出た言葉だ。わたしたちは、もう十分に魅力ある隣人と、刺激的な生活とを手に入れた。無理にこの次の段階に進むことはないのだ。とくに、守谷が望む種類の段階には。

守谷は言った。

「大事にするさ。ぼくらは、一族になったんだ」

「一族？」

「ああ。ファミリーだ。この一族を守らなきゃならない」

わたしは訊いた。

「守るって、何から？」

「世間とか、噂好きな連中とか、図々しくぼくらのテリトリーに入ってくるやつらとか」

「誰のことを言ってるの？」

「見当がつかないか？」

同じような言葉を円城正晴も口にしたことがあった。もうわたしたちがつながりをもってからのことだ。

円城は言った。

「守谷くんは、まるで若い狼のようだな」

わたしは訊いた。

「彼が、若い狼？」

「そうだ。若い牡《おす》の狼だ。ぼくをまるで一族のリーダーであるかのように敬意を払ってくれる。ぼくらの関係を守るためなら、牙《きば》もむくし、ひとを傷つけることもするんじゃないだろうか」

「たしかに、その気になっていますわ」

「うれしいが、でもいずれ彼は、ぼくの地位を狙《ねら》うようになる気がする。リーダーの座につきたいと、ぼくの排除にかかるようになる気がする」

「わたしたち、リーダーが誰とかなんとか、そういう関係ですか？」

「ひとつのファミリーと言っていいんじゃないか」

「でも、だとしても、そのファミリーのリーダーって、それほど魅力があるものですか。あなたを排除して、それで何の得があるんです？」

円城は、愉快そうに言った。

「彼がトップに立てば、きみに加えて、恭子まで独占できるんだ。ぼくとシェアするんじゃなくって」

わたしは肩をすくめた。そのときは守谷にそんな願望があるとは思えなかったのだ。彼は、わたしたちがこのような関係になったことだけで、十分満足していたように見えた。ここに至るまででも、彼はずいぶん進歩したのだし、リベラルになったのだ。

守谷に、ほんとうに円城の地位を狙う意思があったかどうかはいまだに知らない。ただ、この土地に引っ越してきて以来守谷は絶えず円城正晴を気にしていたことはたしかだ。最初は風変わりな隣人として、つぎに魅力ある人生の先輩として、やがて性的な愉悦を共有する同志として、守谷は円城正晴の存在を意識していた。

同時に、守谷は円城正晴に対してあの妄想を育《はぐく》んでいったのだった。円城は狼であると。狼男であると。それも、いま思い返してみると、かなり早い段階から、彼はその妄想にとりつかれていた。まともに取り合うこともばかばかしい妄想にだ。たぶん守谷が「切れて」いったのは、その妄想が生まれた時期と一致する。

そのコンサートと「火入れ式」の夜以来、わたしたち四人は、互いの関係を承認しあい、人生の愉悦を堂々と分かちあうようになった。その事実は、わたしをずいぶん大胆にさせた。

町へ出ても、地元のひとの視線やひそひそ話がまったく気にならなくなった。それまでだって自分自身のこととしては気にもとめていなかったけれど、円城夫妻にどんなふうに伝わるか、そのことは気になっていた。でも、もう悩む理由はなくなったのだ。夫人が言っていたように、それがどうしたの、と言えるのだ。何を心配しなければならないだろう。

円城に直接電話もできるようになったし、夫人とも屈託なく会話ができるようになった。円城の農園に出かけるときに、ひとの目を気にすることもなくなった。もっとも、収穫祝いのあとは、農園ではほとんど農作業もなくなって、ひとの目といえば綿貫さんご夫婦くらいしかなくなってはいたのだけれど。


いっぽうで季節は静かに秋から晩秋へ、そして初冬へと移っていった。曇り空の日が多くなり、日も短くなって、風景からは色が消えた。カラマツの防風林の黄色のほかは、ほとんど無彩色だけの季節となったのだ。なんとなく滅入る日々が続くようになった。

守谷もまた新しい仕事にかかり、これに没頭するようになっていった。目の輝きがちがってきて、いっときわたしが不安に感じたような、妙な熱をおびはじめた。言葉数が少なくなって、一日のサイクルがずれだした。

ある日、守谷は庭に高さ一メートルほどの十字架を作って、これに人形をゆわえつけた。はりつけにされた女性をイメージしているらしい。その人形づくりにも、守谷はずいぶん情熱を傾けた。器用に針と糸を使い、ずいぶんリアルな西洋人女性の人形を作ったのだった。

「仕事なの?」とわたしが訊いても、守谷の返事はそっけないものだった。

「ああ」

守谷が熟睡しているときに、わたしは仕事部屋をのぞいてみた。どうやらこんどの仕事は、中世のヨーロッパが舞台、魔女狩りがモチーフらしいとわかった。拷問や死刑についての資料が、テーブルや床の上に広がっていた。スケッチブックのほうには、十字架にはりつけにされてもがき苦しむ女性の姿。その女性の苦悶《くもん》の表情などが、何枚かスケッチされていた。

スケッチの雰囲気が、どことなく以前とちがっているような気がした。鉛筆の線がささくれだっていたし、描かれているものは形が歪《ゆが》んでいるようだった。遠近感とか、ひとの形のバランスとかが、どこかおかしかった。プロとして訓練を積んできた者の絵ではないように感じられた。

誰かが精神分析の手法について教えてくれたことを思い出した。分析医は、分析する相手にA４サイズの紙をわたし、家と木を描くように言うのだ。相手が自由に描いたその絵から、相手の精神の内側を読み取ることができるのだという。

絵のうまいへたは関係あるのか、とわたしが訊くと、相手は教えてくれた。

絵のうまいへたと見えるものは、じつは多くの場合、現実認識の正確さの程度を表しているのだと。

たしかな記憶ではなかったかもしれないが、おおむねそういう意味だった。

もし守谷の絵の遠近感やひとの形のバランスが崩れてきたとしたら、それは現実認識が歪んできたということではないのだろうか。

同じころ、夕食のときに、守谷はとつぜんわたしに言った。

「円城正晴は、狼だよ」

ずいぶん断定的な言いかただった。比喩《ひゆ》ではない。守谷は言葉どおりの意味で言ったように聞こえた。

わたしは訊いた。

「どうしてそう思うの？　お肉をレアで食べるから？」

「彼は狼の一族なんだ。狼の血がまじってる」

「だからどうして？」

「自分でもほのめかした。彼の身体つきや、匂いや、身のこなしを見てもわかる」

「野性的っていうだけじゃない」

守谷は、声を荒らげた。どうしてわからないのだ、と怒鳴っているような調子だ。

「昔からこの土地には狼が出る。ずっと何度も現れてるんだ」

真顔だった。

わたしはあわてて守谷から視線をそらした。

思い返して見ると、わたしが守谷の異常さをはっきりと意識したのは、そのときが最初だったように思う。

わたしはそれ以上、彼の目を正視したくなかった。彼の目は熱っぽい光をおびていたし、その輝きが奇妙に強かった。見ようによっては、精気があふれているようでもあったけれど、それが何に向けられた精気なのかわからなかった。

それに、元気すぎるひと、躁《そう》状態のひとというのは、はたの者を辟易《へきえき》させる。その活発さから遠ざかりたいと思わせる。そのときの守谷の目には、そう感じさせるだけの何かがあった。

守谷はわたしの反応が気に入らなかったようだ。その話題をそれ以上続けようとはせずまた黙々と食事にもどった。わたしは、彼が円城正晴を狼の一族と信じた理由を聞くことはできなかった。もっとも、もし聞かされたとしても、わたしがそれを理解できたかどうかはあやしいものなのだけれど。

そんなころ、工務店の赤木さんが山荘を訪ねてきた。

カメラマンの長瀬の姿が見えないというのだ。何か事故でもあったのではないかと心配しているとのことだった。守谷も応対に出たが、長瀬とはまったく会っていないということだった。

わたしは、赤木さんの言葉にひっかかるものがあった。

その直前、守谷の不可解な行動があったのだ。自動車で出かけたきり、深夜まで帰ってこない日があった。

最初のとき、夜の十時すぎにわたしは円城の家に電話をしてみたが、守谷は行っていな

かった。となると、どこだろう。この土地では社交生活など皆無の守谷だったから、そう
そう行く先があるはずもないのだ。
帰ってきたのは、深夜一時すぎだったろう。わたしはもう寝室でベッドに入ってうとう
としていたが、自動車が砂利を踏みしめる音で目をさました。耳をすましていると、守谷
は寝室には入らず、そっと二階の仕事場に上がっていった。
翌日、わたしは風呂場で、泥にまみれたジーンズとシャツを見つけた。洗濯機に突っこ
んであったのだ。泥の中を走ってきたかのような汚れかただった。
わたしは守谷に訊いた。
「昨日は、どこに行ってたの。ずいぶん心配しちゃった」
守谷の答は、理解しがたいものだった。彼は言ったのだ。
「狼さ」
「え?」
「狼が、ぼくを呼んでいた」
このときも、わたしはそれ以上のやりとりをあきらめた。わたしたちの会話は、いよい
よずれてきていたのだ。
守谷の深夜の外出は、それからさらに二回続いた。
やがてこの地方に初雪が降り、それからさらに何日かたったころ、また赤木さんがやっ

てきた。

　赤木さんは言った。

「長瀬はやっぱり事故だったよ。自分のうちの裏手の山の中で死んでいた」

　わたしは驚いてたしかめた。

「死んだ？」

　赤木さんは、死体が見つかったのだ、と教えてくれた。変死体なので、検死解剖されるという。

　赤木さんは、守谷に訊いた。

「あんたが長瀬の家を訪ねたのはいつだい？」

　守谷は答えた。

「訪ねていませんよ」

「家がどこか気にしていたじゃないか」

「そうでしたか？」

　赤木さんは言った。

「ほんとに事故だといいがな。この土地で事件なんてことは、やだからな」

　赤木さんが帰ってから、わたしはいやでも先日の守谷の夜の外出のことを考えないわけにはゆかなかった。

　警察がやってきたのは、それからさらに四日後だ。

ふたりの刑事はうちにあがりこんで、守谷に長瀬との関係などを訊いていった。わたしもそばにいて、やりとりに耳をすました。

長瀬の死因は急性心不全、ただし、動物に噛まれたような傷跡が、いくつも身体に残っていたという。刑事は、うちでは犬を飼っているか、とふしぎなこともたしかめていった。犬をけしかけた、とでも疑ったのだろう。

このとき、わたしの胸のうちでは、それまでの漠とした不安が、次第に形をとりはじめていた。

刑事たちが帰ったあと、わたしは守谷に訊いた。

「そのころって、よく散歩に出ていたわね。出くわさなかった?」

守谷の頬の筋肉が、ぴくりと動いた。

守谷はわたしに訊き返した。

「長瀬と? どうしてだ?」

わたしは言った。

「満月のころだったでしょう。あのひと、このあたりで、月光浴写真でも撮ってたんじゃないかと思ったから」

守谷の顔がこわばった。何か、思い出したことがあったようだ。守谷はわたしに背を向けると、玄関へと歩きながら言った。

「ちょっと、出てくる」

守谷はダウン・ジャケットを着こみ、ニットの帽子をかぶって外へと出ていった。

三十分ほどたって、円城正晴から電話があった。

「いま少し前に、守谷くんがきていた」円城は言った。「なんだか妙な様子だったが、どうしたんだ?」

わたしは言った。

「警察がやってきたんです。あの長瀬さんが死んだってことで」

「警察は、うちにもきた。先日のトラブルのことを聞いていったよ。守谷くんは、事故の真相を知っているような口ぶりだったけど」

「真相を?」

「そんなものがあるとしてだ。そう聞こえた」

「何か妙なことを思いついたのかもしれません」

「たとえば?」

「長瀬さんは野犬に襲われた、というようなことです」

「そういうことなら、とくべつ奇妙な発想にも思えないが、とにかく何の用事だったのかな。わけのわからないことを言って、帰っていった」

「気になさらないでください。またちょっと仕事に没頭してましたから、現実から浮いてしまってるんです」

「彼は、思いのほかひ弱だったな」

「そうですか?」

「こういう関係に耐えられなくなってるんじゃないか」

「前からこうでした。程度は、だんだんひどくなってますけど」

円城は話題を変えた。

「つぎはいつがいい?」

四人で、ということだと思った。わたしは答えた。

「守谷の仕事が一段落してから」

「終わらせなきゃあならんな」

「そうですね」

「早急にだ」

守谷が帰ってきたのは、それからさらに一時間もたってからのことだった。


初雪が降って以降、守谷は仕事に打ちこんでの完全徹夜と、日中の死んだような眠りとを繰り返していた。しかもそのどちらも、わたしがそれまで見たことのない深さだった。仕事をしているあいだは洗濯機をまわすことさえためらわれ、眠っているあいだは、震度五の地震さえも守谷を起こすことはできまいと思えるほどだった。

そして徹夜と熟睡とのあいだには、不可解な外出があった。散歩の時間帯は気まぐれで、夕刻のときもあれば、未明のこともあった。たいがい、一時間から二時間、帰ってこなかった。

二度目の雪が降ったのは、初雪から二週間ほどたってからだ。このときは夕方から降り始めて、翌朝には十センチほどの深さにまで積もっていた。朝になって雪はやみ、薄日がさして、それまで無彩色だった風景が、輝かしいものになった。

その朝、わたしは寝室の窓から、外の景色にしばし見入った。朝の七時すぎ、いつもわたしが目をさます時刻だった。

二階から守谷がおりてくる足音がして、寝室に入ってくるかなと待っていると、彼はそのまま外に出ていった。窓から見たところ、どこに向かうという目的もないようで、ただ雪の上を歩くのが楽しくて屋外に出ていったように見えた。わたしは彼が斜面の向こう、いくらか勾配《こうばい》のきつくなるあたりに消えるまで、守谷のうしろ姿を見つめていた。

守谷の姿が見えなくなってから、わたしは二階の仕事場に上がった。

仕事場は散らかっていた。開いた資料やスケッチブックが床を埋め、ほうぼうに絵の具が飛び散り、筆が転がっていた。仕事場を数歩歩いただけで、わたしのスリッパの底には消しゴムの滓《かす》がくっついて、足の裏にいやな違和感を感じさせた。

壁に何枚ものエスキースがピンでとめられていた。裸の少女が横たわっている図だ。構図を変えて、何枚も鉛筆でスケッチされている。前にもわたしは、二匹の犬が裸の少女を前に舌なめずりしているスケッチを見たことがあったが、こんどのスケッチには犬は描かれてはいない。

ただし、デッサンの狂いはいっそう目立ってきていた。少し前から、守谷のデッサンは素人のわたしが見てもわかるほどに狂ってきていたが、その少女のスケッチも手足のバランスがおかしく、顔の形が溶けはじめた蠟人形《ろうにんぎょう》のように歪んでいた。

彼は、自分のデッサンの狂いを認識しているのだろうか。

ここまで狂いが出たなら、やるべきことは、また画学生のときのように、あるいはいまでもときどき円城夫人を相手にやっているように、じっさいにモデルを前にすることだ。

そこまで思ってから、わたしは慄然《りつぜん》とした。守谷も、同じことに思い至ったとしたら。

わたしは口の中がすっぱい粘液で満たされたような気がした。ぶるりと身体もふるえた。瞬間、わたしの脳裏を、守谷が好みだというあの絵がよぎった。

『オフィーリア』

エロチックな水死体。あるいは、セックスのあとの仮死状態の女。

それに守谷が口にした言葉。ネクロフィリア。

わたしは散らばるゴミの山を大急ぎでまたいで、仕事場を出た。

守谷が、新雪の上の散歩から帰ってきたのは、十時すぎだったと思う。寒気の中の散歩が心地よかったはずもなかったので、わたしは訊いた。

「円城さんのところに行ってたの?」

守谷は首を振り、わたしとは視線を合わさずに寝室に入ってしまった。

その日の午後、わたしが陶芸教室に行って帰ってくると、ほんの数分後に守谷も外出から帰ってきた。

わたしは朝と同じことを訊いた。

「円城さんのところ?」

「いいや」と守谷は答えて、仕事場に上がっていった。

その日いちにち、守谷は仕事場にこもりきりだった。午後の八時になって、ようやく守谷は食事におりてきた。守谷は相変わらず現実とは接点を失ったような目のままだった。瞳《ひとみ》はいくらかうるんでおり、全体に腫れぼったい印象があった。守谷は黙ったままで夕食を食べ終えた。

わたしは訊いた。

「仕事のほう、めどはどうなの? 円城さんが、あなたの仕事が一段落したらまた呼んでくれるって言ってるけど」

守谷は答えた。

「もうすぐだ。あとほんの少し」

「体調、くずしていない?」

「どうして?」

「なんとなく、風邪気味っぽく見えるわ」

「微熱があるのかな」

「体温、はかってみて」

「あとでいい」

彼は仕事場にはもどらず、そのまま寝室に入ってしまった。わたしは録画しておいたコメディをひとりで観て、十時半くらいに寝室に入った。守谷は熟睡していた。顔をのぞきこむと、頬髭と首のちょうど境目あたりに、細い傷痕があった。新しいものだ。はじめ、絵の具かと思ったのだが、血が地の肌ににじんでいるのだった。何かにひっかけたような傷とも見えたし、擦り傷のようでもあった。

わたしは守谷の隣にもぐりこんだが、こうしてひとつベッドで眠ることはずいぶんひさしぶりだったような気がした。このところ、短い時間ベッドを共有したことはあったけれど、カップルらしく同衾《どうきん》するのはほんとうに何日かぶりだったのだ。

それを考えると、逆になぜか眠ることができなくなった。わたしは起きだしてキッチンにゆき、ココアを作って飲んだ。それでもなかなか眠くならなかった。けっきょくわたしは、深夜三時すぎまで眠らず、どうにも睡魔に勝てなくなってから、あらためて守谷の隣に入ったのだった。

翌日も、きゅんと身体が縮こまるような寒い日だった。わたしはいつもよりずっと寝坊して起きた。守谷はそうとう早いうちに起きだしていたようだ。わたしが起きたとき、彼はリビングルームで写真集を眺めていた。昨日よりは、ほんの少しだけど顔がほぐれているように見えた。

わたしは訊いた。

「仕事は、終わったの?」

守谷は首を振った。

「まだだけど、めどはついた」

「きょう、スーパーに行くの、つきあってもらえる?」

「ああ」

午後に町のスーパーに行き、帰ってくると、牧草地の端のほうにひとの列が見えた。斜面のずっと下、農道が横切っているあたりだ。十人ほどのひとたちが、雪の積もった牧草地の上を、横一列になって歩いている。

「なにかしら」と、わたしはもらした。

守谷は言った。

「捜索だろう」

「何の?」

守谷はふしぎそうにわたしに顔を向けてきた。

「さっき、聞かなかったか?」

「何のことを言ってるの?」

「スーパーで。中学生が見当たらないとか、町のひとが言ってたじゃないか」

「聞いていないわ」

それから三十分ほどたったころだ。赤木さんがやってきた。見たことのない中年男性と一緒だ。

わたしが守谷と一緒に玄関口に出ると、赤木さんは言った。

「近所の女の子が、昨日から見えなくなっているんだ。何か、心当たりはあるかい?」

一緒にいた男が、自分はその子の父親なのだと名乗った。ここから二キロほど離れたところにある農家だという。

わたしは訊いた。

「とくに見かけてはいないけど、このあたりでいなくなったんですか?」

男は言った。

「学校を出てから行方不明になった。近道してこのうちの脇を通って帰ることがあるんで、それで訊いてみたんですけど」

警察も、幹線道路沿いとか橋などを重点的に捜索しているとのことだった。

「お嬢さんの名前はなんて言うんです?」

「アサミ。赤いアノラックを着て、毛糸の白いマフラーをしていた」

「気をつけておきます」

赤木さんたちが帰ってから、わたしは守谷に訊いた。

「あなた、昨日何度か散歩に出なかった？」

守谷は言った。

「毎日出てる」

「昨日はどっちのほうに行ったの？」

「稜線沿いに歩いて、牧草地の向こうまで出た。いつもと似たようなものだ」

「そのとき、その中学生でも見なかった？」

「見ていない」

「わたしが町に出たときも、散歩に行ってたんでしょう？」

「息抜きはしたさ。そういえば」

「え？」

「雪の上に、大きな犬の足跡があった。稜線の小道に沿って、ずっと」

「それが、何か中学生のことと関係があるの？」

守谷は困ったような顔になった。そう問い返されるとは思っていなかったようだ。

「いいや、なんでもない」

「女の子は、狼にでも襲われたとでも言ってるのかしら？」

「おかしいか？」

「ううん」

わたしはキッチンに入った。思い出していたのは、またあのスケッチだった。横たわる少女の絵。もしかすると、少女は横たわるのではなく、横たえられていたのかもしれない。

その日の夕方、また赤木さんが山荘に寄っていった。捜索で身体が冷えたので、お茶をごちそうしてほしい、ということだった。

「いやなことが続く」と赤木さんは言った。事件の可能性も出てきているのだと。「誘拐か、性犯罪ってことだけども」

わたしは、赤木さんに気づかれぬよう、そっと守谷の表情をうかがった。守谷の顔はとらえどころがなかった。何を感じ何を考えているのか、それを想像させない表情だった。ちょうどゴムの仮面をかぶっているかのような。とくべつナーバスになっているようでもなかった。

わたしは、自分たちも捜索に参加したほうがよいかと訊いたが、必要はないとの返事だった。

守谷は、カメラマンの長瀬の死と、五年ほど前の農協の職員が死んだ事件が似ている、と口にした。何かをほのめかすような口調だった。野犬に襲われたかのような死体の傷のことを言っているのかもしれない。

赤木さんは取り合わなかった。コーヒーを飲みほすと、すぐに帰っていった。

その夜も、わたしは眠ることができなかった。不安が、胸の奥ではっきりと形をとりかねないほどに大きく成長していた。

翌日、まだ守谷が眠っているあいだに、わたしは足音をしのばせて二階へと上がった。あらためてたしかめたいことがあったのだ。

作業用のテーブルの上に、スケッチブックが載っていた。守谷が、いま使っている最中のものだ。

わたしはそのクロッキー帖《ちょう》を開いてみた。最後の十枚ほどが、ついこの数日のうちに描かれたものだった。紙の白さと汚れ具合から、それがわかった。そうしてそこには、なんとなく想像できていたものがあった。

少女の裸像だ。髪が短く、健康そうな肉体の少女。わずかに胸はふくらんでいるが、アンダーヘアはまだ生えてはいない。そんな少女の姿が、スケッチされていた。

少女の身体は、地面に仰向《あおむ》けに横になっている。少女は、目を開けてはいない。胸の上で手を組んでいた。

ポーズは全部同じで、それが角度を変えて描かれているだけだ。少女は、描かれているあいだ、指一本動かした様子はなかった。紙の隅のほうには、指先とか、目のまわりとか、身体の一部がリアルに描きとめられていた。

少女の身体の下やうしろの背景も、簡単に描かれていた。少女の身体は、石の上に横たえられているのだ。すぐにあの廃墟だとわかった。わたしにもはっきりと見覚えのある壁と空間だった。

言葉を変えれば、これは現実のリアルな描写だった。思いつきのアイデア・スケッチなどではない。現実のスケッチなのだ。全体のバランスの狂いはあるにしてもだ。

わたしは階下におりて、あらためてコーヒーをひとくち飲んだ。

もう何があったのかははっきりしていた。

この数カ月のどこかの時点で、守谷は切れてしまっていたのだ。おかしい、という想いは日々募っていたけれども、切れた瞬間をわたしは知らない。でも、この結果が出ているのだ。守谷が切れてしまったことだけは、認めるしかないようだった。

そして同時に思った。守谷が切れてしまっているなら、もう言葉で解決できるものではない。どんなに合理的であたりまえの解決のしかたも、守谷は受け入れることはないだろうということだ。

コーヒーを飲みほしてから、わたしは赤木さんの工務店に電話してみた。

赤木さんが電話口に出てから、わたしは訊いた。

「いなくなった女の子のことですけど」

赤木さんは訊き返した。

「何か思い出したかい?」

「いえ。顔かたちとか、髪形とか、詳しく聞けたらと思って」

「身長は百四十五。髪を短く切ってる。服装は、知っていたよな」

「ええ。もしかして、円城さんの農園によく行っていた女の子じゃありませんか?」

「行っていたと思うよ。おふくろさんが、パートでよく行ってたから、一緒にいたこともあったろう。どこかで見かけたのかい？」

「いえ。ちがうんですけど、どの子のことなのか、はっきり思い出せたらと思って」

「知ってる子だったかい？」

「ええ。見たことがあります。よくキュロット・パンツをはいていましたよね」

「夏のあいだはいつも、男の子みたいな半ズボンをはいていたそうだ」

「あの子だわ、やっぱり」

「通学途中を見たのかい？」

「最近のことじゃないんです。円城さんの農園で。農作業でたくさんひとがきていたころのことでけど」

「円城さんの農園も、捜索できたらよかったんだけどな。許してもらえなかった」

わたしは不安になって訊いた。

「どうしてあそこを？」

赤木さんは答えた。

「近道の通学コースは、円城さんのうちとあんたのうちのあいだを抜けるんだよ。とにかく、見かけたら、おれにでもすぐまた電話してみてくれ」

「ええ」

そのやりとりでわかった。捜索範囲は、そうとうに絞られているのだ。

わたしはダウン・ジャケットをひっかけ、稜線沿いの小道を駆けた。ここまできたなら、最後のところまで確認しないわけにはゆかなかった。わたしは円城の農園に入り、斜面を突っ切ってあの廃墟へと急いだ。ブドウ畑のあいだの小道にはいくつもの足跡が残っていた。この二日間、新雪の上を、何人かがいったりきたりしていたのだろう。ゴム長靴の靴跡にまじって、動物の足跡もついていた。犬科の動物のものらしき足跡。守谷が言うように、このあたりには大きな野犬が棲《す》みついているのかもしれない。その足跡がどこからきてどこへ行っているのかは、判別できなかった。

廃墟の前まできたとき、わたしは寒気と恐怖のせいで、いまにも呼吸がとまりそうだった。胸が苦しかった。

廃墟の石の壁の隙間まできた。あたりを見渡してから、わたしは一歩隙間の中へと足を踏み入れた。もう一歩入ったところで、わたしは自分の想像が当たっていたことを知った。奥の石の上に、白いむきだしの足がのぞいていた。わたしは絶叫を押し殺し、振り返ることもなく山荘まで駆けて帰った。

破綻《はたん》が迫っている。警察が、山荘の玄関前にやってくるまで、もうすぐと思えた。

警察が同行を求めてくるとき、わたしは平静でいられるだろうか。守谷の連行と、それに続く家宅捜索には耐えたとしても、つぎに殺人容疑者の妻としての、針のむしろに座らされるような日々には我慢できるか。

わたしは、うちの庭先がワイドショーの取材陣で埋め尽くされている場面も想像した。取材陣はやがて、守谷の性格なり私生活なりも知るにいたり、ついで町でささやかれているわたしたちふた組の夫婦のつきあいのことまでかぎだすことだろう。それはことあらためて取り上げられれば、たしかに興味深いことであるにはちがいないのだ。スキャンダルなど平気だけれども、わたしの生身の身体を連中にいいように食い散らかされたくはなかった。わたしの性的な好みやら性生活を、卑しく貧しい平凡人たちに、えらそうな調子でとやかく言われたくなかった。

わたしはハンドバッグを手にとり、中に財布やらパスポートが入っているのをたしかめてから、もう一度ダウン・ジャケットをひっかけて外に出た。

十分後、わたしは円城農園のコテージの前に立っていた。出てきた円城正晴は、わたしの顔を見て訊いた。

「どうした？　何かトラブルでも？」

わたしの顔はたぶん貧血ぎみだったのだと思う。寝不足も、顔にははっきりと現れていたろう。

わたしは言った。

「ええ。たぶん、とても大きなトラブルです。でも」

「いい。何も言わなくていい。休んでゆきなさい。ベッドを用意しよう」

円城は首をかたむけ、わたしを中に招じ入れた。

散弾銃を持った赤木さんが、コテージのドアをノックしたのは、それから四時間後のことだ。

# 第二部

ぼくがこの地で、最初から変人扱いされていたことは承知している。

いや、変人という程度の評判ならまだ軽いものだろう。少女殺しの容疑で逮捕されたのだ。変人というよりは、変質者と見られていたということになる。

そもそも絵描きを名乗る男が、人口希薄なその土地にわざわざ東京から移り住んだのだ。何かひとの目を避けねばならぬ理由があるはずだ、と勘繰られることは、覚悟しておくべきだったのだろう。

ぼくは、自分がいくらか変人であることまでは認めよう。多少偏屈で、ひとづきあいが下手であることもだ。しかし、自分は変質者ではないし、おぞましい信仰に凝り固まっているわけでもない。ましてや、連続殺人鬼じゃあない。

そしてもしこの村、あるいはこの地方に、連続殺人鬼として疑わねばならぬ人物がいるとしたら、まずあの男の名が出るべきではないか。その理由は、あなたたちだってじつは承知しているはずだ、とぼくはにらんでいる。

円城正晴。

ぼくの言葉を受け入れてもらうためにも、たぶん最初から話したほうがいいだろう。自分がなぜ円城正晴の隣人となったかということ。いいや、順序としてはぼくの結婚のことを最初に書くほうがわかりやすい。北海道への引っ越しは、ある意味では結婚がきっかけだったのだから。

結婚は二年前のことだった。

女房の久美とは、ひとが思うほど歳《とし》は離れていない。彼女は五つ年下というだけだ。今年二十八歳になった。

ぼくとは性格はかなりちがう。ぼくはどちらかといえば口数が少なく、社交ぎらいで、神経質なほうだ。彼女は逆だ。

久美は、典型的な小劇場の女優なのだ。いや、この土地では、女優という言葉を使っても誤解を招く。彼女はアマチュアの芝居好きなのだ。

三年ほど前、モデルの紹介所からやってきて、ぼくのモデルをつとめてくれた。気がついたら、モデルの仕事を終えたあと、そのまま部屋に居ついていたというわけだ。ぼくとしても、専属の無料モデルがいることは都合がよかった。彼女にとっても、あまり貧しくはなく、しかも怠惰や夜遊びを許してくれるパートナーがいることは、利点だったのだろう。ぼくたちは、一年ほどの同棲《どうせい》のあとで結婚した。

ぼくはそれまで鷹の台の集合住宅に住んでいたのだけれど、ふたり暮らしではあの部屋は息がつまった。同棲が恒久的なものになるとわかったあとは、武蔵小金井に貸家を借りて移った。でも、ここもすぐに狭く感じるようになった。

ぼくの仕事の性格上、資料とする写真集や図鑑のたぐいは日々増えてゆく。古本屋でこつこつと買い集めたナショナル・ジオグラフィックだって、二十年ぶんはたっぷりあるのだ。広くて天井の高いアトリエが欲しいという夢もふくらんでいった。かといって、いくらか売れてきたとはいえ、ぼくの収入では東京都内で理想の広さの部屋を確保することはむずかしかった。採りうる手は、秩父《ちちぶ》とか青梅《おうめ》のほうに一軒家を探すことだった。

あれこれ考えているうちに、北海道に仕事場を持つことを思いついた。住んだことはなかったが、たびたび旅行はしていて、以前から好きな土地だった。とりわけ北海道の東部には、田んぼの風景や鳥居や瓦屋根《かわらやね》のないことが気に入っていた。もし東京以外の日本のどこかに仕事場を持つことになるとしたら、北海道の東の地方がいいのではないかとは、ぼんやりと考えていた。

大学の同窓生の多くは、住むならパリかニューヨークとよく言っていたものだけれど、ぼくの場合、同じレベルで夢を語るなら、それはプラハかスコットランドだった。幻想を主題にするなら、とうぜんの志向だと思う。北海道に住むことは、その延長に出てくるアイデアだった。

思いつきを久美に話すと、彼女は言った。

「あなたには、たしかに田舎暮らしが合ってるかもしれない。東京でちゃらちゃらしてることが、楽しいひとじゃないものね」

ぼくは訊いた。

「きみはどうする？　賛成してくれるのかい」

「あなたが、この家でいらいらしてるのを見てるよりはいいわ。でも、あたし、お芝居があるときは東京に出てくるけど、それでもいい？」

「そのときは、別居、ということ？」

「ええ。やむをえないでしょう。あたしだって、一年三百六十五日、北海道の田舎では暮らせないわ。お芝居をやめるつもりはないし、田舎では、お芝居を続けることは不可能だもの」

同じようなやりとりを何度も繰り返したすえ、とりあえずの合意ができた。ぼくは北海道移住のための情報を集めることになった。

北海道の地名が思い浮かんだとき、同時に思いついたのは、離農した農家を改装して住む、ということだった。イギリスの田舎の農家に住むアーチストたちのことが、すぐに連想されたのだ。真壁造りか石造りの建物に、藁《わら》葺《ぶ》き屋根。暖炉と犬。建物の細部はそのまま絵のモチーフとなるほどに陰影深く、物語が詰まっている……。そんな空間での生活を思い描いた。

でも、情報を集めだしてすぐ、それは夢だと気づいた。北海道出身の友人の話では、北海道には、離農した農家跡の住宅で快適に暮らせる家などないという。改装するなら住めないことはないが、だったら最初から家を建てたほうがいい、というのだ。

予算と収入の都合がある。当面、家を建てる、ということまでは予定していなかった。

ぼくが考えていたのは、あくまでも一軒家を借りて住むということだったのだ。リゾート地の貸別荘の情報を集めてみようか、と考えだしたころ、大学の恩師がひとつのパンフレットを持ってきてくれた。「十勝圏創造交流プラン」と名づけられた計画の案内だった。

それはつまり、十勝地方の町や村が、クリエイティブな仕事をしている定住者を受け入れる、という計画だった。実績のある芸術家には、各自治体が移住の面倒を見、住宅の世話もしようというものだ。すでにこの計画を使って、陶芸家や彫刻家たちが、十勝地方の廃校などで創作活動に入っているのだという。

十勝地方というのは、きらいな土地ではなかった。日本離れした広がりのあるあの風景は悪くない。ただ、町役場が考えている計画だ。定住したとたん、やれ講演会だ、文化サークルの指導だと、わずらわしいつきあいが要求されるような気がした。そんなものにつきあうくらいなら、むしろ東京にいたほうがいい。

受入れ可能な話が入ってきたのは、去年の春のことだ。

＊＊という町がある、と、ぼくの恩師は言った。ワインで有名な農村だ。帯広から二十キロくらい。そこでは、町が何軒か空き家を管理していて、希望があれば安く貸すと言っている。絵描きさん向きの家もある、とのことだ。ただし、別荘として使うのではなく、住民登録をして定住してほしいそうだ……。

住民登録はするつもりでいた。むずかしい条件ではない。

恩師は、向こう側の条件をもうひとつつけ加えた。

「絵描きなら、一点だけ、作品を町に寄贈してくれないか、と言っている。あとは、とくにうるさい条件はない」

ぼくは訊いた。

「町の文化行事なんかに出てゆく必要もないんですね」

「ない」と相手は答えた。「その件は、最初から伝えた」

だったら、下見に行く価値はあるかもしれない。

一週間後に、ぼくと久美は帯広空港に降り立ったのだった。

レンタカーでおよそ四十キロほどの道を走り、午後の二時くらいにはその町の役場の前に着いていた。

季節は六月の初めで、ちょうど新緑の時期だった。大地は薄緑の濃淡で染め分けられており、牧草地を覆う緑は、透明の皮膜をかけているかのようにみずみずしかった。その皮膜に六月の陽光がはねかえって、空をいっそう明るくまばゆいものにしていた。畑の黒土はたっぷりと水を含んで濡《ぬ》れており、地表にはかすかに腐食土の匂《にお》いが漂っていた。

ぼくは役場の前の公衆電話から、それまで何度か長距離電話をかけた相手に電話した。地元の建築業者だ。町や農協から委託されて、いくつか空き家とか離農した農家を扱っているのだと聞いていた。赤木一作《いっさく》というのが、その建築業者の名だ。

「着いたのかい」ざっくばらんな調子で相手は言った。「どこさ。迎えに行くから」

役場の前です、とぼくは答えた。女房と一緒にきています。すぐわかると思います。

三分後に、役場の前の駐車場に大型の四輪駆動車が滑りこんできた。フロント・グリル部分にカンガルーよけのガードをつけた車だ。

車から降り立ったのは、五十がらみの体格のいい男だった。赤ら顔で、ハンチング帽をかぶっている。

「守谷さんかい？」男はぼくらに近づきながら言った。男の視線は、ぼくの顔よりも、久美の顔の上で長いことととどまった。「守谷さんご夫妻だな」

ぼくらが名乗ると、男は言った。

「赤木だ。あんたの家の件、紹介することになってる」

「よろしくお願いします」

「三軒案内するから、おれの車に乗ってくれ。あんた、犬はだいじょうぶかい？」

ぼくが訊いた。

「犬がどうかしましたか？」

「車に乗ってるんだ。犬がきらいなら、おろしてくる。さっき、獣医のとこに行く用事があったもんだから、乗せたままなのさ」

ぼくは久美の顔を見て言った。

「かまいませんよ」

「ま、荷台にいるから」

「役場のひとには、あいさつしなくていいんですか?」

「決まってからでいいさ」

ぼくは四輪駆動車の助手席に乗り、うしろの席に久美が乗った。車の後部席と荷台のあいだにはネットが張られており、荷台には犬がいた。大型の、たぶんポインターという種類の犬だ。犬はひとみしりもせず、ぼくらに吠《ほ》えたりすることもなかった。

車を発進させながら、赤木は訊いた。

「絵描きさんって言ったかい?」

「ええ」

「どんな絵を描くのさ」

「油絵です」

「大きな絵かい? つまり、その、うんと大きな仕事場が必要な絵かい?」

「さほどでもありません。ふつうの農家程度で十分なんです」

「家族は、あんたたちだけ?」

「ええ。夫婦ふたりだけ」

「だったら、どれも広さは十分だ。だけど、みんな町から遠いよ。十キロ以上あるから」

「車を買うつもりです」

「最初に案内するとこがお勧めだな。東京の金持ちが、バブルの時期に建てた別荘さ。うちが工事やったんだけどね、持ち主が維持できなくなって、おれに買ってくれって言ってきた。しょうがなく、引き取ってやったよ」

ぼくは、いくらか落胆した想いで言った。

「別荘なんですか」

清里あたりのショートケーキ・ハウスを想像したのだ。そんな家に住むくらいなら、ぼくは段ボールの家でいい。

赤木は言った。

「新しいから、住みやすいよ。広いロフトがあって、絵描きさん向きだ。敷地は五百坪。裏は農協の持ってる山林だし、正面は牧草地だ。建てこんでなくて、眺めもいい」

「古い農家を借りられるかもしれないと思っていたんですが」

「あるよ。二軒ある。全部見せるから、ま、気に入ったのに決めるといい」

久美が言った。

「安く借りられるって聞いてますが」

「これから行くとこは、月二万だ」と赤木は言った。「個人にだったら、そんな金で貸さんよ。だけど、役場が補助してくれる。芸術家さんたちが住むんなら、町の宣伝にもなるだろうってことだ」

車は市街地を抜け、葡萄畑《ぶどうばたけ》の広がる丘陵地帯を東に走ってから、やがて浅い谷あいに入った。人家の密度が、急に希薄になった。

運転しながら、赤木は郷土自慢をしばらく続けた。いいワインを作っていること。川には鮭《さけ》がのぼってくること。この町から、いまむちゃくちゃに人気のある女性シンガーが出たこと。毎年秋には、町のワイン工場の前の広場で、牛の丸焼きが振る舞われること。

久美が訊いた。

「このへん、牛の数が多いんでしょうね。道で牛をはねちゃうなんてことは、多いんですか」

赤木は答えた。

「滅多にない。ゼロでもないけど、ふつうに運転してたら、まずはねたりしないよ」

「車の前に、頑丈そうなガードがついてるけど」

「おれの場合は、牛じゃなく、鹿《しか》対策だよ」

「鹿？」

「ああ。おれは、鹿撃ちをやるんだ。ちょっと先の白糠ってところまで、鹿を撃ちに行く。それで、つけてるんだ」

「鹿が多いんですか」

「去年は、このあたり一帯で一万頭も獲れたそうだよ。ハンターは内地からも含めて二万もやってきたらしい」

「人間を撃ったりしなければいいけど」

「鹿が増えすぎてるからね。そのくらいのハンターが入るのは、悪いことじゃない」赤木は、思い出したように言った。「禁猟にしろって意見もある。鹿が増えすぎるんなら、ハンターを入れずに、狼《おおかみ》を放せばいいってね。無茶なことを言う学者もいるんだ」

ぼくは訊いた。

「狼を、どうするって言いました？」

「狼の群れを放せばいい、って言う男がいるのさ。そうすると、自然の生態系が保たれて、鹿が増えすぎることはなくなる」

久美が言った。

「でも、こんどは狼が増えすぎてしまう」

「そうだよ。そうして牛がやられる」赤木は、不愉快そうに顔をしかめて言った。「だけど、学者先生の話じゃ、狼は増えすぎるとお互いに殺し合うんだそうだ。いつもちょうどいい数以上にはならないんだってよ」

ナショナル・ジオグラフィックで読んだ話を思い出した。アメリカのイエローストーン国立公園に、むかしのように狼を呼びもどそうという計画がある。天敵の狼がいなくなったために生態系がくずれ、バッファローやノネズミが増えすぎているのだ。

初めはモンタナ州北部に棲《す》む群れを、自然に南下させようというプランだったが、この計画は失敗した。モンタナ州の牧畜業者に保証金を支払うことにしていたのだが、狼もそうそう簡単には、それまで目の敵にされていた土地を通過してはゆかなかったのだ。けっきょくアメリカ政府は、カナダから狼の群れを飛行機で運び、公園に放したのだという。

久美が言った。

「狼を放したりしたら、人間も安心して森を歩けませんね。でも、その学者のひと、どこから狼を連れてくるって言うんだろう。狼って、絶滅したんですよね?」

「北海道じゃ、明治時代に絶滅。内地の狼も、同じころ絶滅したんじゃなかったか」

「じゃあ、外国から?」

「もしやるとしたら、シベリアか中国から連れてくるんだろう。だけど」赤木の声が、いくらかまじめな調子になった。「おれは、もうじっさいにやっちまった人間がいるんじゃないかと思うよ」

「何を?」

「狼を、このあたりの山の中に放したんじゃないかってことさ」

「どうしてです?」

「この数年、おれは山ん中で、動物に喰《く》われた鹿の死骸《しがい》を何度か見てる。そのうちいくつかは、狼に喰われたものじゃないかって気がするんだ」

「熊《くま》じゃなく?」

「熊の喰いちらかしかたとはちがう死骸だ」

ぼくは訊いた。

「この地方には、狼が出るってことですか?」

赤木はちらりとぼくに目を向けて言った。

「証明されちゃいない。おれも、狼をじっさいに見たわけじゃないよ。だけど、岩手にも最近、いるはずのないヒグマが出てるって言うじゃないか。青森にもキタキツネが発見されてるってニュースを読んだ。だったら、このあたりにも狼がいたってふしぎはないさ」

「おお、こわ」と、久美がおおげさに言った。「まさか、狼の出る土地に住むことになるとは思っていなかった」

赤木が言った。

「東京からきたひとには、むかしは熊の話をして怖がらせたものだ。ま、あんまり気にしないでくれ」

車はちょうど二車線の幹線道を折れて、一車線だけの細い道に入った。いくらか登り勾《こう》配《ばい》だった。

赤木が言った。

「ここから、町道になるんだ。案内する家はこのちょっと先だけれど、道はループになってるから、冬でもきちんと除雪される。もっとも、たいして雪の多い土地じゃないけど」

登りきったところで、広々とした斜面に出た。道はそこで右手方向へと折れ、こんどは下り勾配となって、斜面の下のほうに延びている。斜面には牧草地が広がり、その牧草地のところどころに、こんもりとした木立が残っていた。

起伏の具合といい、木立のたたずまいといい、魅力のある風景だった。スコットランドまで行かなくても、ケルト神話にまつわる背景がスケッチできそうに思えた。

車は舗装の町道からはずれ、雑木林のあいだの砂利道を進んでいった。道の両側から、木々の枝がさしかかっていて、枝ごしに空が見えた。真夏ともなれば、道は緑のトンネルのようになるのだろう。

揺れる車のダッシュボードに手をついて身体を支えた。車は三十メートルほど進んで、また視界の開けた場所に出た。

「あれだ」と赤木が言った。

その建物は、唐松の林を背に、斜面にうずくまるような姿で建っていた。木造の小さな山荘ふうの建物だ。三角屋根で、片側の屋根には庇《ひさし》が突き出している。庇の下はポーチとなっていた。壁の色は褐色で、窓枠は白く塗られている。少女趣味のショートケーキ・ハウスではない。山小屋などによくあるような、かなり無骨な外観だ。

車が停まり、ぼくらは家の前に降り立った。

久美が周囲を見渡してから言った。

「アプローチが素敵ね。緑のトンネルを抜けて、この家の前に出るんだもの」

赤木があごで建物を示した。

「築六年だけど、じっさいに使われていた期間は、二年だけ。延べで三十日間ぐらいじゃないのかね。それも冬場だけ」

久美が訊いた。

「真冬だけ？　変わってますね。前のオーナーは、真冬にこの別荘で何をしていたんです？」

「そのひとも、ハンターなんだ」と赤木は答えた。「ここを冬場の鹿撃ちのベースに使ってた」

赤木は、何か猟銃の名を口にした。腕がいいとか、あるいは金持ちだと言いたかったらしい。所有する銃の名が判断材料になるということだったのだろう。

「そのひと、いい犬も持ってたけど、そいつは、どっかに消えてしまった」

「消えてしまった？」

「どこかに散歩に行ったきり、もどってきてない。四年前の鹿撃ちのシーズンのさなかにね」

犬の話が出たので、赤木は車に自分の飼い犬がいたことを思い出したようだ。荷台の扉を開けて、犬を解放してやった。犬は車から飛びおり、いったん地面の匂いをかいでから、うれしそうにそのあたりを走りまわり始めた。

ぼくらは建物の中に入った。ひんやりとしていて、かすかに鼻を刺激する薬の匂いがあった。殺虫剤でも使っていたのだろう。

ぼくらはスリッパにはきかえ、赤木のうしろについた。

リビングルームは吹き抜けで、天井にファンがついている。

赤木が言った。

「広さは十六畳。そっちは、薪《まき》を燃やすストーブ。飾りだけどね。暖房は灯油のセントラル・ヒーティング。応接家具は前のオーナーが持ちこんだものだけど、もちろん好きなものと取り替えてもいい」

広い台所は独立していた。床はタイル貼《ば》りで、中央に大きなステンレス製のテーブルがある。

赤木は言った。

「獲物をさばいたりすることがあるんで、ふつうの家よりもでかく作ってある。床がタイルなのは、掃除しやすいようにってことだ」

一階には、ほかに小さな寝室と浴室があった。

二階はロフトとなっており、傾斜した天井の下のその空間は、ずいぶんがらんとして見えた。家具がいっさい置かれていなかったせいだろう。ロフトの片側はリビングルームの吹き抜けとつながっており、反対側の切り妻の壁に窓があった。部屋の中央部分なら、大きめのイーゼルを立てるだけの高さもある。じゅうぶんアトリエとして使える。

赤木は言った。

「プレイ・ルームだそうだ。酒を飲むのもよし、音楽を聴くのもよしって部屋でね。ここなら、絵を描くにも悪くないだろう」

ぼくは窓ぎわに寄った。

窓から、正面の牧草地と、その向こうに広がる丘陵地帯が見えた。新緑の丘の斜面を、風が吹きわたっていった。木々の枝や葉が揺れ、牧草地には風の動きそのままに光の帯が走った。

久美が言った。

「悪くないんじゃない？　景色もいいし、建物もしっかりしてるもの。快適に暮らせそうだわ。この仕事場も、理想的じゃない」

久美にそう言われるまでもなく、ぼくもすでに、この地とこの家に移り住むことを決めていた。予想していた以上に想像力を刺激してくれそうな住まいだった。また周囲の風景も、まったくぼく好みだ。この環境ならば、イマジネーションを発酵させるにも、集中にも都合がよかった。

狼の話は、なるほど最初から出てはいた。それを警報とでも、不吉なことの暗示とでも取るべきだった、と言うのは後知恵だ。あのとき、狼の一件が自分の人生に関わってくると予測できなかったからといって、誰《だれ》もぼくを非難はできないはずだ。

建物の中を見たあと、ぼくらは赤木に案内されて家の周囲をまわった。

家の前面は平坦《へいたん》な台地状となっており、何本かの背の高い広葉樹が枝をひろげていた。家から三十メートルほど離れたところから、傾斜がきつくなっている。その先の斜面は一面の牧草地だった。斜面は右手方向に延びており、谷間を農道が走っている。農道の向こう側は原生林となっていたが、もしかするとその森は、赤木が鹿を撃つという白糠という土地のほうまでつながっているのかもしれない。

家の敷地は、斜面の手前、台地状の部分だけということだった。その敷地の中にも牧草が生えている。同じように緑の庭を作るなら、芝よりも牧草のほうが手がかからないのだろう。牧草の庭の隅には、石を組んで作られたバーベキュー用の炉があった。

周囲を見渡しながら、久美が赤木に訊いた。

「まったくほかの家が目に入らないのね。お隣さんとは、どのくらい離れているの?」

赤木が、左手の木立のほうを指さしながら答えた。

「こっちの山の向こうに、葡萄園がある。そこに二軒、家があるよ。もっとも、そのうちの一軒は、農家というより地主なんだけど」

「地主さんなんて、まだいるんですか」

「昔の大地主さ。戦後、農地解放で、大半の農地を手放したんだけどね。屋敷のあるそこの葡萄園だけは、その一族の手に残った。いまの当主は、また昔みたいに、ひとを使ってワイン用の葡萄を作ってる」

「小作させてるってことですか?」

「小作料までは収めさせていないと思うけどね。だけど、ご本人の暮らしは、旦那《だんな》さま、っていう感じそのままだな。そうそう」

赤木はぼくに顔を向けた。

「その屋敷は外国ふうでね、屋敷のまわりの庭も、じつにきれいに手入れされてる。映画に出てくるイギリスの田舎の家みたいなんだ。絵描きさんなら、興味がわくところじゃないかね。もっとも、あんまりひとづきあいのいいひとじゃないから、喜んで写生させてくれるかどうかはわからんけど」

ぼくは赤木の言葉を、額面どおりには受け取らなかった。素人がある建築を外国ふうと表現したところで、たいがいはまがいものの様式を指して言っていることのほうが多い。清里のショートケーキ・ハウスだって、旅行雑誌のライターの手にかかれば、みんなアーリー・アメリカンになってしまうのだから。

黙ったままでいると、久美がまた訊いた。

「そこが、いちばん近いお隣さんなんですね」

「そうだ」と赤木。「道路はぐるっとまわってるから、二キロぐらいかね。直線ならその半分ぐらいで、葡萄園に着くけど」

「ほかには？」

「きた道の途中にも、農家が三軒ぐらいあったろう。あれも、隣り近所ってことになるかな」

「お隣りの葡萄園、ごあいさつしにいったほうがいいんでしょうか」

言いながら、久美はちらりとぼくを見た。ぼくが、その手の習慣をきらっていると承知しているせいだ。

赤木は答えた。

「まあ、写生させてもらうようなつもりがあるなら」

強くは勧めない、という調子があった。

ぼくたちはさらに家の裏手にまわり、赤木と一緒に建物の傷み具合などを調べた。車を停めた玄関前に出てから、赤木が訊いてきた。

「どうだい？　あと二軒、正真正銘の離農農家の跡も見せるけど」

ぼくは言った。

「ここでいいと思います。あとの二軒は、ここ以上のところですか？」

「いや。安普請だし、傷みもひどい。眺めがいいわけでもない。おれは、ここしかないと思うがね」

久美が言った。

「ここは、保留ということにしておきましょう。でも念のために、あと二軒もちょっとだけのぞいてみたい」

「いいよ。案内するさ」

赤木は口笛を吹いた。裏手の木立から、赤木のポインターが飛び出してきた。

「さあ、行くぞ」赤木は犬に向かって言ってから、四輪駆動車の後部ドアを開けた。「乗れ」

犬はいったん四輪駆動車に近づいたが、脚をとめると、ぴんと耳を立てた。顔は町道のほうに向いた。何か聞こえたらしい。

犬は唸《うな》りだすと、ふいに町道のほうへ駆けだしていった。犬の姿はたちまちアプローチの先へと消えた。

「ゴロー」

赤木は、飼い犬を呼んだ。ゴローと呼ばれたポインターはもどってこない。代わりにアプローチの先から、犬の吠え声が聞こえてきた。その吠え声に、自動車の急制動の音が加わった。それから、ごつんと鈍い衝撃音。

「ゴロー！」

赤木が駆けだした。

ぼくは久美と顔を見合わせ、一拍遅れてから、赤木に続いた。

三十メートルほどのアプローチを駆け抜けて町道に出た。

ちょうどアプローチにさしかかるゆるいカーブのところに、濃紺の四輪駆動車が停まっていた。男がひとり、その四輪駆動車からおりてくるところだった。ツイードふうのジャケットを着た、顎髭《あごひげ》をはやした中年男だった。いや、中年と見えたけれども、じっさいは初老と表現してもおかしくはなかった男。

四輪駆動車から五メートルほど離れた路面の上に、赤木の犬が横たわっていた。赤木がそばにしゃがみこみ、その名を呼びながら犬の身体をさすっている。

犬は動かない。四輪駆動車にはねられたようだ。四肢《しし》を長く伸ばしている。

男は赤木に近づいて言った。

「急に車の前に飛び出してきた。避けられなかった」

赤木は言った。

「すまん。ひとなつこい犬なんだけど」

「助かりそうですか。すぐ、獣医のところまで運びましょう」

「だめだ。首が折れてるよ。もう死んでる」

「そうですか」男は暗い顔になった。「申し訳ありません。急ブレーキはかけたんですがね」

「わかってる。放しておいたんだ。おれが悪い」

赤木は犬の胴体の下に両手を入れ、そっと持ち上げた。ポインターの長い首が、不自然な形にたれた。なるほど、首の骨が折れたというのは事実のようだった。

ジャケットの男は自分の四輪駆動車のほうにもどった。このときやっと気づいた。男の四輪駆動車は、レンジローバーだった。国産車ではない。

男は腰をかがめてレンジローバーのバンパーに目をやった。バンパーは、へこんでこそいなかったけれども、下のほうに赤い汚れがついていた。

そのとき、男は奇妙な行動を見せた。その赤い汚れに指を伸ばしてから、すっと自分の唇に近づけ、舌を伸ばしたのだ。言葉を変えて言えば、男はバンパーについた血をなめたのだ。それはごくごく自然な様子で、無条件の反射的なしぐさだったように見えた。

血のついた指をなめてから、ふと男はわれにかえったように見えた。なめた指で顎をなでた。最初から顎髭をなでようとしていたのだ、と弁解するかのようなしぐさだった。

赤木のほうは、犬をいったん胸の前まで抱き上げてから、もう一度路面に横たえた。

「ばかな犬だったな」赤木はひとりごとのように言ってから、ぼくらに顔を向けて言った。

「へんなところで紹介することになったけど、こちらがお隣りさんだ。葡萄園の円城さん」

男がぼくたちに顔を向けてきた。いぶかしげだった。なぜ自分が「お隣りさん」と紹介されるのか、わからなかったにちがいない。

赤木は円城という男に向かって、こんどはぼくらを紹介した。

「こちら、東京の守谷さん夫妻。そこの山荘に住むことになりそうなんだ」

「それはそれは」

「絵描きさんでね。町が言わば招待したひとなんですよ」

円城が軽く頭を下げた。そのとき、円城の目に強い好奇心の光がともったのをぼくは見た。赤木同様、ぼくよりも久美の顔のほうに、円城の視線は長いことととどまった。もっとも、長いこととは言っても、せいぜい一秒の二十分の一ほどの時間だったろうが。

「それじゃ、すぐ車をまわしてくるから」

そう言い残して、赤木は山荘のほうへと駆けていった。

ぼくと円城は、倒れた犬をあいだに正面から向かい合った。

円城は背が高く、肩幅があって、顔は精悍《せいかん》そうに陽に灼《や》けていた。それもゴルフ灼けではなく、むしろトライアスロン競技での陽灼けではないか、と思わせる顔の色だった。

顔の造作のひとつひとつはみな大きめで、いわゆる濃い顔というやつだ。白いものがまじってはいるものの髪は豊かで、顎髭にもやはり白いものがまじっていた。

田舎にはめずらしく、という言いかたはこの土地のひとには失礼かもしれないが、円城はずいぶん垢抜《あかぬ》けた印象の中年男と見えた。赤木の言っていた地主、あるいは旦那さま、という呼びかたがぴったりだった。じっさい、少ししてぼくは、彼のことを旦那さまと呼ぶ者がいることを知ることになる。

絵描きの目で見つめているぼくに、円城は言った。

「あの山荘に住むと言いましたか。別荘として使うんじゃなく？」

久美がとびきり愛想よく答えた。

「ええ。引っ越してきます。この先何年か住むつもりなんです。いま見せてもらったばかりなんですけど」

彼女の目は、すでに円城という男に好奇心以上のものを持っていることを語っていた。

円城は言った。

「わたしのうちは、この道をおりていったところです。この山の反対側で、葡萄を作っています。隣り同士ということになりますね」

「素敵なお屋敷だとか。お庭もきれいだと聞きました」

「屋敷と呼べるほど大きくはありません。コテージです。祖父がイギリスから移築した田舎家です。庭も、イギリスふうに造ったものです。もっとも、わたしはただ引き継いで使っているだけですが」

ぼくの好奇心も刺激された。

ぼくは訊いた。

「お宅を、わざわざイギリスから持ってきたんですか？」

「ええ」とくに自慢気な様子もなく、円城はうなずいた。「祖父は、よっぽどあの国の田舎の暮らしぶりが気に入ったようなんです。古い田舎家を買って、解体して運んできて、この土地でまた組み立てた」

「いつごろのことです？」

「戦争前です」

「昭和十年代ということですか？」

「失礼。第一次大戦の前、大正の初めころと聞いています」

「ずいぶん古いおうちなんですね」

「運んできたとき、すでに五十年はたっていたはずです。もっとも、移築してから二度、大きく手を入れています。外観は昔のままですが、中はずいぶん近代的なものになっていますよ」

「ということは、ビクトリア様式のおうちということなのでしょうか？」

円城は、ほう？　とでも言うように瞳孔《どうこう》をひろげた。

「建築にはお詳しい？」

「大学で、一応勉強しましたから」

「お仕事は、絵描きさんとおっしゃいましたね？」

「美大では、建築様式についても多少勉強させられるんです」

「ああ。なるほど」円城はうなずいた。「様式は、チューダー・スタイルです。ハーフティンバーの」

好奇心はいっそう焚《た》きつけられた。こんな土地で、イギリスのほんものの住宅を目の当たりにできるなんて、これは僥倖《ぎょうこう》というべきだった。

円城のほうから質問があった。

「絵を描くひとが、ここに移り住むのはどうしてです？　もともとこちらの方なのですか」

「いいえ。ただ、集中できる環境と、広いスペースと、そのふたつの問題を解決したかったものですから。それがこの土地ってことになったのは、ほとんど偶然みたいなものです」

「どんな種類の絵をお描きなんです？」

「専門的に言うなら、ウィーン幻想派の系列でしょう」

「守谷さんとおっしゃったか？」

「ええ」

円城は、最近刊行されたケルト神話の解説書のタイトルを口にした。

「あの本の表紙はもしかして」

「わたしのものです。出版社が、ぜひ表紙に使わせてくれと言ってきた」

「覚えていますよ。いい絵でしたね。表紙に惹《ひ》かれて買ってしまった」

ぼくも、彼がケルト神話の研究書を読んでいるという事実に驚かされた。これは偶然以上のものがあるかもしれない。そのうえ、その本のカバーの作者の名まで記憶していてくれたとは。

ぼくは訊いた。

「ケルト神話がお好きなんですか？」

「ものすごく、というわけではありませんが、関心分野のひとつです」

「カバーの絵まで覚えてもらっていたなんて、光栄です」

「絵のほうも、やはりきらいじゃありません。父も、多少コレクションしていましたから」

「たとえば、誰のものを？」

「佐伯祐三《さえきゆうぞう》、岸田劉生《きしだりゆうせい》など。東京の生家にありましたが、一部戦争で焼けました」

車の音がして、振り向くと赤木が自動車を運転してもどってきたところだった。

円城はぼくと久美を交互に見つめながら言った。

「もし、うちの建物に興味がおありでしたら、お茶でもいかがですか。引っ越してこられたところで、お招《よ》びします」

久美がぼくに代わって答えた。

「ぜひぜひ。喜んでうかがいます」

尾っぽでも振りかねない言いかただった。

赤木が車からおりてきて、あらためて犬を抱き上げた。ポインターの首はふたたびだらりとたれさがった。ぼくは円城を横目で見た。円城は犬に視線を据え、それが赤木の車の荷室に載せられるのを見つめていた。

円城のその目はぼくに、レストランの厨房のそばのテーブルを連想させた。そんなテーブルについた客は、料理が運ばれてゆくのを、このときの円城のような目の色で見送るのだ。

赤木が言った。

「じゃあ、守谷さん、乗ってくれ。いったんおれは獣医のとこまで行くけど、それでいいか」

あとの二軒の農家を見るのはあとまわしということだろう。ぼくはうなずき、円城に会釈して、赤木の四輪駆動車に向かった。

市街地へ向かって走りだした車の中で、赤木が言った。

「なんでまた、うちのゴローは車の前に飛び出していったんだろうな。キツネでも追いかけるときみたいに、吹っ飛んでいったものな」

久美が言った。

「猟犬の性質なんでしょう?」

「いくら猟犬だって、車もキツネも見境なしに飛びかかってはゆかんよ。十万もした犬なんだけど、冬までには新しいのを飼わなきゃならんな。弁償してくれって言うのはむずかしいだろうし、人間の事故とちがって、自賠責は支払われないだろうしな」

赤木のぼやきをしばらく聞いたあと、久美が言った。

「お隣さんのこと、葡萄園やってるって言うから、ちょっと豊かな農家のご主人っていうくらいのひとを想像してた。でもあのひとの雰囲気は、むしろワイナリーのオーナーね」

「ワイナリーって?」と赤木。

「ワインの蔵元のことですけど」

「ああ、なるほどね」

「お隣りにあんなひとがいるって、楽しみだわ。ここの暮らしも、けっこう面白いものになりそうな気がする」

久美はぼくに目を向けた。ぼくが黙っていると、久美は続けた。

「あの円城さん、さすが旦那さんって感じがしなかった? 教養もありそうだし、物腰もずいぶん紳士的。きっと、趣味のいい暮らしをしてるんでしょうね」

赤木が言った。

「あんまりひとづきあいのいいひとじゃないんだよ。町にもほとんど出てこない。あの葡萄園の中でひっそり暮らしているか、東京に行ってるか、どちらかだ」

「東京にもお仕事が?」と久美。

「さあ。よくは知らんけど」

「ご家族は？」

「こっちに奥さんがいるよ」赤木はルームミラーでぼくを見ながら言った。「まだ若い奥さんだ。後妻さんなんだろうな。その奥さんとのあいだには、子供はないようだ」

「お茶を招ばれたけど、あれは口先だけのこと？」

「口にしたんなら、本気だろう。だけど、めずらしいことだと思うぜ。あのひとが、他人をお茶に招ぶなんて」

その日の夕刻、ぼくらは町役場に行き、正式にあの山荘に引っ越してきたい旨を告げた。当面、向こう三年の予定だ。それだけの時間があれば、そうとうの量の仕事もこなせる。この土地が気に入れば、あらためて仕事場を建てることも考えていい。

役場の会議室には、住民課の担当者のほか四、五人の役人が入れ代わり立ち代わりにやってきて、それぞれの責任部分について説明してくれた。

「十勝圏創造交流プラン」なるものの目的と意義、このプランを利用するクリエーターに望まれること、期待されること、義務と責任、住民登録の期限、国民健康保険その他の手続き……といったこと。

役場の企画課長が出てきた。沢田《さわだ》という男だ。

これを直接の責任者とみて、久美が言った。

「主人はどっちかというと、社交生活が苦手なほうです。東京を離れた理由のひとつもそれです。町の行事などには、あまり参加できないと思うのですが」

　企画課長の沢田は言った。

「わかってます。アーチストがどういうものか、こっちもわかってますよ。というのも、前にも陶芸家をひとり受け入れたことがあるんです。このひとは、社交下手というどころか、まるっきり社会性に欠けるひとでしてね。アーチストという人種とどういうふうにつきあわなくちゃならないか、われわれも勉強したつもりです」

「わがままを言って、申し訳ありません」

「いいんですよ。それより、とにかくいいお仕事をなさってください」

　最後に助役に引き合わされた。

　ニットのベストを着た助役は、ぼくと久美の手をなれなれしげににぎって言った。

「ま、何もない土地ですが、創造の環境としては悪くないってことを、実績で日本じゅうに証明してやってください。守谷さんは、わたしらがスポンサーになってるF1カーみたいなものですからな」

　事務的な手続きがすんだあと、ちょっとした歓談の場が設けられた。丘の上の町営レストランで、町の自慢のワインをごちそうされたのだ。担当者たち六人がぼくらと一緒にテーブルを囲んだ。

　彼らは、もっぱらぼくの仕事の中身に興味を示した。ぼくがどんな種類の絵を描いているのか、そのシステムのこと、市場のこと、ぼくの仕事や展覧会の経歴、と言ったところだ。ぼくは、相手を不愉快にさせない程度の冷やかさで、自分の仕事を説明した。

少しワインがまわったところで、久美が言った。

「お隣に、円城さんってかたが住んでいますね。葡萄農園を経営されているとか。もう偶然にお目にかかったんですが」

企画課長の沢田が言った。

「円城一族は、この町の名士です。この町の名は、ここに大農園を持っていた人物の名字に由来するんですがね、円城一族も、大地主のひとりだった。いまのひとは四代目です」

「由緒あるおうちにお住みなんだそうですね。この町の名所になっているんでしょうか」

「そうなってもいいんですがね。映画の撮影に使わせてくれ、なんていう話はみんな断ってるし、町の文化財に指定したいので下調査させてくれと申し入れたら、指定を望まないと突っぱねられてしまった」

「自分の暮らしを、それだけ大切にされてるんですね」

「かたくなすぎる、という評判もありますな。ま、いろいろ噂《うわさ》されがちなひとだけれど」

「ほかにどんな噂があるんです?」

失言だったようだ。企画課長の沢田は困惑を見せ、ほかの職員たちに顔を向けた。すっとうつむく者がいた。

ひとりが、左右の顔色をうかがいながら答えた。

「とにかく、偏屈なひとのようです。本籍地は東京で、いまだに住民登録はしていないんですよ。いまは、ほとんど一年を通して住んでいるから、住民票を移してもらいたいとは思うんですけどもね」

「長いことお住みなんですか?」

「そうでもありません。あのひとがあの屋敷に長逗留《ながとうりゅう》するようになったのは、せいぜいこの十年ぐらいのことです。それまでは、あの一族は夏から秋にかけての一時期しか顔を見せなかった。戦後、農地解放があってからはね」

「いまでも小作人を使っているとか」

「小作制度なんて、存在しませんよ。できるわけがない」

「でも、葡萄園を維持してるのは、円城さんご自身ではないんでしょう?」

「あの葡萄園で働いているのは、もともと農場の小作人だったひとでした。いまは、その息子さん夫婦が住み続けて、農作業を全部受け持っているようです」

「やっぱり、地主さんなんだ」

「だけど、あの広さの葡萄園の収入では、ふた世帯暮らしてはゆけませんよ。あのひとはたぶん利息とか、株の配当かなにかで食べてるんじゃないのかな。よくは知りません」

「悠々自適なら、うらやましい」

ぼくは、一般論で訊いた。

「隣り近所のおつきあいで、何か注意することはありますか?」

沢田が言った。

「ま、こだわるべきところと、融通をきかせられるところと、多少幅を持っていたほうが、近所づきあいは楽かと思いますよ」

助役が続けた。

「それと、小さな町はどこでも同じでしょうが、噂話なんてのはあっというまに広まります。いい話でも悪い話でもね。おかしな波風を立てないためには、噂話には気をつけるのが賢明ですな」

「他人のことを噂にするな、ということですね」

「ついでに、噂にも耳を貸さないようにするといいでしょう」

つまりは、円城について、いろいろ噂を耳にするだろう、と言っているわけだ。それがどんなものか、むしろぼくは、楽しみに思えた。ここでの生活が始まれば、あの郷紳ふうの男について、さぞかし面白い話が聞けるのだろう。

若い職員が強引に話題を変えた。

「それで、お引っ越しはいつになるんでしたっけ？」

久美が答えた。

「ひと月ぐらいで、こちらに移ってきますわ」

正確には、それから五週間後の七月初めの金曜日、ぼくたちはその町へ移ったのだった。

引っ越したのは、まだ夏の初まりと言ってよい時期だった。木々の葉もまだ十分に葉緑素を蓄えきってはいなかった。十勝地方は木立も森も、明るい薄緑のままだった。

帯広空港まで赤木が迎えにきてくれた。

赤木は後部席に置いたワインの瓶《びん》を示して言った。

「町からのお祝いだ。紅白のワイン」

ありがとう、とぼくは言った。

山荘は、下見のときよりもいっそう美しいたたずまいをみせて建っていた。赤木が、周囲に少し手を入れてくれたらしい。伸び放題だった庭の牧草も、短く刈られていた。引っ越し荷物はまだ到着していなかった。翌日になるという。赤木は、寝袋をふたつと、登山用のストーブを山荘に用意してくれていた。とりあえず、この日から山荘で寝起きできるわけだ。赤木はぼくたちを山荘に置くと、あとでまた様子を見にくるといって、町に帰っていった。

窓をすべて開け放し、空気を入れ換えてから、ぼくらは家の周囲を散歩した。歩くと、柔らかい牧草地に足が沈んだ。白いナイキはたちまち土に汚れた。散歩用の靴が必要ね、と久美がいい、ぼくも同意した。

家にもどってから、ポーチの上にあぐらをかき、ぼくらは昼食をとった。途中、帯広市内でピザを買ってきていたのだ。転入祝いのワインの栓《せん》も、さっそく抜いた。

赤ワインが半分ほど空くころには、久美の目《ま》ぶちがすっかり赤くなっていた。目がとろりとうるんでくる。久美はあまり酒に強いほうではなく、酒がまわったときにはまず性的な抑制を最初に放棄するタイプの女だった。

久美はぼくにしなだれかかり、グラスに残ったワインを飲みほしてから、ぼくの股間《こかん》に手を伸ばしてきた。

「ここでかい?」とぼくは訊いた。

「いけない?」久美はぼくの耳のうしろをなめてから言った。「あたし、とてもしたくなってる」

ぼくは言った。

「こんなに明るくて、しかも家の外だ」

久美は愉快そうにあたりを見渡してから言った。

「誰も見ていないわ。あたしたち、わざわざそういうところに引っ越してきたんじゃないの」

ぼくは言った。

「いま、見当たらないだけだ。不意の客があるかもしれない」

「そのときは、車の音がするでしょう。砂利道を通ってくるんだもの」

「草の上をやってくるかもしれない」

「何をびくびくしてるのよ。そういうひとが近づいたら、うちの中に入ればいいだけじゃない。これだけ素敵な天気の日に、ここで何もしないなんて、野暮なことだと思わない?」

言いながら、顔を近づけてくる。ぼくはワイングラスを置き、ピザの箱を横に寄せた。久美はちょうど犬の真似《まね》でもするかのようによつんばいになって、ぼくの唇を求めてきた。ぼくたちは唇を重ね、互いに舌をからませながら、欲情が加熱するのを待った。

いったん唇を離すと、もう久美の二重まぶたは、はんぶん眠っているかのように広がり、たれてきていた。久美の表情の中でも、ぼくが、いちばん好きな顔となった。久美の半開きの口から、やるせない吐息がもれた。

ぼくはデッキの板の上に仰向《あおむ》けに身体を伸ばした。久美が身体を覆いかぶせてきた。

「ワン」と、久美はかすれた声で言った。「食べちゃうわよ」

ぼくたちは少しのあいだ、身体をまさぐりあい、欲情が沸点に達したところで、相手の衣服を脱がしにかかった。久美はぼくのチノパンツのボタンに手をかけて、これを乱暴に引っ張った。ぼくも、久美のスパッツに手をかけて脱がそうとした。久美は途中から自分の手を添えて、スパッツと下着を一緒に脱ぎ捨てた。

ふたたびぼくはデッキの上で仰向けとなった。久美はぼくの足の上に腰をおろして、ぼくのチノパンツとトランクスをゆっくりひっぱりおろした。

ぼくは顔を横に向けた。またひとの目が気になったのだ。ほんとうに、この山荘はひとの目から隔絶されているか。ひとが視界に入ってきていないか。

「よそみをしないで」と久美は言い、腰をぼくの股《また》ぐらへと移動させてきた。

ぼくは顔をもどし、久美のスウェット・シャツの下に手を入れて、彼女の乳房を手で押し上げた。久美の呼吸がいよいよ荒くなった。

久美はぼくの体の上で二、三度姿勢を直してから言った。

「だめだわ。膝《ひざ》がすりむけてしまう」

代わろう、とぼくが言った。

久美は身体をそっと垂直に持ち上げて、ぼくから離れた。離れると、膝でいざって、デッキのてすりにもたれかかった。

デッキの向こう側には、ぼくらがひと目で気に入った美しい風景がひろがっている。木立と、牧草の斜面と、遠くの丘陵。

久美はいままたその美しさに気づいたかのように上体を起こし、手すりに肘《ひじ》を置いたまま立ち上がった。むきだしの白い下半身がこちらに向けられた。

ぼくは自分の抑制を取っ払った。立ち上がって久美のうしろに近づくと、自分のペニスを突き入れた。

久美は小さく吐息をもらした。

ぼくは、彼女の身体を両側から抱えるようにデッキに手を置いた。

「いいわ」久美は言った。「前から、こんな恰好《かっこう》でしてみたかったの」

武蔵小金井の家では、とてもできることではなかった。その意味では、この山荘とこれを取り巻く環境はありがたかった。これからも、そうとうに野性的な、あるいは趣の変わったセックスを楽しむことができそうだった。

前後に腰を動かしているとき、ぼくの目はとくに意味なく前方の木立の中に向いた。向いた瞬間、軽く戦慄《せんりつ》を感じた。目を見たのだ。動物の、それも哺乳類《ほにゆうるい》の目だ。繁茂する下草のあいだに、こちらを見つめる目がふたつ、まちがいなくあった。

犬？　あるいは……。

もちろん、その木立まで五十メートルか、あるいはそれ以上の距離はあった。いくら動物の目の光が強いと言っても、距離が五十メートルあっては、ぼくがそれを識別できるだろうか。

気のせいだ、とぼくは自分に言い聞かせた。目のはずがない。

でも、それは目としか見えなかった。正確には、目としか感じられなかったと言うべきだ。ぼくは動きをとめていた。その目は何秒かのあいだこちらを凝視していたが、やがてすっと消えた。下草がかすかに動き、その奥の木立も揺れた。

木立の向こうは、円城の葡萄園につながっている。稜線《りようせん》を越えると、そこは円城の地所のはずである。

「どうしたの？」と久美が訊いた。「どうしてやめるの？」

ぼくはあたりに注意深く目を向けた。ほかにも、ぼくらの姿態を眺めている存在があるような気がした。

「どうしたの？」とまた久美が言い、ねだるように腰が動いた。

「なんでもない」

ぼくはふたたび、抽送をはじめた。果てるまでのあいだ、まだどこかに目がひそんでいるような気がしてならなかった。

その情交から二時間ほどたったころだ。午後の三時くらいだったろう。玄関口でチャイムが鳴った。

ぼくと久美が一緒に玄関口へと出てみると、農夫ふうの身なりの老人がドアを開けていた。長靴をはき、イセキのロゴタイプの入ったジャンパーを着ている。渋紙色の顔で、少し猫背気味だ。

老人は言った。

「綿貫と言います。隣りの、円城のうちの者です。旦那さんから、何か手伝うことがあれば、その、お手伝いしてこいと言われまして」

綿貫と名乗った老人は、このような口上には慣れていないようだった。

久美が訊いた。

「円城さんが、わざわざ?」

「ええ。隣り同士ですし、お手伝いすることがあれば、なんなりと言ってくれと。引っ越しのほう、片づいてますか?」

「まだ、荷物が届いてないんです。明日届くんです。でも、運送屋さんがいますし、お手伝いのほう、なしでもじゅうぶんにやれると思います」

「そうですか。だけど、旦那さんが」

「もしどうしても、お手伝いが必要という場合は、お願いにあがりますわ。きっといろいろ、教えていただかなきゃならないこともあるでしょうし」

ぼくが綿貫という老人に訊いた。

「きょう引っ越してきたことを、どうしてわかったんでしょう？　とくにご連絡はしてなかったんですが」

「さあ」綿貫は答えた。「旦那さんは、お宅さんたちがやってきたのを、たまたま見たのでしょう」

「円城さんが？」

「ええ」

久美が訊いた。

「円城さんのおうちの電話番号、教えていただけます？　もしものとき、お電話しますので」

「ええ、かまいません」

久美が差し出したメモ帳に、綿貫は六桁《けた》の数字を記して帰っていった。

綿貫と入れ代わりに、赤木がやってきた。

赤木は言った。

「電話の手続きとか、買物とか、きょうのうちにやんなきゃならないこと、いろいろあるだろう。一緒にまわってやるから、乗りなよ」

好意に甘えることにして、赤木の四輪駆動車に乗った。

町道を走り出してから、赤木は言った。

「守谷さん、どうせすぐに自動車が必要になるだろう。先にまず、ディーラーに行ってみるかい」

久美が言った。

「予算が少ないんで、新車は買えません。中古車で十分なんですが」

「じゃあ、農協の機械センターに行こうか。あそこなら、常時中古を二十台ぐらい置いている。組合の関連だから、良心的な商売してる」

ぼくは赤木に訊いた。

「このあたりには、キツネなんかは多いんですか」

「いるよ」赤木は運転しながら答えた。「いちばんひとに慣れてるのはキタキツネだ。タヌキ、テンはあまりひと前には出てこないけど、いることはいる」

「野犬なんかはどうです?」

「野犬ね。野犬はいるかもしれない。このあいだも言ったろう。シーズンになると、ハンターたちが大勢やってくる。中には猟が終わったところで、自分の犬を捨てていくのがいる。そういう犬は、たいがい野犬になるしかないからね。このあいだ話した鹿の死骸なんかも、そういう野犬の群れの仕業だと考えれば、いちばん自然なんだろうけどね」

「この近所にも野犬はいるんですね」

「おれは保健所じゃないから、じっさいのところは知らんよ」

さっき見たあの目は、とぼくは思った。では、キタキツネか犬のものであった可能性はあるわけだ。

久美がぼくに訊いた。

「犬がどうかした？」

「いや、なんでもない」とぼくは答えた。「近所を散歩するようなとき、注意したほうがいいのかと思って」

赤木が言った。

「最近は、野犬に襲われたとか、犬に噛《か》まれたって話は聞かないから、安心していい」

ぼくは、赤木の言葉が逆に引っかかって訊いた。

「むかしは、なにかありましたか」

「むかしも、なにもないよ」その否定のしかたは、不自然に強すぎた。「このあたり、山の中に入るとき注意しなきゃあなんないのは、犬とかキツネとかの動物じゃなく、ウルシとか毒キノコのほうだよ」

赤木は、ルームミラーでちらりとぼくに目を向けてきたが、なにも言わなかった。

その日の午後のうちに、ぼくらは電話移設の手続きをすませ、ワゴン・タイプの四輪駆動車を買う契約をまとめた。

町に出た用事の最後は、スーパーマーケットでの買物だった。

スーパーマーケットでは、ぼくがカートを押し、久美がその前を歩いた。ぼくらが通りすぎるとき、そばにいた客たちはみな会話をやめ、あるいは買物の手をとめ、ぼくたちに目を向けてくるのだった。自分が沈黙を押し広げながら歩いているように感じられた。

このとき久美は、蛍光色のトレーナーにL・L・ビーンのオレンジ色のブルゾン姿だった。それにプリント柄のスパッツ。髪にはジェル。足元はリーボックの白いウォーキング・シューズだ。

そのひとつひとつの要素のどこが、というわけでもないが、町のスーパーマーケットの客の中では、明らかに久美は異質だった。

垢抜けている、と言えば、ぼくのひいき目と言われそうだ。浮いている、と言えばよいのか。要するに、彼女の服装の趣味は町の女性たちの水準を越えていたし、容姿には生活の影が薄かった。家畜の世話や子供の養育の疲れがなかった。中野あたりの小劇団の稽古《けいこ》場《ば》から、そのままやってきたような雰囲気だったのだ。

買物をしているあいだじゅう、ぼくは久美に向けられる視線を意識していた。男たちはもちろん、女たちも、呆気《あっけ》にとられたような目を向けてくるのだ。店の隣りの列やうしろからは、ひそひそ声が聞こえてきた。

「東京から」

「絵描きさん夫妻」

「町の招待……」

そういった言葉が、とぎれとぎれに耳に入ってきた。

ぼくは買物をしながら、しだいに困惑していた。やはりこの居住地選択は誤りであったかという想いだった。

同じ田舎でも、北海道なら本州の農村ほど保守的ではあるまい、という読みがあったのだが、甘かったようだ。異質な者を放っておいてくれる雰囲気ではない。妻がそれほど目立つということは、つまりはぼく自身にも関心が向けられることになる。あまり近所づきあいはせずに、好きな仕事に没頭したいというぼくの希望は、かなりむずかしいものとなる。

赤木は、ぼくらが買物をしているあいだ、スーパーマーケットの入口脇《わき》にある食堂で、煙草を喫《す》って待っていた。

買物を終えて店を出ようとすると、赤木は言った。

「あんたたちのことを、みんな話題にしてたよ。明日には町じゅうがあんたたちが引っ越してきたことを知ってるな」

久美が訊いた。

「あたしたちのこと、どんなふうに話されてるんです?」

「奥さんは美人だ、ってさ。円城さんの奥さんとどっちが上だろう、なんて話が聞こえた」

「円城さんの奥さんは、お若いと言ってましたね」

「円城さんの娘みたいな歳だよ。少し前には、町一番の美人妻だ、なんてことを言われてた」

「そんなひとと較べられるなんて、光栄だけれど、ちょっとうっとうしいような気もする」

「言葉だけならいいんだろうがね。このへんの男たちときたら、とにかくがさつだから、ひとさまの女房だなんてことも考えずに、言い寄ったり……」

赤木は、そこでふいに言葉を切った。

久美とぼくは、赤木のつぎの言葉を待ったのだが、赤木は真顔になって話題を変えた。

「さ、山荘にもどろう。もうほかに、買物はないね」

帰り道、四輪駆動車が市街地を離れたところで、久美がまたその話題を持ち出した。

「円城さんの奥さんに、だれが言い寄ったんですか」

赤木は訊き返してきた。

「おれ、そんなようなこと言ったかい?」

「そう聞こえましたけど」

「そうだったか?」赤木は少しためらいを見せてから言った。「いや、そうなんだ。七、八年前かな。奥さんがあの農園に姿を見せるようになって、しばらくしたころだ。やっぱり町の若い衆のあいだでずいぶん評判になったもんだ。なかでも、いちばんご執心だったのが、東京帰りの若い農協の職員でな」

「東京帰りというと？」

「東京の私立大学を出て、地元にもどって就職した男がいたのさ。農協の幹部候補生ってところだったろう。ま、ずいぶん遊んできたようだし、けっこうな男前だった。そいつが、町で出くわすたびに奥さんになれなれしげに口をきくようになった。歳も同じくらいだったんじゃないのかな。その男があるとき」

「あるとき」と久美が先をうながした。

「その男があるとき」赤木は続けた。「帯広で、奥さんと出くわしたらしい。ちょっとしたものを買うとき、このあたりの連中は、帯広まで二十キロ走ることはふつうだからね。奥さんも買物だったんだと思う。で、男は、周囲にこうるさい目もないから、奥さんを強引にお茶だか飯だかに誘ったらしい。奥さんも、ほんの軽い気持ちで応じたというんだが、男のほうは有頂天になってしまった。自分に多少は気があるようだと思ってしまったらしい。あちこちで、それを吹聴《ふいちょう》するようになった」

「お茶を一緒にしただけで？」

「もっと図々しいことをしてた、って噂もある。屋敷まで会いに行ってたとか。ほんとうのことは知らんけど、とにかく男のほうは、けっこうぺらぺらとしゃべりまくった」

「迷惑だったでしょうね」久美が、円城夫人につくづく同情するように言った。「勘ちがいするひとって、いるのよね」

「あの奥さんは、阿呆《あほう》な男を狂わせてもふしぎはないところがあるよ。音楽学校出だそうで、なんとも品がよくて優雅な雰囲気でね」

「円城さんの耳には、その噂は入ったのかしら」

「どうかね。町には、耳に入れようとしたひとはいないと思うけど」

「そして、その男のひとは、どうなりました?」

「そのうち遭難だ」赤木は答えた。「行き倒れだ」

ぼくは驚いて訊いた。

「死んだんですか」

「ああ」赤木は答えた。「遭難したのは、噂が広がった年の、ちょうど冬になりかけたころのことだけどね。行方不明になって捜索隊が出て、死体を見つけた。市街地から三キロぐらい離れた十勝川の河原だった」

「死因はなんだったんです?」

「きちんとはわからんかったはずだ。だけど死体は、野生の動物に食われたようで、ひどく傷んでいたそうだ」

「野生動物に襲われたんですか?」

「わからん。行き倒れたところで、食われたのかもしれんよ。場所はちょっと妙だけど、このあたりじゃ、ひと冬に二人や三人の行き倒れは出るよ。とくべつ珍しいことじゃない」

久美が言った。

「せっかくの男前さんも、ひとの奥さんをものにする前に、若い命を散らしてしまったのね」

「そう。それ以来、だれも円城さんの奥さんにくだらん真似をしたりしていないようだ」

「どうしてです？　その男のひとが死んだのは、きっと事故でしょう？　奥さんに横恋慕したことと、死んだことは、関係がないじゃありませんか」

「なんとなく、罰が当たった、っていう感じがするんだろう」

赤木の言葉には、必ずしも自分ではそれを信じていない、という調子があった。

ぼくは言った。

「町役場のひとと会食したとき、円城さんにはいろいろ噂がある、というようなことを聞かされましたよ。その話は、役場のひとが言っていた噂のひとつでしょうか」

「役場の連中が何を言ってたかは知らんよ。それに、いま話したことは、円城さんの奥さんに言い寄った阿呆がいた、って話さ。円城さんの話じゃない」

四輪駆動車は町道から、ぼくらの山荘に通じる砂利道へと入った。話はそこでおしまいとなった。

午後の六時となっていた。

それからまだしばらくのあいだ、北国の夏の陽は沈もうとはしなかった。東京の六月の午後の五時くらいの陽光が、いつまでも空に残っている。

ぼくらは日没までの時間、近所を散歩することにした。自分の足で、山荘の周囲の土地勘をつけておきたかったのだ。

町道に出て南方向に五分ほど歩き、坂道のちょうどてっぺん、大きなカーブのところで向きを変えて、いまきた道をもどった。

山荘へ通じる砂利道の入口を通りすぎ、下り勾配となった道をまた五分ほど歩いた。浅い谷間まで出たところで、町道にもう一本の簡易舗装の道が交差していた。

その道は右手の雑木林の奥へと続いている。位置から考えると、円城の葡萄園に通じる道と思えた。道に沿って電柱が雑木林の奥へと連なっている。その分岐からは、奥にあるはずの円城の英国ふうコテージも、綿貫という使用人の建物も見えなかった。

ぼくたちはそこからまた坂道を引き返し、砂利のアプローチを山荘へともどった。

山荘の庭をめぐってみると、丘に残る雑木林の緑に、細い道があることに気づいた。稜線上に残る雑木林に沿って、踏み固めてできた小道があったのだ。円城の地所のほうへと続いているようだった。

寄ってくるブヨを気にしながら、ぼくらはその小道を歩いてみた。百メートルほど進むと、左手の雑木林は疎林と呼べるほどのものとなった。木立の向こう側が見渡せるようになったのだ。

「まあ」と久美が声をあげて足を止めた。

ぼくもその場で立ち止まった。

木立ごしに、美しく手入れされた葡萄畑が見えた。盆地状の土地の斜面全体に、葡萄が整然と植えられている。葡萄の枝葉は、斜面を覆う緑色の毛糸のようにも見えた。柔らかで厚いカーペットのようでもある。

斜面の奥、盆地の中心からいくらか上がった位置に、二階建ての洋風の建物があった。白っぽい壁と、これを幾何学的に区切る黒いポスト・アンド・ビーム。大きくはないが、その隠れた葡萄園のオーナーの住居としては、じつにバランスのとれたサイズの建物だった。

盆地のずっと奥、もっとも入口に近いところには、わりあい新しい木造の住宅。これは綿貫という小作人が住む家だろう。その裏手に、倉庫か納屋と見える建物が三つあった。

久美が言った。

「わかる気がする。映画に使いたい、って申し入れがあるのも」

ぼくは言った。

「ここだけ切り取ると、スコットランドのようだな」

「絵心は刺激される？」

「こっちが空き家だったらよかったのに」

振り返ってみた。

牧草の斜面の向こうに、ぼくらの山荘が見えた。デッキのうしろの大きなガラス窓に、まだ十分に明るい空が映っていた。

ふと気がついた。

さっき、犬かキタキツネかと思える動物がいたのは、このあたりだ。このあたりの木立の中、もう少し山荘よりの位置に、その動物の目があったのだった。

もう一度振り返ってみた。

円城のコテージまで、直線でおよそ五百メートルほどか。そして、自分が立っている位置は、円城のコテージとぼくらの山荘をつなぐ、ちょうど直線上にある。

久美もその場でぼくを真似て振り返り、もう一度振り返った。

久美が言った。

「ほんとうにお隣りさんなのね。ここに立てば、両方のうちが見える」

ぼくは言った。

「さっきのことは、やはり少し慎重になるべきだったかな」

「だれかに見られたと思うの？」

「山荘は、完全に孤立してるわけじゃないよ」

「わざわざこんなところまでやってきて、のぞくひとはいないわ」

「円城さんの家のすぐ裏にあたるんだ」

「あんなに遠くじゃない。円城さんだって、そんなに暇じゃないでしょう」

久美は道をまた先へと歩きだした。

五十メートルほど進んだところに、分かれ道があった。道は左手の木立の中に折れている。ということは、斜面を下り、円城の葡萄園へと続いているということだ。たぶん葡萄畑のあいだの農作業用道路につながっているのだろう。この道は、ぼくらにとっても円城にとっても、散歩道として使えるということだった。

久美が言った。

「この道、たぶん円城さんのうちまで続いているんでしょうね。お招ばれされたら、車でまわってゆくよりも、ここを駆け降りたほうがいいみたい」

帰り、この坂を昇ってくるのはたいへんだ、と言いながらもぼくは、落ち着いたところで、ここまでスケッチブックを持ってやってこようと考えていた。

そのとき、右手の牧草地を風が吹き上げてきた。牧草がゆらめき、うねって、日没前の弱々しく白っぽい陽光をはね返した。風は稜線まで吹き上がると、雑木林のあいだを舞うように通りぬけた。木々の葉がゆれて、雑木林全体が音を立てた。どこかひとを不安にするようなざわつきだった。雑木林の中に生き物が急に大発生したとも取れるような音だ。

「もどろう」とぼくは久美に言った。

久美はうなずき、ぼくらはいまきた細い道を山荘へ向かって歩きだした。

それから山荘に着くまでのあいだ、ぼくが意識していたのは、またあの動物の目だった。

正体不明の哺乳動物の視線だった。その動物が、まだどこかにひそんで自分たちを見つめている、という想いにとらわれ、これをぬぐいさることができなかった。

隣人の円城正晴から招待がきたのは、それから二日後のことになる。引っ越し荷物の梱包《こんぽう》も解き、スバルの四輪駆動車も届けられて、どうにかここに自分たちの生活を立ち上げた、と思えたところだった。それを見透かしていたかのように、招待がきたのだ。

招待のメッセージを届けてくれたのは、またあの綿貫という老人だった。

「落ち着かれたようなので、旦那さんが、ぜひお招びしたいとのことです」と綿貫は言った。「明日の晩、夕食をうちのほうでいかがかということでした」

「まあ、うれしい」久美が応えた。「ぜひぜひ喜んでうかがわせていただきます」

それからぼくを見て訊いた。

「いいわね」

「ああ」とぼくは言った。「バーベキューのご招待ということでしょうか」

山荘には、バーベキューの炉が用意されている。このあたり、夏の夕刻の食事への招待と言えば、バーベキュー・パーティではないかと想像したのだ。ビールを浴びるように飲みながら、ひたすら焼肉やら焼きイカを食べ続けるパーティ。

綿貫は言った。

「いいえ。ふつうに、うちの中で」

「何時にうかがえばいいんです？」

「六時ではどうか、とのことでした」

久美が訊いた。

「ほかにもお客さまはいらっしゃるんですか」

「お招びするのは、守谷さんおふたりだけです」

「こちらでも何か用意してゆきましょうか」

「いいえ、てぶらできてください。もし飲み物だけ、なにか特別の好みのものがあれば、ご持参くださいと言ってました。だけど旦那さんは、自家製の葡萄酒をごちそうするつもりだと思いますが」

「ワインを作ってらっしゃるんですか」

「円城農園は、戦前から葡萄酒用の葡萄を栽培してるんです」

「じゃあ、てぶらで参りますわ」

「では、明日六時。うちは、わかりますかね」

「わかります。道に迷ったら、クラクションを鳴らしますから」

綿貫が帰ってゆくと、久美は言った。

「わざわざ使用人に、ご招待を伝えさせるのよ。正装で、と言われたのかしら」

たぶん、かなりそれに近い意味だったと思う。

円城正晴のコテージは、よく手入れされた庭の奥に、どこか沈鬱《ちんうつ》そうな空気をたたえて建っていた。

全体の色彩がくすんでいたせいもあるだろうし、建材の表面の細かな陰影のせいかもしれない。いずれにせよ、若い旅行者が歓声をあげるような建物ではなかった。趣きのある建物ではあったが、思わず感嘆の声をもらしてしまうような風雅さはなかった。むしろ、森の中の世捨て人の小屋のような、どこか人の目にさらされることを拒んでいるような印象があった。

ぼくと久美は四輪駆動車をおり、古い煉瓦《れんが》を敷いたアプローチを歩いて、コテージのエントランスへと歩いた。芝生の庭のところどころに、バラの植え込みがあった。

久美が建物を真正面に見つめて歩きながら言った。

「この建物をそっくりイギリスから運んでしまうなんて、ずいぶんお金もかかったでしょうね」

ぼくは言った。

「運ぶ費用よりも、ここであらためて組み立てたときの費用が気になる。この土地に、チューダー・スタイルのコテージを知ってる大工がいたんだろうか」

「きっと、大工さんも連れてきたんでしょう」

「じゃあ、円城家というのは、そうとうの資産家だったんだろう。ただの大地主程度じゃないはずだ」

「資産家で、しかもかなりの物好きね」

すり減った石のステップを昇って、ポーチに立った。目の前の扉は楢《なら》材のようで、鉄の板がエックスの字の形に打ちつけてある。脇を見たが、インターフォンのようなものは見当たらなかった。代わりに、馬蹄《ばてい》型のドアノッカーがついていた。

とまどっていると、扉は内側から開いた。

顔を出したのは、円城正晴だった。

「お待ちしてました。どうぞ」

控えめではあるが、微笑していた。けっして無愛想でも、とっつきにくそうな表情でもない。彼のほうから招いた以上それは当然だったが、いろいろ聞かされていただけに、ぼくには円城の微笑が意外だった。

円城は濃紺の長袖《ながそで》シャツ姿で、スタンド・カラーの襟《えり》もとまでボタンをかけている。上着は着ていない。なんとなく建築家を思わせる服装だった。

「靴は脱がずに、そのままでどうぞ」

ぼくたちはコテージの中に入った。

そこは小さなエレベーターの箱ほどの広さの玄関だったが、これは冬の厳しさをしのぐためにあとから増設された部分だろう。本来のチューダー・スタイルの住宅に、日本の家屋のような玄関はないはずだ。

もうひとつのドアを抜けると、そこはもうリビングルームと見える空間で、正面に階段があった。

中の空気はひんやりとしており、かすかに黴臭《かびくさ》かった。植物の繊維などが分解した匂いだ。何か動物の体臭のような匂いもまじっていたような気がした。農家の納屋とか、動物園に漂うような匂い。でも、鼻は数秒のうちにたちまちその場の空気に慣れた。すぐに匂いを感じなくなった。

円城は、ぼくらを奥へとうながした。部屋の広さは、日本の感覚で言うなら、二十畳くらいだろうか。天井は高かった。黒くて太い梁《はり》が、天井を井戸の形に区切っている。階段の脇に、煉瓦を積んだ暖炉がある。暖炉の前には、円城の体格に見合った大きな革張りの椅子《いす》がふたつ。部屋の中央には古い丸テーブルと木椅子が四つ。壁に寄せて、年代ものの地球儀と、ガラス戸のついた書棚があり、書棚の隣りにビューロー。また別の壁に樺《かば》材のチェスト。その隣りにアップライト型のピアノ。壁面には、油絵が大小七、八点かかっている。そのほか、オブジェふうのものが何点か。床はハードウッドだ。いわゆる応接三点セットのようなものはない。

部屋の広さの割には家具がつめこまれているが、天井が高いせいか窮屈さは感じない。全体の雰囲気は、映画化されたフォスターの作品を連想させた。あれらの映画にも、こんなふうに散らかった、しかし居心地のよさそうな部屋がよく出てきた。と、ここまでは一瞬のうちに目にとめ、感じたことだ。

久美が言った。

「お庭もきれいでしたけど、おうちの中はもっと素敵ですね。想像していたとおりです」

円城が言った。

「庭は、綿貫に手入れをさせているんですよ。彼は、葡萄も作るが、バラ作りも上手だ」

「こちらの家具も、イギリスから？」

「親父や祖父が、あちこちで集めたものばかりです。わたしが新しく買い足したものはほとんどない。どれもこれもがたがきていますが」

「そうは見えませんわ。みんな、とてもよく調和してる」

「長く使っていると、互いになじんでしまうんですね。細胞や組織が溶け合うみたいに」

ぼくは、家の中にかすかに漂う動物の匂いが気になって訊いた。

「犬を飼っているんですか？」

円城はふしぎそうな顔になった。

「いいえ。犬は飼っていない。どうしてです？」

答えないうちに、部屋の奥にひとの気配がして、目を向けると、隣室との境にひとりの女性が立った。

女は、品のいい控えめな微笑で言った。

「いらっしゃいませ。お待ちしていました」

色が白く細身の女性だった。歳のころは三十前後か。顔が小さくて首が長く、全体は九等身のプロポーションと見えた。

円城が言った。

「ワイフです。こちら、守谷さんご夫妻だ」

「はじめまして」と、円城の妻と紹介された女は言った。「恭子です。楽しみにしていたんですよ」

恭子と名乗った女は、髪をひっつめにして額を出し、頭のうしろでまとめていた。ダンスかバレエを楽しむ女性が、好んでする髪形だ。目は大きくて、かなりはっきりとした角度でつり上がっている。鼻梁《びりょう》は長く、厚い唇にくっきりとルージュが引かれていた。柔らかそうな生地の、グレーの上下を着ている。

洗練の度合いで言えば、久美よりもぜったいに彼女のほうが上だ、とぼくは思った。久美は単にこの土地では浮いているという程度だが、恭子夫人のほうは、いまの服装に首飾りでもつければ、そのままウィーンのオペラ座のロビーに立ってもおかしくはないだけの雰囲気を持っている。赤木が、円城の奥さんは音楽学校出だと言っていたことを思い出した。この町でいちばんの美人妻、という評判にも納得できる。

久美がぼくの背を小突いて、小声で言った。

「ごあいさつは?」

ぼくはあわてて言った。

「隣りに越してきた守谷です。ご招待ありがとうございます」

言いながら思った。円城とその夫人との歳の差は、少なく見ても二十五以上だろう。しかもこの美貌《びぼう》の女だ。田舎では話題になるはずだ。

久美がぼくのあいさつに続けた。

「お言葉に甘えて、てぶらできてしまいました」

「何もありませんが」恭子夫人は言った。「ゆっくりしてらしてください。こういう土地ですから、なかなかご招待するかたもいなくて。ですから守谷さんたちが越していらっしゃると聞いて、ほんとうに楽しみにしていたんです」

円城が言った。

「ワイフは東京育ちなんです。ここでは、いまだ親しい友だちも作れなくて」

久美が訊いた。

「もう何年も、ずっとこちらにお住まいなんでしょう?」

恭子夫人が答えた。

「八年かしら。九年かしら。移り住んだつもりもないのだけれど、いつのまにか一年のほとんどをここで暮らすようになった」

「あたしはたぶん」と久美。「東京とここを、行ったりきたりすることになると思います」

「お仕事かなにかで?」

「ええ。と言うか、趣味のようなものなんですが」

「なにをされているんです?」

「お芝居なんです。学生時代にはまってしまって、まだ首までつかってる」

「ま、女優さんなんですね」

「女優だなんて、とんでもない。自称のです」

円城が言った。

「ここで突っ立っていてもしかたがない。腰をおろさないか」

「ええ」と恭子夫人。「支度はできています。こちらへどうぞ」

隣りの部屋は、ダイニングルームだった。テーブルには白いクロスがかかっており、真ん中に花がたっぷりと活けられていた。銀器と食器が四人分、すでにセットされている。焼肉や鍋《なべ》料理ではないわけだ。

その部屋の右手が、台所のようだった。開け放したドアの向こうから、物音が聞こえてきた。誰かが調理しているようだ。

綿貫という使用人が、料理もするのだろうか。

ぼくの視線に気づいて、円城が言った。

「帯広から、知り合いのシェフにきてもらったんです。材料もすっかり向こうで仕入れてきてもらった。おいしいものが出ますよ」

久美が目を丸くして訊いた。

「わざわざ、帯広から？」

「わたしも、彼の料理が食べたくなっていたところなんです。彼を呼ぶのに、いいきっかけなので」

「すっごい！」久美はおおげさに驚きを見せた。「家庭で、プロの作る料理が出るなんて。わたし、着てくる服をまちがえちゃった」

彼女は、木綿のスカートにニットのサマーセーター姿だ。

「やっぱりドレスアップしてくるべきだったみたい」

円城は、久美の反応に苦笑しながら言った。

「それで十分ですよ。でも、気に入ってもらえるようでしたら、つぎの機会も作りましょう。そのときは、ぜひ存分におめかしを」

恭子夫人が訊いた。

「お飲み物、どうなさいます？　お好みはなにか？」

久美が答えた。

「まさか、缶チューハイなんて言えませんよね。このシチュエーションなんだから」

ぼくは言った。

「冗談です。女房は、ご招待に感激して、ハイになってるんです」

「うちのワインでいいかしら」

「ぜひ」

円城が、自分の農園の葡萄で作ったという白ワインを注《つ》いでくれた。甘味の強いワインだった。

円城は弁解した。

「うちの葡萄を使っていては、どうしてもこれ以上のものにはならない。土や気候というよりは、ワイン作りの歴史の問題でしょうな」

ぼくは訊いた。

「醸造も、こちらでなさっているんですか？」

「いいえ」円城は答えた。「うちは、町の工場に葡萄を出荷するだけ。ただ、毎年二千本、うちの葡萄だけでオリジナルを作ってもらっているんですがね」

自家製ワインのラベルには、猫とワインの瓶とグラスとが描かれている。特徴のあるタッチだ。署名が入っているが、読み取りにくかった。

「もしかして？」

円城はうなずいた。

「藤田《ふじた》嗣治《つぐはる》です」

「彼がわざわざ描いてくれたんですか」

「ええ。わたしの父は、藤田と知り合いだったんです。父の頼みで、藤田が描いてくれた。ラベルに中身が釣り合っていないと言われますよ」

「隣りの部屋にも、ありましたね？」

「一点、飾っています。戦前の、パリでの作品です」

料理のほうは、四十代の愛想のいいシェフが作ってくれたもので、ヒラメのマリネから始まるフルコースだった。

ワインは途中から、ボルドーの赤に変わった。

円城は言った。

「この円高だ。作るより、輸入品を楽しんだほうがいいという気になってきますよ。味でも、コストでも、うちの農園は太刀打ちできない」

ワインを飲みながらの会話は、それぞれがお互いの仕事や生活ぶりを、あたりさわりのない範囲で訊ね合うというものになった。どこまで踏みこんでよいものか、言葉を選びながら限界点をさぐり、相手のバリアに触れたと思ったら、さっと引くという会話だ。

較べるまでもなく、好奇心をより強く喚起させたのは、円城夫妻の私生活のほうだ。しかし円城は、自分の人生など語るに値しないという態度を崩さなかった。円城夫妻の年齢の差を話題にするのは失礼なことのように思えたから、ぼくらは円城の年齢も、恭子夫人の歳も訊くことはできなかった。

あらましわかったことは、円城はとにかく戦前の生まれであること。戦後のある時期、パリやウィーンなど、ヨーロッパのあちこちに住んでいたこと。一族は想像のとおりの資産家だったようで、戦後も没落は免れたらしい。

円城本人は、ファミリーのいくつかの関連企業で非常勤役員を勤めているとのことだ。株で食べているのだろうという役場の連中の想像も、あながちまちがってはいないことになる。葡萄農園のほうの収入にはまったく依存していないのだろう。

「わたしは、隠遁者《いんとんしゃ》なんですよ」と円城は自分の立場を説明した。「もう若くないこともあって、実業の世界からは身を引いている。この農園と東京を往復して、慎ましく趣味の世界で生きているんです」

彼の出た学校は、意外なことに東京農大で、専攻は醸造学だったという。父親がワイン造りにかなりの情熱を持っていたからだ、と円城は説明した。いずれこの葡萄農園を、本格的なワイナリーにする計画があったというのだ。

恭子夫人のほうは、話から察するにせいぜい年齢は三十一、二。学校は国立《くにたち》にある音楽大学だ。ヴァイオリン専攻科の出で、円城同様、ヨーロッパ滞在の経験がある。いまは音楽とはまったく無縁の生活だという。この土地では、もっぱら庭いじりと、植物画を描いて時間をつぶしているとのことだ。

私生活のあらましを見せたあとは、この土地の話題になった。夏の美しさと、退屈な秋、厳しい冬に、散文的な春。買物や交通の不便。けっこう面倒臭い近所づきあいのこと。会話しながら、ぼくたちはけっきょく四人で三本のワインを空けた。

デザートのフルーツを食べたところで、円城が言った。

「あっちで、コーヒーにしましょう」

ぼくらは、暖炉のあるリビングルームのほうに移った。

ぼくは壁の静物画を確認しなおした。なるほど、まちがいなく藤田嗣治が一点あった。それに佐伯祐三と三岸好太郎《みぎしこうたろう》も一点ずつ。あとは、ぼくには言い当てることのできぬ画家のものだ。とはいえ、無造作にこれだけの絵が掛かっていることに驚かざるをえなかった。

円城が弁解するように言った。

「統一の取れないコレクションですが、なにせ多くは焼けてしまったものですから」

ぼくは訊いた。

「円城さんご自身の趣味ではないんですか?」

「絵は好きですよ。うんと実用的な絵も」

「と言いますと?」

「学校が農大でしたからね。専攻じゃないんだけど、いつのまにか博物学関係の画集を集めるようになりましたよ。それに解剖図なども」

円城は、ガラス戸のついた書棚を示して言った。

「ヨーロッパにいたころ、少し古い本にも手を出したことがあります」

並んでいる本の背を見て驚いた。

十八世紀のものと見える動物図集や骨格図譜、解剖図集が三十冊ばかり並んでいるのだ。そのうちいくつかは、明らかに稀覯本《きこうぼん》としても有名なものだ。ぼくも仕事柄、資料として動植物の図鑑類はかなり揃《そろ》えている。ただ、最近のものばかりだ。あるいは古いもののコピー。稀覯本などは一冊もない。

「ご興味はありますか?」と円城。

「もちろんです」

円城は、ガラス戸を開けて解剖図譜を取り出し、ぼくにわたしてくれた。ぼくは驚きとうらやましさにいささか興奮する想いで、その本を手に取った。

円城は、ぼくの関心と知識を喜んだ。少しのあいだ、稀覯本集めの苦労などを愉快そうに話してくれた。ぼくも挿絵を見ながら、自分の仕事と資料のことを話した。

本を返して礼を言うと、円城は言った。

「お仕事で必要なら、お使いください。ここで見ていただくぶんには、かまいませんから」

「こんな貴重な本を?」

「ここにあるだけでは、死蔵です。本に対して申し訳ない」

夫人が、トレイにコーヒーのポットとカップを載せて、部屋に入ってきた。

テーブルを囲んでしばらくまた趣味の話となった。アートと、旅行と、ヨーロッパの歴史と、料理。そういった話題が、とりとめもなく転がった。コーヒーを飲みながらの会話はわりあいはずんだと思う。博学な円城の言葉に、残り三人が聞き入り、ときおり夫人が相槌《あいづち》を打ち、久美がまぜっかえし、ぼくが自分の知識の範囲で円城の言葉に応える。そんなような会話だ。

夫人も、美術には多少知識があるようだった。ボタニカル・アートを趣味にしているのだから、当然といえば当然だが、円城の影響なのかもしれない。

夫人が、一度守谷さんに手ほどきをお願いしようかしら、ともらしたのを聞き逃さなかった。どう反応してよいのかわからず、黙っているうちに話題はもうべつのものに移ってしまったが。

歓談が一時間も続いたころに、円城がちらりと腕時計に目をやった。ぼくも時計を見た。午後の九時半をまわっていた。最初のご招待で、あまり長居もしてはいられまい。ぼくは久美に合図をした。

「そろそろおいとまします」と告げると、円城は言った。

「また、ご招待してかまいませんか」

久美が答えた。

「このつぎは、うちのほうにもいらしてください。あたしたちの手料理しか出せませんが」

円城が言った。

「楽しみだな。センスのいいひとの料理は、絶対においしいはずだ。恭子を見ても、よくわかりますよ。彼女は料理など習ったこともないんですが」

夫人が言った。

「それ、皮肉じゃありませんよね」

「ちがうよ」円城はあわてて首を振った。「本心から言ってる」

まるで新婚夫婦のようなやりとりに、ぼくは頬《ほお》をゆるめた。三十近い年齢差があっても、夫婦はこのようなものだろうか。

ポーチまで出ると、円城が言った。

「運転、だいじょうぶかな。綿貫に送らせましょうか」

「だいじょうぶです」とぼくは答えた。「さほど酔ってはいないし、すぐ近所です。事故を起こすことはないでしょう」

「もしお時間があれば、ワイフの絵のほう、見てやってください。少し、技術上のアドバイスなどを」

恭子夫人に目をやった。

彼女はぼくをまっすぐに見つめて言った。

「お忙しいのでしょうね。ご迷惑なこと、言ってしまったかしら」

ぼくは言った。

「交換条件がありますが」

「なあに？」

ぼくは、夫人と円城を交互に見て言った。

「この建物をスケッチさせていただけませんか。できれば、奥さんも」

大胆な申し入れだとは思うが、ワインがかなりまわっていたのだ。一杯のコーヒーでは、酔いをさますには至らなかった。

円城はうなずいた。

「そんなことでいいんであれば」

ぼくは、わざわざつけ加えた。

「この建物も奥さんも、とても絵心を刺激します。純粋に職業意識で言うんですが」

「わかってますよ。いつでも遠慮なく」

「おやすみなさい」と言って、久美がポーチをおりて歩きだした。

ぼくも円城夫妻に頭をさげて、久美を追いかけた。

帰り道、久美は上機嫌だった。

何度も同じようなことを繰り返しては、ぼくに同意を求めた。

「素敵なご招待」「素敵なおうち」「素敵なお料理」「素敵なワイン」「素敵な奥さま」「素敵なおじさま」「素敵な暮らし」

山荘に着くと、久美は冷蔵庫に歩いて缶ビールを取り出した。

「飲む?」久美が訊いた。

ああ、と答えると、彼女は冷蔵庫から缶ビールを取り出して、ぽんと放ってきた。

ぼくはデッキのガラス戸に近寄って、缶のプルトップを抜いた。外はもう漆黒の闇《やみ》で、牧草地も木立も見分けがつかない。ガラスに額を押しつけてしばらく目をこらしていると、ようやく木立の輪郭と夜空との区別がつくようになった。

久美が、うしろから言った。

「あなた、楽しそうだったわね。ずいぶん口が軽くなっていたみたい」

ぼくは振り返った。久美も缶ビールを手にしている。ぼくは訊いた。

「少しはしゃぎすぎたろうか」

「ううん」久美は首を振った。「あのくらいでいいのよ。ふだんが無口すぎるんだから」

「いいひとたちがいてよかった」

「とくに、奥さんのほうが」

「奥さんも」

「町一番の美人妻、だものね」

「素敵なひとだって、きみも言ったよ」

久美は微笑した。わかってるのよ、とでも言いたげな笑み。

ぼくは言った。

「描かせてくれ、なんて、ぶしつけすぎたろうか。大胆なことを言ってしまったかな」

「かまわないんじゃない。モデルになってもらうだけなら。あなたの仕事がそういうものだってことは、向こうだって承知なんだし。でも」

「でも、なんだい?」

「うっかり言い寄ったりすると、行方不明なんてことになるかもしれない」

「そんなことはしないよ。他人の奥さんだ」

「ふらふらしたくなるくらいに素敵なひとよ」

そこまで聞いて、ぼくはやっと久美の胸のうちに思い至った。彼女の上機嫌の理由だ。

彼女も、円城に惹かれたのではないか。ついつい彼を男として意識したのではないか。

そもそも彼女はぼくと結婚する前、かなり年上の大学教授とつきあっていた。その関係も、歳は二十以上は離れていたと聞いている。年齢差の許容範囲は広いのだ。

ぼくは言った。

「とにかく、このおつきあいは大事にしようよ。それだけのひとたちだ」

「そうね」久美は缶ビールをテーブルの上に置いて言った。「ちょっと雰囲気に酔ってしまったみたい。横になるわ」


翌日の昼前、ぼくが山荘のまわりを散歩して帰ってくると、久美が言った。

「いま、恭子さんから電話があった。お天気もいいし、建物をスケッチするなら、午後にでもいかがですかって」

ぼくは訊いた。

「いいけど、なんて答えた？」

「伝えますってだけ。どうする？」

「行ってみよう。きみは？」

「一緒に行きたいわ」

ぼくはすぐに円城の家に電話した。

恭子夫人が出た。彼女は、昨日同様のおっとりした口調で言った。

「きのうは、とても楽しい食事でした。久しぶりのことで、円城もとても喜んでいましたわ。会話のできるひとが、やっとこの土地にも現れたって」

「恐縮です」とぼくは言った。「スケッチの件、三時ではいかがですか」

恭子夫人は言った。

「お茶とクッキーを召し上がっていってください。円城も楽しみにしています」

円城の農園を再訪したのは、午後の三時ちょうどだった。

空は晴れ渡って、風もない気持ちのよい日だった。葡萄の葉が陽光を照り返して、農園はまぶしいぐらいの明るさだった。ぼくらを迎えた円城は、せっかくだから屋外でお茶を飲もうと提案した。

リビングルームの奥にサンルームがあり、その外側のガラス戸を開けると、ガーデンテラスだった。サンルームの隅の床は一段高くなっており、ホットタブがあった。

円城は言った。

「温泉じゃあないんだが、外の景色を眺めながら湯につかるのが好きなんだ。近々、こっちにも招待しよう」

テラスは煉瓦敷きで、鋳鉄製の白いテーブルと椅子が置いてあった。

ぼくらはテーブルに着いて、恭子夫人がいれた紅茶を飲んだ。手製だというクッキーがお茶受けに出た。

夫人は前夜と同じように、終始満ち足りた笑みを浮かべてぼくらに接した。振る舞いは自然体そのもので、どんな種類の無理も背伸びも感じさせなかった。愛されることに慣れきっており、同時にたぶんこれまでどんな小さな欲求を我慢したこともないにちがいない、そんなふうに見える笑みであり、振る舞いだった。ぼくはお茶を飲みながら何度も彼女を盗み見した。彼女はこの日カントリーふうのサマードレスを着ており、彼女が太陽の方角に立つと、くっきりと身体の形が透けて見えた。

円城は、家の裏手の斜面に広がる葡萄畑を示しながら、ぼくに訊いた。

「近所の葡萄畑と較べて、ちがうところはわかるかい?」

ぼくは葡萄畑を見渡した。綿貫老人とその奥さんだろう。ふたりの男女が、斜面の上のほうで噴霧器を使っていた。葡萄の葉のカーペットの上に、ふたりの顔が出ている。

ほかにも数人、パートタイムの作業員らしい女性の姿が見えた。帽子の上からさらに日焼けどめの手《て》拭《ぬぐ》いを巻いている。そのそばで、女の子がひとり花を摘んでいた。キュロット・スカート姿の、中学生くらいの少女だった。パートタイムの女性が連れてきた子供なのだろう。

ぼくは言った。

「葡萄の丈が低いように見えますが」

「そのとおりだ」円城はいくらか自慢気に言った。「日本では、葡萄はふつう棚作りだ。柱を立て、針金を渡して、葡萄の棚を作る。うちは、垣根作りだ。本場と同じ栽培法でやってるんだ」

久美が訊いた。

「でも、ブドウは日本で作られているものと同じ種類なんでしょう?」

「いいや、ちがうんだ。生食用ではなくて、ワイン用の葡萄だ。シャルドネとカベルネ・ソービニヨンを植えてる」

「そのままでは食べられないんですね」

「ワインは、生食用の余りもので作っちゃいけないからね」

少しばかりまた円城が、自分の農園とワインのことを話題にした。いくらか専門的な話だった。

やがて円城は立ち上がってぼくに言った。

「庭を案内しよう」

ぼくも立ち上がった。

円城は、家の造りについて説明しながら、家を一周した。ぼくは一歩うしろから円城について、その庭をまわった。庭と農場との境は、自然石を積み上げた、腰ほどの高さの石の壁となっていた。

庭をまわり終えると、円城は葡萄園のほうへとぼくをうながした。石を敷いた遊歩道から、柔らかい土の小道へと出た。

葡萄畑の中、ゆるやかな斜面の中腹に、石造りの小さな小屋のようなものがあった。農機具でも入れる小屋かと思ったのだが、近づいてみると、崩れ落ちた壁だけの廃墟《はいきょ》だった。

円城が言った。

「イギリスの庭造りのセオリーのひとつなんだ。庭の一部に、わざと廃墟ふうのものを建てる」

「いったいどうしてです?」

「よくはわからんが、ローマ文化への憧《あこが》れのせいじゃないかな」

小道はその廃墟の横手を巻き、ぼくらの山荘に通じる斜面へと通じていた。

葡萄農園をひとまわりしてから、ぼくはスケッチブックと折り畳み椅子を持って、あらためてコテージを出た。久美はテラスに残った。

コテージの正面にまわってアングルを決め、椅子に腰をおろして鉛筆でコテージを描きはじめた。

場所を変えながら、三枚ほど描いているところに、夫人がやってきた。

「お邪魔はしません」彼女は言った。「どうぞ続けてください」

彼女はぼくのそばの、花壇の低い石垣に腰をおろした。

ぼくは、三枚目に手早く最後の筆を加えて、そのスケッチを描き終えた。

夫人は驚いたように言った。

「もうおしまいなの?」

ぼくは言った。

「奥さんを描きたい」

「あら」彼女は笑った。「でも、奥さん、だなんて呼ばないでください。他人行儀すぎる」

「なんて呼んだらいいんです?」

「よければ恭子さんで」

「恭子さんを描きたい」

「ここで?」彼女は空を見上げて目を細めた。「ちょっと日差しが強すぎるわ。じっとしていると、たちまち真っ黒になってしまいそう」

「何十分もかかりません。ほんの三分」

「木陰にいきません?」

夫人は立ち上がって、庭の隅へと歩きだした。敷石の延長上に、屋根のついたあずまやがある。歩きながら振り返ると、コテージからはちょうどそのあずまやは灌木《かんぼく》の陰になる恰好だった。

あずまやに着くと、夫人はベンチに腰をおろして言った。

「どんなポーズを取るといいんです?」

「そのまま、うしろにもたれかかってください」

「こうかしら」

ぼくは斜めを向いた夫人の姿を一枚スケッチして、彼女に見せた。

夫人は頬を輝かせた。

「こんなによく描いてもらって」

「このとおりですよ」

夫人がポーズをとりなおした。いましがたよりいくらか正面向きだ。

ぼくは描きながら訊いた。

「円城さんとは、どこでお知り合いになったと言ってましたっけ？」

夫人は答えた。

「ミラノで。十年ほど前でしたけど」

「音楽の勉強にでも行かれてたんですか？」

「母と旅行していたときです。わたしはそのころウィーンに留学していて、ヴァイオリンを勉強していたんですけど、その修了旅行として、母とヨーロッパをまわることにしたんです」

彼女の歳は三十二、三ということだ。

夫人は、愉快そうに続けた。

「そのころ円城は、母の愛人だったんです。円城と会うために、母はヨーロッパにやってきたんです」

聞きちがいかと思って、ぼくは反応しなかった。耳に入ったとおりのことを夫人が言ったのだとしたら、これはなかなかのゴシップとは言えないか？

夫人は続けた。

「母も、東京ではやはり円城とはなかなか会いにくかったんでしょう。円城が旅行するのに合わせてウィーンにやってきて、わたしと一緒にイタリアへ行き、ミラノで合流したんです」

「お母上は」とぼくは慣れない言いかたで訊いた。「フリーの身だったんですか?」

「ひとり身だったか、という意味? まさか。父はいまも健在です」

「では、愛人って言うのは?」

「恋人、って言ったほうがいいのかしら? いわゆる、不倫の相手ですね」

「恭子さんは、そのことを前から知ってた?」

「円城のことは知りませんでしたけど、母はわたしを産んでから、男を切らしたことはありません」

「お父上以外の?」

「ええ」

「ぼくは、もしかしてずいぶん失礼なことを訊いていますか?」

「でも、お知りになりたいんでしょう?」

「プライバシーにまで立ち入るつもりはありませんでした」

「円城と一緒になったきっかけぐらい話させてください」

ぼくが沈黙すると、夫人は小学校の遠足の思い出でも話すような調子で続けた。

「ミラノでわたしは円城に紹介されたんです。母にはもったいない素敵な男性と感じましたわ。円城のほうも、わたしを気に入ってくれました。それから四日後には、母のかわりにわたしがあのひとのベッドの中に入っていたんです。それに気づいた母は半狂乱になって、三日ぐらい寝こんだあと、帰国してしまいました。それ以来、わたし、母とは二、三度しか会ってはいないんですよ。この十年のあいだで」

語る表情は無邪気そのものだった。

とまどいながら、ぼくは言った。

「ドラマチックな話なんですね。神話に出てくる関係みたいだ」

「それほど珍しいことではないと思うんですけど」

「そういう結婚だったとは、ちょっと驚きです」

「円城とは、法律上は結婚はしていません。面倒くさいので、結婚しているということにしていますが」

「お母さんが許してくれないから？」

「結婚なんて、好き合ってる同士がすることじゃありませんもの。円城も何かの折りに言っていませんでした？　新大陸の野蛮な習慣にひれ伏すことはないって」

「聞いてはいませんが」

「そういうこと、守谷さんも気になさる？」

「気にはしませんが、できれば周囲とのトラブルは避けたいという気持ちはあります」

そう言っている自分が、偏狭な似非《えせ》道徳家のように思えた。恥ずかしさで、顔は赤くなったかもしれない。

夫人は言った。

「奥さんは、守谷さんよりはリベラルみたいですね」

「彼女は飛んでるほうです」

「円城も、そういうご夫婦がお隣りにいらして、喜んでるんです」

夫人は立ち上がって言った。

「そろそろ、もどります。一段落したら、あちらでまたお茶でも」

「ぼくも、切り上げます」

「二、三日したら、またいらしていただける？　わたしの描いた絵も、見ていただきたいの。素人の水彩画ですけど」

「明後日《あさって》、また同じ時間にきます」

テラスへもどると、円城が久美になにごとか熱心に話しているところだった。葡萄農園の経営の苦労か、うまいワインの銘柄でも話題にしていたのだろう。久美は話を聞いていたのかいないのか、円城の目を間近にのぞきこんでいる。すっかり魅入られている様子だった。

ぼくと夫人は、庭の側からテラスへ上がった。ようやく久美は円城の目から視線を離した。頬が上気していた。

ぼくは、円城に礼を言い、そろそろ辞去する旨を告げた。約束期限の近い仕事がひとつあるのだ。

夫人が言った。

「守谷さんには、明後日もまたきていただくの。水彩画のレッスンで」

円城は言った。

「明後日か。ぼくは、午後はちょっと留守をするが」

ぼくは久美に訊いた。

「きみもくるかい？」

久美は首を振った。

「たぶんちょっと雑用がある。またこのつぎに」

円城と夫人に玄関口まで送られ、ぼくらは円城のコテージをあとにした。

翌日、午後の仕事の途中で、ロフトから一階におりた。三時すぎだ。

久美はいなかった。表を見たが、四輪駆動車は庭にある。外出ではない。近所に散歩にでも出たのだろう。

ぼくは自分で豆を挽《ひ》いてコーヒーを入れた。五時すぎに仕事を切り上げてまた一階におりると、久美が台所のほうで花を生けているところだった。

久美は言った。

「花、どう？　近所の野草を摘んできたの」

「いいね」とぼくは応えて、冷蔵庫からジュースを取り出した。

久美のうしろを通るとき、いくつかの種類の匂いを感じた。

デッキに出てから、匂いが何かに思い至った。久美がときどきつける香水と、これに微妙に汗がまじった匂い。草の香り。そして、犬か何かの獣の匂いだ。

田園を散策するとき、こんな匂いがするものかもしれない、と思った。もっと的を射た想像をしたのは、少しあとになってからのことだ。

ぼくの目は、とくに意味なく円城の農園のある丘のほうに向いた。

翌日の午後の三時に、また円城のコテージを訪ねた。

コテージの前には、夫人が使っているという赤いマツダ・ミアータがあるだけだ。円城のレンジローバーはなかった。彼は一昨日《おととい》言っていたとおり、外出中のようだ。

夫人は、ぼくをリビングルームに招じ入れてくれた。テーブルには、すでにチーズとデカンタに移した白ワインが用意されていた。

「かまわないでしょう？」と夫人は言った。「夏の午後に飲む白ワインって、大好きなんです」

椅子に腰をおろして、グラスを手にとった。なんとなく時計が気になった。主人のいない家で、こんな早くから酒を振る舞われてよいものかどうか。

テーブルの隅に、夫人は自分の水彩画を二十枚ほど用意していた。

ぼくはその植物画を一枚ずつ手にとり、顔を近づけて見つめた。デッサンもかなり正確な、水準の高い植物画だ。絵の具や筆の扱いも、手慰《てなぐさ》みのレベルを越えていた。

「たいしたものです」とぼくは言った。「これなら、ぼくがアドバイスすることなど何もない。誰かについて習ったんですか？」

「いいえ」と夫人は言った。「東京のカルチャー・スクールに、何度か出ただけです」

「個展が開けるだけのレベルですよ」

「そんなお上手な。でも、ここでは時間だけはたくさんあるから、じっくり描けるんです」

「モチーフ選びにも苦労はしませんしね」

「綿貫は、園芸も上手ですから」

夫人は、テーブルの上の小さな木箱から、一本の煙草を取り出してきた。手巻きと見える煙草だった。

「なんです？」と、その煙草を受け取ってからぼくは訊いた。

「これも、綿貫が育てたものです」

夫人は自分も一本指ではさんで、手近のライターで火をつけた。

その甘い香りでわかった。

夫人は煙を吐き出してから、愉快そうに微笑《ほほえ》んで言った。

「このあたり、ずいぶん野生のものも生えているんです。でもこれは、円城農園特製」

ぼくも煙草に火をつけた。

ふたりして無言のまま何服か喫った。夫人ひとりのところを訪ねた、という緊張感が、はっきりと薄れていったのがわかった。

「どう」と夫人が訊いてくる。

「まだ、とくには」

「くつろごう、という気持ちになってね」

「そうはしてるつもりですよ」

「あっちのカウチのほうに移る?」

「カウチ・グラスですね」

夫人は、くっくっと喉《のど》を鳴らして笑った。

カウチに並んで腰をかけ、あらためてその手製煙草をふかした。

夫人はぼくにしなだれかかってきた。ぼくは拒んだりはしなかった。腰をずらして、夫人の身体をぴったりと支えた。

ぼくはまた何服か喫ってから訊いた。

「親を捨てて円城さんを選んだことで、後悔はしていませんか?」

「野暮なことを言わないで」夫人は少し間延びした声で答えた。「あたし、円城のアルファ・フィメイルになるために、音楽だって捨てたぐらいなんだから」

「なんて言いました?」

「アルファ・フィメイル。動物の群れの序列の話。メスの一番のことよ」

「第一夫人ってことですか?」

「人間ならばね」

「じゃあ、円城さんは？」

「アルファ・メイル。群れのボスよ。なんでもまず最初に手に入れるの。餌《えさ》でも、メスでも。円城はよく、そうやって自分を狼の群れのボスにたとえるの」

「円城さんには、ベータ・フィメイルもいるってことですか？」

「東京ではいた。ヨーロッパでも。いまでもいるはず」

「それが気にならない？」

「そういうひとですもの。男としてそれだけの魅力があるんだから、しかたがないわ。でも」夫人はぼくの顔に自分の顔を近づけて言った。「フィメイルだって、アルファならばいろいろ特権を持っているのよ。餌でもほかのものでも、アルファ・メイルのつぎに手に入れる」

ぼくは、そのころにはすっかり幸福な気分になって思った。要するに、ぼくが食べられるというわけだ。あるいは、ぼくらが。

ぼくは夫人に言った。

「描かせてください。その雰囲気のところ」

夫人はぼくの肩にあずけたまま、小さく喉を鳴らして訊いた。

「どの雰囲気？」

「そのしどけないところ」

「あたし、しどけないのかしら」

「じゅうぶんに」

ぼくはカウチから立ち上がり、持ってきたスケッチブックとコンテを取って、カウチの向かい側の椅子に腰をおろした。

夫人は右手に煙草を持ったまま、ぼくをまっすぐに見つめて訊いた。

「どんなポーズがいいの?」

「そのままで」

夫人はせいぜい一分ほどでポーズを変えた。上体はそのまま、足を組む。ついで、少しだけ斜を向く。カウチの上にすっかり足を載せてしまう。

特製の煙草のせいだと思うが、ぼくはいっそう大胆になって言った。

「ブラウスのボタンをはずしてもらえますか」

夫人はくすりと笑うようにぼくを見つめてきた。ほらきた、と言っているような表情だった。

ボタンに手をやりながら、夫人が訊いた。

「はずすだけでいいの?」

「シャツを、ショールを引っかけるみたいに着てくれません?」

「こう?」

夫人は白いブラをさらし、肩をむき出しにした。

ぼくは注文をつけた。

「両手を、腿《もも》のあいだに入れてください」

「こうね」

五分ほど、そのポーズのままでいてもらった。

描きながら、ぼくは言った。

「新しい仕事があるんです。こんど、特別の衣装を着てもらっていいですか」

「どんなの?」ポーズは崩さずに、夫人は訊いた。「おかしな衣装?」

「襞《ひだ》の多い、古典的な衣装です」

「あたしは、どんなキャラクターなの?」

「もちろん、お姫さま」

「クローゼットを探したら、それっぽい衣装が出てくるかもしれない。ヴァイオリンを弾いていたころの舞台衣装なんて、お姫さまっぽいでしょう」

ポーズを取っているのが面倒になったようで、夫人は姿勢を崩し、カウチの反対側の肘かけにもたれかかった。

ぼくは頼んだ。

「その恰好のままでかまいませんから、ブラのストラップもはずしてもらえませんか」

彼女はまたくすりと微笑んで言った。

「ブラも取るの?」

いやだ、と拒むニュアンスは薄く感じられた。

ぼくは言った。

「いえ、ストラップだけ肩から落として、ぼくのほうを見てください」

夫人はその通りにした。肩からストラップをはずし、はずれぬようにぼくの側の乳房の上を手で押さえて、ぼくをまっすぐに見つめてきたのだ。期待した以上に挑発的なポーズとなった。

無言のまま描いていると、夫人はブラをかけなおして言った。

「モデルって、けっこうたいへんな仕事ね。身体が痛くなってくる」

「もう少しお願いしたいんですが」

もちろん、もう少しきわどいポーズも、という意味をこめた。昼間っからのワインと特製の煙草のせいで、ぼくはかなり大胆になっていたのだ。

夫人はかわした。

「きょうは、これまでにしない？　まだワインも残っているし」

表で、トラクターの音が聞こえた。農作業をしていた綿貫老人たちが、果樹園からおりてきたのかもしれない。このコテージに入ってくる用事はないはずだが、そばを通ってゆくのはまちがいない。のぞかれるだろうかと、つまらぬことを心配した。

夫人はシャツの第二ボタンまでかけてからもういちど言った。

「さ、あっちで、続きを飲みましょう」

「こんどはいつお願いできます?」
「そうね。来週にでも。ちょっと円城に相談してみる」
夫人が何を相談するつもりなのかはわからなかった。彼が不在のときがいいと言っているのか、それとも逆なのか。ぼくはスケッチブックをたたんで、自分のワイングラスに手を伸ばした。

ぼくの田舎暮らしと近所づきあいは、こんなふうにして日ごとに緩慢に、しかし確実に、破綻《はたん》へ向かっていったのだった。

破綻を予期していなかったと言えば嘘《うそ》になる。ぼくは最初から、円城夫妻とのつきあいが、けっして幼なじみ同士の二組の夫婦のようなものだとは思っていなかった。それほどの深い相互理解と、大きな寛容さでくくられるものではなかった。

初めて円城に招かれたときから、このふた組の夫婦の出会いのありようは、ぼくをどこか不安にし、居心地の悪さを感じさせた。自分の微妙なふるまいの差や小さな選択しだいで、関係が変化しそうだと意識していた。

だからこそぼくは慎重にあれこれ想いをめぐらしたのだし、同時にまたひとつひとつステップを上がってゆこうという気にもなっていたのだ。罠《わな》、という言葉は思いつかなかったが、それが脳裏にひらめいたところで、ぼくの態度におそらく変化はなかったろう。月並みな言いまわしだけれども、怖いもの見たさ、という気持ちがおそらく正直なところだったのだ。

引っ越してせいぜい三週間ころだ。町役場の担当者から、バーベキュー・パーティへの誘いがあった。町の公園で、移住者の会が主催する屋外のパーティがあるというのだ。

移住者の会とは、その町に最近移住してきたひとたちが作っている集まりだという。メンバーには農業移住のひともいるし、ペンション経営者や写真家もいるとのことだった。たいがい首都圏からの脱出組だ。

ぼくはそのとき、自分でも珍しく陽気でひとづきあいのいい男になっていた。ぼくは参加を承諾した。

パーティは、町の集会場のような施設で行われた。施設の庭の芝生が会場だった。七月も末の天気のよい日のことで、野外パーティ日和と言えた。

出席者は五十人くらいだったろう。芝生の上にはいくつものテーブルがしつらえられていた。しかし、出席者の大半は、立ったままコンクリート・ブロックで作られた炉のそばに集まり、焼肉にかじりついている。ぼくと久美が会場に入ってゆくと、多くの視線がさっとぼくらに集中してきた。

町役場の沢田がすぐに駆け寄ってきて、ぼくらをその移住者の会のメンバーに紹介してくれた。紹介されるのが待ちきれない、とでも言うように、沢田のうしろに控えていたのは、年のころ三十なかばくらいの女性だった。ジーンズをはき、キャスケットをティーンエイジャーのようにあみだにかぶっていた。

沢田が、ハーブ農園と民宿を経営しているひとだと紹介した。彼女がご亭主と共にこの地に移ってきたのは、六年前だという。

女は、丸山律子だと名乗って言った。

「円城さんのお宅のお隣りなんですって？　あちらのご夫婦とは、もうおつきあいはあるの？」

久美が答えた。

「ええ。お隣りですから、一応は」

「おうちにはご招待された？」

「はい、何度か」

「あらあら」丸山は悔しそうに顔をしかめて言った。「あたしたちの会が何度足を運んでも、家の中には入れてもくれないのに」

「あたしたちもまだおつきあいは浅いんですが」

「ま、あのひとたちのことはいいんだけれど、どうです？　ここは気に入った？」

ぼくが言った。

「気に入ってなければ、移ってきません。だけど、まだ三週間ですからね。すごく気に入ってるかどうかは、まだよくわかりません」

「あたしたちとも、おつきあいしてくださいね。東京からひとがやってくるのって、うれしくてたまらないの。どうしても新参の移住者って、この町では居場所がないような感じがあるから」

すっかりこの地になじんでいるように見えたが、ぼくはその感想をもらしたりはしなかった。

丸山は続けた。

「こんど、うちのほうへもいらしていただけるかしら。有機農法で野菜を作ってるから、うちのお料理、おいしいって評判なの。お宅とも近いのよ。ぜひ」

町役場の沢田が、もうひとりそばにやってきた男を紹介して言った。

「こちらは長瀬さん。ネイチャー・カメラマンです」

男は鉛筆みたいにやせていて、ジーンズにダンガリーシャツ姿だった。首に赤いバンダナを巻いている。四十歳くらいだろう。

沢田がつけ加えた。

「この町の、いわば前田《まえだ》真三《しんぞう》ってひとですわ。いずれこの町の田園風景を、日本じゅうに広めてくれるでしょう」

長瀬はぼくと久美を交互に見ながら言った。

「絵描きさんと聞いていますけど、やはりこの土地の風景を描きたくてやってきたんですか?」

「いえ」とぼくは答えた。「風景を直接題材にするつもりはないんです」

「じゃあ、またなんでこの土地へ？」

「単に、東京の風景が見飽きたというだけです」

「お描きになっているのは、どんなものです？」

ぼくは、自分の仕事を手短に説明した。説明しているあいだ、長瀬の目はぼくに三分、久美に七分の割合で向けられていた。

聞き終えると、長瀬は言った。

「もう知ってると思いますけど、お隣りに、素敵な風景がありますよ。円城農園。イギリスと見まがうばかりの庭がある」

「知っています」久美が応えた。「おうちも、写真映りのよさそうな家ですよね」

「一度写真を撮りたいと入っていって、追い返されましたよ。減るもんでもないだろうにね」

「自分のプライバシーを大切にする方のようですから」

「もう親しいなら、一度話してもらえませんか。長瀬ってカメラマンが、ぜひ農園の写真を撮らせてくれないかと言っていたって」

久美はちょっととまどってから言った。

「そうですね。このつぎの機会にでも」

「あんまり頑固に農園を守ってると、噂がひとり歩きしますから」そこまで言ってから、長瀬はあわてて首を振った。「いや、それは言わなくていいんですけど」

町役場の沢田が、肉を紙の皿に載せて持ってきてくれた。久美と長瀬は、それぞれぼくのそばから離れていった。

ぼくは沢田に訊いた。

「いつか、円城さんのことについて言ってましたね。いろいろ噂されがちなひとだって。あれは、どういうことなんです？」

沢田はぎくりとしたように背を伸ばし、周囲を見渡して言った。

「そんなことを言いましたか」

「ワイン工場の上のレストランで」

「ああ」沢田は渋い顔をしてうなずいた。「あのときね」

「いまもまた、円城さんには噂がある、ってことを耳にしましたよ。どういう噂なのか、隣人として知っておいたほうがいいんじゃないですか」

「わたしは、役場の立場ってものがありますから」

「じゃあ、長瀬さんに根掘り葉掘り聞いてみますか。もともとは、沢田さんがちらりともらしたから興味を持ったんだって」

横から丸山が言った。

「噂ではなく、事実だけ教えましょうか」

沢田はほっとしたように離れていった。

丸山は、周囲を気にしながら、小声で話しだした。

円城夫妻がこの地に長逗留するようになったのは、十年ほど前からだというが、それよりもまだ何年も前のことだ。円城が、せいぜい夏から秋にかけてしか農園には滞在しなかったころのこと。

その年の収穫時期、農園には農作業のパートタイムの男女が何人もやってきていた。そのうちのひとりに、まだ若い女がいた。近所の酪農家の娘だ。彼女は、ほかのパートタイマーが帰ってしまったあと、忘れ物を思い出して、自転車でひとり農園にもどってきた。

彼女はひとけのない夕暮れの農園に入り、果樹園の奥の斜面を登っていったのだが、そこでとつぜん円城に襲われたというのだ。彼女は必死で抵抗し、斜面を駆け降りて逃げ帰った。レイプこそされなかったが、服は裂け、身体じゅうに傷や痣《あざ》ができた。娘の様子を見て、父親はすぐに警察に連絡した。

警察も、娘の外見から何か起こったことは理解した。警察は救急車を呼ぶと、自分たちはすぐその足で円城を訪ねた。

円城のコテージには、看護婦だという若い女がふたりいて、円城は病気で伏せっているという。会わせろ、それは無理だと押し問答になったが、けっきょく看護婦だという女たちは、二階の円城の寝室へと警官を案内した。円城は、たしかに具合の悪そうな様子でベッドの中だった。

警察の問いに、円城は暴行を否定した。女たちも、円城は前夜来、寝室から出たことはないと言う。

その警官たちは、いったん引き下がってきた。いっぽう病院では、妙なことになっていた。医師は娘の外傷を診て、犬のような野生動物に襲われたものではないかと診断したというのだ。娘の身体に残っている引っかき傷や嚙み跡は、人間のものではないという。けっきょく、娘が円城に暴行されたという訴えは通らなかった。円城も逮捕されてはいない。しかし娘はその後も、自分は円城に襲われたと言い続けていたという。何年か後にこの地を離れるまでずっとだ。

丸山は言った。

「レイプ事件って、被害者と加害者で言い分がまったくちがうというでしょう。この事件もそれに近い話ですよね。女のほうは、暴行されたと特定の男の名を出す。男は否定する。どっちの言い分も、百パーセント信用できるものでもないんだもの。真相は藪《やぶ》の中ってことになるのが多いんだろうけど、このときは医者が傷跡を見て、人間が襲ったものではない、と診察しているそうです。どっちが嘘をついているかは、はっきりしてますよね」

ぼくは言った。

「では、とくべつに不名誉な噂じゃあありませんね」

丸山は首を振った。

「警察にとっては、明快に決着はついたんでしょうね。ところが、地元の住民はこの決着に納得していないんだそうなの。あとになってから、医者の誤診だったんじゃないかとか話されるようになったそうです。娘の親が、円城とこっそり示談ってことにしたんじゃないかってことも、耳にしたことがあります」

「円城さんは、悪く言われがちなひとなんだな」

「お盛んなのはたしかだものね。警察が行ったとき、そもそも若い女性がふたりも寝室にいたのよ。持病持ちなので看護婦が必要だったということらしいんだけど、どうかしらね。あのひと、いまはあんな若い奥さんがいるくらいなんだし、何の病気だっていうのか」

「よしてくれませんか」

「円城さんは、それ以前、奥さんのお母さまと愛人関係だった、っていう話もあるのよ。ほら、親子どんぶりってやつ。わたし、気になって円城さんのことをちょっと調べてみたことがあるんだけど」

限界だった。

「もうけっこうです！　どうしてそんなに品のないことを話すんです？」

「あらまあ」丸山はおおげさにのけぞった。「あたしって、そんなにはしたないことを言ったのかしら。興味があるかと思って話したんだけど」

「興味はありません」

丸山はぼくから離れながら言った。

「奥さん、気をつけるのよ」

不愉快はいよいよつのった。

あたりに目を向けると、長瀬が長い望遠レンズつきの一眼レフ・カメラで、何かを写しているのが目に入った。レンズの先に目をやると、久美がいた。ちょうど炉のそばでトウモロコシにかじりついているところだった。

役場の沢田がまた近寄ってきて言った。

「ま、あまり噂話の輪には入ったりせずに」

ぼくは訊いた。

「円城さんの持病って、いったい何なんです？　健康そうなひとに見えますが」

「さあて。正確には覚えていない。看護婦はたしか、たんぱく質異常とか言った、という話を聞いてるけどね」

「たんぱく質が異常だと、どうなるんです？」

「知らないって。ただ、何か精神科系統の病気なんじゃないかって、噂のひとつに、そういうことがあるよ。この話、わたしがしたってことは、秘密にしてくれよな」

そこにべつの女がやってきた。歳は三十代なかばか。市街地で英語塾と手作りアイスクリームの店を持っているという。大阪から引っ越してきた女性とのことだった。

彼女は愉快そうに言った。

「奥さま、人気者ね。何かこう、雰囲気から受け答えのセンスから、全然ちゃう。女優さんでしたっけ？」

「アマチュアの劇団に入っていたことがあるだけです」

「この町にも、劇団がふたつあるのよ。もともとの地元の青年たちがやっていたのと、最近越してきたひとたちで作ってるものと。新しいほうのは、レストランをやってるご夫妻が主宰していてね。ふたりとも、やっぱり若いときは東京で、小さな劇団に入っていたんですって」それから彼女は声をひそめた。「ちょっと派手好きなひとたちなんで、評判は分かれるの。あんまりおつきあいはお勧めしないけど」

移住者の会のメンバーはみんな、噂話と陰口が何よりの暇つぶしなのだろう。ぼくは関心がないことを示すために横を向いた。

それでも、その女性は言ってきた。

「この土地で暮らすのに、どんなことに注意しなきゃならないか、そのうちレクチャーに行かなきゃならんわね。みんな素朴そうなようでいて、けっこうひねているのよ。陰にまわればひとの悪口ばかり言ってたり、あることないこと言いふらしたり。とにかく、円城さんにも気を許さんほうがいいと思うわ。奥さんも色っぽいし、うっかり親しくなりすぎると、怖いことになるかもしれない」

夫人に横恋慕したという男の遭難のことを言っているのだろうか。

女は続けた。

「もしかして、もう耳にしてるかもしれないけど、あの円城さんって、ときどき常軌を逸したふるまいをするって評判なの。ちょっと見ると紳士なのにね」

ぼくは女に顔を向けて訊いた。

「常軌を逸したふるまいって、どんなことです？」

「暴力よ。腹を立てたりすると、相手の胸ぐらをつかんで、いまにも嚙みつかんばかりになるんですって。車に乗ってるひとと喧嘩《けんか》になって、相手を車から引きずりだしたこともあるってよ。配管工事を頼んだ業者が、ちょっと吹っかけた請求書を出したら、玄関から叩《たた》き出したってこともあるらしい。なんでもすごい力があったとかで、工事屋さんは腕の骨を折ったんですってよ。傷害事件ということにはならなかったけど」

少しずつわかってきた。円城正晴は、性犯罪と暴力行為をめぐるエピソードをいろいろ持っているというわけだ。火のないところには、という格言を信じるなら、噂の元となる話がいくつかないわけではないのだろう。いわゆる切れやすい性質というのか。沢田が言った、精神科系統の病気、という噂の根拠もそのあたりにあるのかもしれない。

もっとものこのとき、ぼくには円城の人格と、婦女暴行とがどうしても結びつかなかった。ぼくは思ったものだ。円城の人格が一時的にでも変わったというなら別だが。

暴力行為については、円城正晴の美意識と潔癖症が、並の日本人よりは厳しいものであるというだけだろう。

その女がべつの参加者に呼ばれて、ぼくのそばから消えた。

入れ代わりにまた長瀬がやってきた。

ぼくは彼に訊いた。

「円城さんのこと、たしかにずいぶんいろいろ噂されているんですね。長瀬さんが気になっているのは、どんな噂です？」

長瀬は言った。

「あ、もう聞かされた?」

「少しだけ」

「レイプ藪の中事件の話は?」

「ええ」

「女子高生失踪《しっそう》事件との関連のことは?」

「いえ」

「十何年か前に、町の女子高生がひとり、行方不明になってるんだそうだ。夏場のことで、あの旦那さんの滞在していたときと重なるんだけどね。レイプ藪の中事件のあと、その失踪事件との関連が話題になったんだってさ。まったく無縁な話だろうかって」

「捜査でもおこなわれたんですか」

「いや。高校生は行方不明のまま。だけど、円城さんがあれほど果樹園にひとを入れたがらないのは、何かまずいものが埋まっているからじゃないのか、って話すひともいるよ」

「綿貫さんとか、パートタイムのひとたちも、果樹園の中で働いているじゃないですか」

「そうなんだ。だから、噂で終わってるんだと思うけどね」

久美がやってきた。

「どう?」久美はワインの入った紙コップを手にしていた。「新移住者のひとりとして、うまくやってゆけそう?」

ぼくは、自分のことは棚にあげて答えた。

「いや。円城夫妻の陰口ばかりを聞かされてる。いずれぼくらのことも噂になるんだろう。適当に引きあげよう」

ぼくと久美は、小一時間いただけで、パーティ会場をあとにした。長瀬がなんとも残念そうにぼくらを見送ってきた。


パーティから数日後、ぼくらはまた円城の家に招かれた。夕方から、食事を一緒にしようということだった。

コテージを訪ねると、円城はぼくの顔を見るなり言った。

「何かおもしろくないことでも?」

ぼくはずっと、バーベキュー・パーティのことを考えていたのだ。誰もが、誰かのことを噂していた。面と向かっては言えないようなことを、声をひそめて語り合い、酒のさかなにしていた。これがこの土地の最大の気晴らしだというなら、この土地を選んだことはまちがいだったかもしれない。そんな想いが、たぶん顔に出ていたのだろう。

ぼくは言った。

「町では、他人の悪口やら噂話ばかり。ちょっとわずらわしく感じられましてね」

「新参者だ。話題にはなるさ。でも、聞き流していればいい」それから円城は言った。

「食事をしながら聞こう。そのあと、煙草でもやるかい」

いい提案だった。

食事のあと、ぼくと円城はリビングルームへと移った。久美と夫人は、二階へ上がっていった。ふたりだけで、洋裁かキルトの趣味を話題にしたいらしい。

円城は、特製の煙草を喫いながら、言った。

「噂話が好きな連中ってのは、どこにでもいる。田舎にも都会にも。他人の生活や関係を詮索するのが唯一の楽しみだ、という連中がね。誰か他人の趣味や暮らしのちがいをあげつらい、嘲笑《ちょうしょう》し、非難する連中。嫉妬《しっと》し、羨望《せんぼう》していながら、それを認めることができずに、愚劣なモラルに身を寄せて糾弾する連中が」

ぼくは言った。

「そこまでおおげさなものじゃないんです。バーベキュー・パーティでは、町のひとたちが妙にぼくらに好奇心を見せてきたので、ちょっとわずらわしく感じた、っていうだけなんです」

「ぼくも、そういう連中のことを言っているのさ。ぼくらとはちがう。きみやぼくとはちがう種類の人間のこと」

ぼくは訊いた。

「ああいうのって、教育とか、しつけの差なのでしょうか。でなけりゃ、感受性とか」

「ちがう。血の種類だ」

ね」

「そう。数世紀にわたって遺伝子の組み合わせが純化されてくれば、ちがう種類の人間ができる。ぼくらとあの連中とは、そもそもの血がちがうんだ。きみも、そうは感じないかね」

「血の？」

「血のちがいだと意識したことはありません」

「でも、こうは思うだろう。自分の感受性や精神は、なぜこうも孤高なのだろうって。きみだって、正直なところでは、周囲の下司《げす》で野卑な連中たちとはちがう自分を意識しているはずだよ。自分はちがう種類の人間だと、ときどき強く感じているはずだよ」

「そんなふうに考えたくはないんですが」

「素直になりなさい。それを口にしたって、ここでは誰も不遜《ふそん》だの驕慢《きょうまん》だのと言わない。それが事実なんだから」

「まあたしかに、その面はありますが」

「そうさ。だからこそ、きみはこの土地にやってきたんじゃないのかね。自分を、大都会でうごめく下卑た連中から遠ざけるために。きみがあの猥雑《わいざつ》な都会を離れたくなったのも、その血のせいなんだ。ぼくと近所づきあいができるのも、ぼくらの血の共通性ゆえだよ。ぼくらは、たぶんとても近い血を持っているんだ」

「そうなんでしょうか」

円城はきっぱりと言った。

「そうだ。なのにきみはいまだ、ばかばかしい世間の縛りから自由になっていないが、ごく近い将来、その束縛を解き放つ。そして受け容れることになる。自分の生活の原則が彼らとは相いれないものであること。彼らのモラルや知性に合わせて生きる必要はないこと。ぼくらは、ぼくらの精神が求めるとおりの生活をすべきだということ。たとえまわりが何を噂しようと、気にすることはないってことをね」

ぼくは、円城の指摘がいくらかは当たっているとは思いつつも言った。

「ぼくは臆病《おくびょう》で、保守的な男です。世間と摩擦を起こすことをおそれている。これから先も変わらないでしょう」

円城は言った。

「きみはもう、その煙草を喫っているというだけで、ボーダーを越えたはずだよ。誰かが密告すれば、危ないことになる」

そうとは思っていなかった。ぼくは自分の手の手製の巻き煙草を見つめ、それからあらためて口もとに持っていって、その甘い香りを嗅《か》いだ。なるほど、ぼくらはすでに、ちょっとした非合法行為を一緒に犯しているわけだ。

煙草の煙を吐き出してから、円城は言った。

「とにかくきみたちがここにいるあいだ、きみたちがそういう連中の被害者にならぬように、力を貸そう。とにかくぼくの側にいることだ。連中ではなく」

まるで、それが自分の責務とでも言っているような調子だった。

ぼくは訊いた。

「どうして、そんなことまでしてくれるんです?」

円城は答えた。

「きみたちは、うちのいい客人だから」

「だから、保護者のようなことまでしてくれるというんですか」

「ちがう。わたしには、自分の客人に快適に過ごしてもらう役割があるからだ」

「どうしてです?」

「むかしはこのあたり一帯、うちの一族の地所だった。きみの山荘がある土地まで全部だ。だからきみたちはわたしの客だし、客以上のつきあいをしたいとも思っている。わたしはホストなんだ。ホストの務めを果たさせてもらう」

階段をおりてくる音がした。

振り返ると、久美と夫人が手をつないで、踊るような調子で階段を一段一段くだってくる。ふたりとも、奇妙なドレスを着ていた。光沢のある生地の、裾《すそ》が大きく広がったドレスだった。

ふたりは、いたずらでも思いついた幼女のような表情だった。縦にぴょんぴょんと跳ねるようにリビングルームへ入ってくると、夫人が手早くCDをセットした。すぐにスピーカーから、ハープシコードのものらしい曲が流れてきた。ふたりはその曲に合わせ、ぼくらの前で、くすくす笑いながら踊った。ヨーロッパのフォークダンスふうの踊りに見えた。

いくらか滑稽《こっけい》な感じのある踊りだ。

円城が愉快そうに訊いた。

「いったい、何の趣向なんだ？」

踊りながら夫人が答えた。

「なんとなく。昔の衣装を見ているうちに、踊りたくなったの」

久美が言った。

「サイズもぴったりなんで、着せてもらった」

ぼくは久美に言った。

「お姫さまごっこだね」

「お姫さまになってほしいって、お願いしたんでしょう？」

ふたりは音楽に合わせてなお踊り続け、曲の切れ目でようやく手を離して、足をとめた。

円城が拍手して言った。

「ふたりは双子みたいに見えたぞ」

久美が言った。

「奥さまほど品がよくないけど」

夫人が言った。

「久美さんほどセクシーじゃないわ。入れ代わりたいくらい」

円城が言った。

「入れ代わってしまえばいい」

夫人がぼくを見て言った。

「じゃあ、あたしは守谷さんと一緒に帰るのね」

「あたしは残るの?」と久美。

「みんな残ればいいのさ」と円城が言い、ぼくに顔を向けた。「そうだろう?」

ぼくは、どう反応したらよいものかとまどって言った。

「そうですね」

円城はもう一度言った。

「スクランブルしてしまえばいいのさ。こんなふうに楽しめる者同士だ。ちがうかい?」

ぼくは了承した。

「そのとおりです」

いま思えば、ぼくはほとんど円城の言いなりになっていたわけだ。みずからの意思など見きわめることもできないままに、どんどん円城の描くシナリオに乗っていったのだった。

久美と夫人が頬を上気させてカウチに腰をおろし、ワイングラスに手を伸ばした。

円城はぼくのグラスにワインを注ぎ足してから、ひと粒の錠剤をくれた。

「一緒に飲んでみたまえ」

「なんです?」

「もっとおもしろく酔うための薬さ」

円城は、自分の口の中にひと粒放りこんだ。夫人もやってきて、円城の手からひと粒受け取り、口の中に入れた。

「あたしにも、いただけます?」久美が舌を伸ばすと、円城はその舌の上に錠剤をひと粒載せた。

ぼくも飲むしかなかった。

円城は立ち上がると、自分でCDをかけなおした。ウインナ・ワルツがかかった。

「さあ」と円城は久美に手を差し出した。「ウィーンで過ごした夏、夕方になるとよく公園に踊りにいった。恭子が踊り好きだったから」

夫人もぼくに手を差し出してきた。

「さ、守谷さんも」

円城が久美を巧みにリードして踊りだした。ぼくは棒使いの人形のようにぎこちなく、夫人のリードに乗った。

その運動が薬の効きを促したのだろう。三曲も踊るころには、ぼくはすっかり幸福な気分に包まれていた。

室内の間接灯の明かりは、ぼくらの動きに合わせて虹《にじ》のように尾を引き、音楽は音のひとつひとつがくっきりと、きらびやかなまでに鮮明に聴こえた。部屋に飾られているオブジェも、人格を持ったかのように感じ取れた。たとえばノートルダム寺院の怪物たちの置物とか石の彫刻のような品々が、すべて微笑してぼくを見つめているのだ。部屋全体が、濃密な至福感で満たされていた。

ふと気がつくと、部屋の真ん中で円城が久美とキスしている。踊りはやめていた。驚きも嫉妬もなかった。こうなるのが当然のことのように感じられた。ぼくが夫人を見つめると、夫人もキスを待っているのがわかった。ぼくは自分の唇を夫人の唇へと持っていった。

長いキスのあとに目を開けると、円城は久美のドレスを脱がしにかかっているところだった。久美は突っ立ったままでいる。円城の手がドレスの背のボタンをはずすと、ドレスはあっさりと久美の足元に落ちた。久美は下着だけの姿となり、とろりとした目で円城を見つめた。円城が久美を抱き寄せた。久美の手が円城の首にまわった。

ぼくは陶然としてふたりを見つめ、同時に自分の欲情が首をもたげてくるのを楽しんでいた。

夫人が耳元でささやいた。

「見とれていないで。あたし、どうしたらいい?」

ぼくは視線を夫人にもどした。夫人の目にあるのも、ぼくへの好意と、つぎに起こることへの期待だった。夫人の目には、少女コミックに描かれるように星がきらめいていた。

ぼくは夫人を抱き寄せ、円城ほどには慣れていない指で彼女のドレスの背中のボタンをはずした。

目を覚ましたのは、たぶんそれから一時間はあとのことだと思う。聞き慣れた吐息と絶叫が、交互にぼくの意識に入ってきた。白く濁っていた意識がしだいにクリアになっていって、ぼくは久美がセックスのさなかの声をだしているのだと気づいた。

目を開けると、サンルームだった。観葉植物の鉢でいっぱいの温室の、ビーチチェアの上でぼくは身体を伸ばしていた。素っ裸だった。

サンルームの照明は黄色っぽいライトがひとつだけで、けっして明るくはなかった。しかし、明かりを受けて植物の葉という葉がすべて金色に輝いてみえた。首を動かすと、さきほど同様にきらめきは虹の尾を引いた。

目の前の、一段高くなった床の上に、裸身が三つ見えた。夫人がタオルの上に腹這《はらば》いになり、上体を起こしてワイングラスを手にしている。長い髪はすっかり解かれていた。夫人と顔を突き合わせるかたちで、久美がいる。ホットタブの中に身体を入れ、肘をタブの縁にかけているのだ。

その背に覆いかぶさっているのは、円城だった。後背位の姿勢で、ゆっくりと久美を攻めたてている。攻めたてるたびにホットタブの湯がぴちゃりぴちゃりと音を立て、久美はあえぐのだった。

夫人はそんな久美を、姉か保護者のような表情で見つめている。幸福を分かちあえることがうれしくてたまらないといった顔にも見えた。

ぼくは自分のペニスが痛いほどに固く勃起《ぼっき》していることに気づいた。激しいセックスのあとのときのようだ。ということは、意識できない時間のあいだに、ぼくも夫人と交わっていたということだろうか。

夫人はぼくが目を覚ましたのに気づいた。

「あ、起きたのね」

とろりと粘っこい声だった。夫人はそう言いながら自分も起き上がり、バスタブ・サイドから下へとおりてきた。白い裸身に、金色の光がはねて揺らめいた。

夫人はぼくに微笑みかけると、ぼくの脇にひざまずいて、ぼくのペニスをいとおしげに両手ではさみこんだ。

夫人は言った。

「途中で眠ってしまうんだから」

「ぼくが?」

「そうよ。覚えていないの?」

「いつここにきたのかも覚えていない」

久美がまた大きく遠慮のない絶叫をあげた。

ぼくはタブのほうに視線をやった。

そこに見たのは、一頭の大きな野獣だった。犬だとは思わなかった。最初から、これは狼だと思った。狼が、久美をうしろから犯しているのだ。

ぼくは夫人に言った。

「ご主人は狼になっちゃいましたよ」

夫人はぼくの身体の上にのしかかりながら言った。

「あたしだって、なってしまうわ」

久美が極みに達した。ぼくがこれまで聞いたことがないほどの激しい絶叫のほとばしりだった。同時に、狼も腹の底から深く息を吐き出した。野太く野性味のある喘《あえ》ぎ声だった。ぼくは前にも何度か嗅いだことのある、野生動物の匂いを意識した。その狭いサンルームに、獣の体臭と息が強く匂ったのだ。

直立するぼくのペニスの上に、夫人がゆっくりと腰をおろしてきた。ペニスは温かい感触に包まれ、締められた。夫人が腰を慎重に上下させ始めた。

夫人は痒《かゆ》みでも我慢しているかのような表情でぼくを見つめてくる。その姿勢を続けることがつらそうに見えた。ぼくは夫人の手をとり、指をからませて、夫人を下から支えた。夫人はやるせない吐息をつくと、上体をぐいとのけぞらせた。

翌日、目を覚ましたのは、円城のコテージのリビングルームだった。ぼくはカウチで裸で寝ていた。毛布がかけられている。

部屋の中を見渡してみたが、誰もいない。外は完全に明るかった。朝というよりは、昼に近い時刻のようだ。

カウチの下にぼくの衣類がまとめて置かれていた。ぼくはそそくさとトランクスをはき、服を着こんだ。

身体がだるかった。全身に軽いしびれがある。それと、多幸感の残滓《ざんし》のようなもの。自分は至福のときを過ごした、という充足感のようなものが、体内に満ちていた。

意識が完全にもどるのを待った。あんなことがほんとうにあったのか？　自分はあれを楽しんだのか？

前夜起こった、と思えたことが、急速に現実感を失っていった。写真にみるみるうちに薄い皮膜でもかかっていくような感じだ。映画の「めまい」で使われたようなカメラ・テクニックを連想した。トラックバックとズームアップを一緒に使う技法と似た感覚。生々しい現実感がありながら、全体は自分からどんどん遠ざかってゆくような気分だ。

数分後には、それは生々しい夢、といった程度の現実感しか持たなくなっていた。

リビングルームからダイニングルームへと顔を出し、キッチンをのぞいた。誰もいない。二階からも、物音は聞こえなかった。

表に出てみると、円城のレンジローバーも、ぼくが乗ってきたスバルの四輪駆動車もなかった。スバルは、久美が運転して帰ったのだろうか。ぼくひとりを残して。

もう一度コテージに入ったところ、リビングルームにぼく宛てのメモを見つけた。テーブルの上に、便箋《びんせん》に書かれて置かれていたのだ。円城が書いたものだった。

「守谷くん

用があるので、外出してしまう。ゆっくりしていってくれ。約束したとおり、ぼくがきみたちを、くだらぬ詮索やお節介や噂話から守る」

いやなことを思い出した。そもそも昨日は、あの話題から始まったのだった。あの不愉快を早く頭から追い払おうと、ぼくは無意識のうちにハイになることを求めていたのかもしれない。

ぼくはメモをズボンのポケットに入れると、コテージを出た。自動車がなくても、円城の葡萄畑を突っ切って丘の稜線へと出てしまえば、山荘まではすぐだ。ぼくは陽光さんざめく葡萄畑の中の小道へと歩きだした。

山荘にもどると、庭にスバルが停まっていた。

ぼくが山荘に入ると、久美がキッチンから出てきて、いくらか含み笑いとも見える表情で言った。

「お帰りなさい。よく眠ってるので、先に帰ってきちゃった。配達ものが届くことになっていたから」

ぼくは久美とまともに視線を合わせることができなかった。よそのほうを向いて訊いた。

「きのうは、楽しかったかい？」

「ええ。あなたは？」

「何があったのか、よく覚えてないんだ」

「みんな、すっかりハイになって、踊ったり歌ったり、騒いだじゃない」

「歌ったり?」

「ええ」

「そうとうに酔っぱらったんだな。ぼくはいままで、あの家の居間で裸で眠ってた」

「ホットタブに入ったとき、できあがっていたみたいだった。毛布はかかっていたでしょう」

ぼくは久美に目をやった。

「ホットタブにも入った?」

「それも覚えてないの?」

「思い出した。四人で」

「混浴の温泉みたいにして」

「ぼくは、羽目をはずしていたか?」

「わたしたち、四人ともみんな、ちょっぴり羽目をはずしたわ」

また不安になった。一緒に風呂に入ったという事実以上のことを言っているのだろうか。

久美が訊いた。

「いけないことしたと思ってるの?」

ぼくは久美を見つめた。久美は、ふしぎそうだ。ぼくの困惑に思い当たる節がない、とでも言っているようだ。

ぼくは言った。

「失礼があっちゃいけない、と思ってる」

「失礼はなかったと思う。今朝も奥さまから、近いうちにぜひまたって言われたわ。あなたにも言っていなかった?」

「起きたときは、ふたりとも外出していた」

「昨夜は、あなたもずいぶんリラックスしてたじゃない。あの場を楽しんでいるようだったわ」

ぼくは、唐突に思い出したことを口にした。

「円城正晴は、狼だ」

久美はうなずいた。

「知ってるわ」

「昨日、ホットタブの中で狼になっていた」

「ララ」久美は歌うように言った。「男はみんな狼よ」

表で車の音がした。砂利をかむタイヤの音が聞こえてきたのだ。

「宅急便だわ」

久美は玄関口へと出ていった。

ぼくは久美の言葉を反芻《はんすう》した。ホットタブで混浴したという。ということは、ぼくの記憶はかなり正確だということになる。覚えているとおりのことがあったのだろう。

でも、だとすれば久美の反応はあまりにも自然すぎる。夫の眼前でべつの男とセックスしていながら、翌日夫にあの態度ができるものか。あれはやはりぼくが見た幻覚なのか。記憶と妄想の混乱が起こっているのか。それとも彼女は、あの夜のうちにすべてを当然のなりゆきとして受け容れてしまったのか。

解答を見いだせないままに、ぼくは奥の寝室へと入った。

頭の芯《しん》に痛みがあった。頭を振ると、鉛の球でも揺れるように頭蓋骨《ずがいこつ》の内側にぶつかって響くのだ。酔いのせいか、それとも何かほかの薬物のせいか、よくわからなかった。

その日の昼寝のあいだに、夢を見た。昨夜のできごとの延長のような夢だ。

ぼくは夫人をうしろから犯していたのだ。そのとき、ふと気づくと、自分の手が毛むくじゃらの獣の前脚となっていたのだ。ぼくは夢の中で、自分が狼になっていることを意識した。自分の姿でありながら、自分の身体全体を外から見ていた。ぼくは狼だった。

同時に、円城が言った言葉を思い出していた。

「ぼくらは共通の血を持っている」

この意味だったのかと納得したところで、夢はすっと意識の地平の彼方へ遠ざかっていった。

そのあと一日二日、ぼくはなんとか記憶のブラックアウト部分を思い出そうと努めた。酒の飲み過ぎで、これまでも何度か記憶が欠落した経験がないではない。それでもほとんどの場合、時間をおいて突然その欠落部分がよみがえってきた。どの店に行って自分が何をしたか、少なくともそのとき目覚めていたのなら、思い出せた。記憶のよみがえりが三日後、一週間後のことであったにせよだ。

でもこんどの場合、問題は現実と幻覚、あるいは妄想との区分けだった。なるほど、ぼくらはきっと四人とも裸でホットタブに入ったのだろう。でも、ぼくと夫人との情事や、円城と久美との情交の部分となると、区別をつけにくい。単にぼくがそれを望み、こうあればいいと願ったことなのか。それともほんとうに、そこまで行ってしまったのか。

久美との食事やお茶の最中に、ぼくはそれとなく話題をあの夜のことへと振った。もっともぼくにも、ぼくたちのあいだにスワッピングがあったのかと訊くだけの勇気はなかった。ぼくの話題のしかたや問い掛け自体があいまいである以上、彼女からも核心に触れた言葉は返らなかった。けっきょくしばらくのあいだ、ぼくはあの夜にほんとうは何があったのか、わからないままに過ごしたのだった。

その夜から三日目のことだ。円城正晴から電話があった。

彼は、例のとおりのよく響くバスで言った。

「このあいだは楽しかったね。またやろう」

何を、とはたしかめることもできなかった。

ぼくは答えていた。

「そうですね。ぜひまた」

あの夜に起こったことがどんなものであれ、ぼくもそれを受容したことになる。反復することも、継続することもだ。

すでに暦は八月に入っていた。盛夏の到来だ。気温も、日中は三十度近くに上がっていたろう。大平原の真ん中の、典型的な大陸性気候の土地だったから、けっこう暑くなるわけだ。散歩するのも控えたくなるような苛烈《かれつ》な日差しの日が何日か続いた。もっともひとの話では、暑いのも七月末からお盆にかけての二週間とのことで、そのうち三十度を越す日は、半分くらいだという。

ぼくはこの時期、いくつか小品を描く仕事をこなしながら過ごした。円城のコテージには出向かなかった。自分の山荘に招く、という計画もそのまま放っておいた。あの夜のことがこだわりとなって残っていたし、それを胸に抱えながら、円城夫妻の前で自然に振舞うことはむずかしく思えた。少し時間を置いて、そのことの現実感が消えるのを待つつもりだった。

久美のほうは、ほとんど毎日円城のコテージを訪ねていたようだ。しかし久美が、必ずしも夫人のほうとおしゃべりしたくて行っていたのではないことは、あるとき知ることになった。

町はずれの大型の家庭用品店に行ったとき、夫人と出くわしたのだ。夫人はカートの中に洗剤やらペーパータオルやらを詰めこんでいた。顔を合わせたときの彼女の反応はごく自然で、あの夜、こだわるほどのことを体験した人妻のようではなかった。ぼくは安堵《あんど》する想いで言った。

「うちのが、きょうお伺いしてるはずですよ。恭子さんに会うのだと思っていました」

夫人は屈託なく笑って言った。

「知ってるわ。入れちがいだった」

「あいつ、何の用事で行ったのかな?」

「うちのひとと、お茶でしょう」

それで何の不都合がある? という調子があった。

夫人は話題を変えた。

「このところ、モデルの仕事はお休みのままね」

ぼくは言った。

「いま、べつの仕事をしてるんです。ちょっとそっちのほうにかかりきりなので」

「わたしにお姫さまをやらせてくれるという話はどうなった?」

「いまかかっている仕事が一段落したら、またお願いします」

「何の用事がなくても、いらしてちょうだい。円城は、あなたがたとおつきあいできるようになって、ずいぶん生き生きしてきているの。何歳か若返ったみたいよ」

「もともとお元気そうなひとじゃないですか」

「三月前までと較べると、ずいぶんちがう。農園の中に隠棲《いんせい》していたみたいだったのに、いまは、精力が身体にみなぎっているみたい。ずいぶん活動的になっているのよ」

「ぼくら夫婦が、フィトンチッドのかわりになっているのかもしれませんね」

「それ以上の効果があるみたい。とにかく気軽にいらして。そういえば、あなたのところにも招んでくれるんじゃなかったっけ？」

「久美が、パーティをプラン中です。近々お招きできるでしょう」

「おおげさなことでなくてもいいのに」

「いつでもお茶を飲みにいらしてください」

ぼくらはそこで別れた。夫人の態度からわかった。あの夜の羽目のはずしかたは、ふた組の夫婦の関係をひっくり返すほどのものではなかったのだ。そう確信が持てた。


八月の第一週から、ぼくは新しい仕事にかかった。東京のあるレストラン・オーナーからの依頼で、ケルト神話の妖精が素材だった。百五十号というサイズの指定があったから、けっこう大作ということになる。

ぼくは資料を引っ張りだし、ロフトの仕事場だけではなく、リビングルームのテーブルにもいっぱいに広げた。画集や美術雑誌、写真集に、外国雑誌の切り抜きだった。

画集のひとつに、マックスフィールド・パリッシュのものがあった。ぼくは彼の代表作、「デイブレイク」を長い時間眺めて、イメージをふくらませようとした。神殿のテラスと見える場所で、妖精が人間の女を起こしている、あるいは話をしている、と見える絵だ。妖精は裸で、少年のように見える。あるいは、中性と見える。

マックスフィールド・パリッシュは、この絵を描くために、娘のジーン・パリッシュをモデルにして写真を撮っていた。ぼくの持っている画集には、その写真も合わせて収録されている。娘の髪は長く、からだつきもはっきり少女だとわかる。娘の歳はたぶん十歳前後だろう。

　ぼくはこうした資料を参考にしながら、スケッチブックに何枚もエスキースを描いた。

　円城から電話があったのは、そんなときだ。

「ごぶさたしてるが」円城は先輩めいた調子で言った。「ちょっときみのところに寄っていいかな。届けたいものがある」

「どうぞ」とぼくは愛想よく応えた。「コーヒーでも飲んでいってください。でも、届けものって？」

「チーズだ。知り合いから送られてきたんだけども、きみも好きだろうと思って」

　チーズはただの口実だろう。あの夜以来ぼくが彼を訪ねていないので、なにか心配になったのかもしれない。あの夜のことをぼくが不快に思うなり、腹を立てているのではないかと。彼は彼で弱みを持っているのだとわかった。彼は必ずしも思うがままにぼくをひきずりまわしているわけではない。

　十分後、彼はひとりでやってきた。

「恭子が言うんだ」と円城は言った。「あの晩、ぼくがお酒を無理強いしたんで、きみが嫌がってるんじゃないかって。だから顔を出さなくなったんだってね」

ぼくは否定した。

「そんなことはありません。ちょっと仕事でばたばたしていただけです」

「そうなら、安心してまた招待できるな」

「ぜひ招んでください。うちにきていただくのが先かもしれません」

リビングルームに入ると、彼はぼくが散らかした資料を一瞥《いちべつ》して言った。

「きみの仕事も、なかなか大変なものだな。想像だけで一枚の絵を描くというわけにはゆかないんだ」

ぼくは言った。

「モデルが必要にもなるわけですよ」

「うちのを遠慮なく使ってくれ。あれも、ポーズをとるのを、楽しんでいるようだから」

久美がさっそくチーズを切って、コーヒーに添えて出した。

「来週にでも」と久美は円城に言った。「お返しのお食事会をと思っているんです。とびっきりのご馳走《ちそう》で」

円城は言った。

「喜んで招ばれますよ。でも、豪勢にする必要はない。手料理があるなら、それで十分」

円城は、マックスフィールド・パリッシュの画集を取り上げて言った。

「ふしぎな絵だね。朝焼けなのか夕焼けなのか、光の具合が幻想的だ。いったいどこの世界なのか、惹きつけられる」

彼は一枚ページをめくり、その絵のもとになった娘の写真に目をとめた。

「なるほど。こういう写真から、この絵を描くわけか」それから言った。「もとは女の子なんだね」


二日後の土曜日に、ぼくは円城農園を訪ねた。ほぼ二週間ぶりということになる。

二週間ぶりの農園は、八月の強い日差しを浴びて、ふだんよりもずっと美しく鮮やかに見えた。綿貫の老夫婦は、農作業の合間に庭の手入れも怠っていないようだった。コテージの前庭には幾種類ものバラが何十株という単位で咲き誇り、一部はコテージの壁にからみついて、その古く優美な外壁を彩っていた。

ぼくはテラスに通され、久美と夫人はすぐにコテージの二階に上がっていってしまった。テラスのテーブルに、円城が白ワインとグラスをふたつ持ってきて、葡萄畑を眺める恰好で椅子に腰をおろした。

葡萄畑には、綿貫夫婦の姿のほかに、何人かのパートタイムの作業員も見えた。暑さのせいで、殺虫剤をまく間隔が縮まっているのだという。噴霧器をフル稼働させるために人手が必要なのだ、と円城は言った。

パートタイムで働いているのは、ほとんどが近所の農家の奥さんたちで、みな麦わら帽子をかぶり、その上からスカーフをまいて、陽灼け予防を完璧《かんぺき》なものにしていた。

ぼんやりと農園の様子を眺めているぼくらの前を、ひとりの女の子が通っていった。

こんにちは、と頭をさげ、斜面を昇ってゆく。手に風呂敷包みをさげていたから、作業中の母親に弁当でも届けにきたところなのだろう。

女の子はショートヘアで、大きめのTシャツにゆったりしたショートパンツ姿だった。歳は十二、三だろうか。目が大きく、あごのとがった美少女だった。

その子を見送りながら、円城が言った。

「近所の子だ。子供ってのは、一年見ないと、ずいぶん大きくなるものだな。ついこのあいだまで、幼稚園児かと思ってたんだけど」

円城のその視線は、女の子の背に吸いついてしまったかのようだった。彼の目の灰色の瞳《ひとみ》は大きく広がり、らんらんと光っているようにも見える。

こういう目をするから、とぼくは思った。誤解されることになるわけだ。

少女は、健康的に伸びた素足を見せて、斜面を昇ってゆく。白いTシャツのたるみや揺れ具合から、成熟途上の脂肪っ気の少ない細い肉体が想像できた。

ぼくは、いまかかっている仕事を思い出した。描くとなれば、あのような少女の半裸の姿になるはずだった。ポーズを確認するため、また久美をモデルにするつもりでいるが、成熟した二十代なかばの女の肉体から少女の絵をでっちあげるのは、正直言ってあまりおもしろいことではない。

少女はぼくらの視線も知らず、葡萄棚のあいだに分けいっていった。

円城がまた言った。

「ああいう子を分かち合おうか」

「え」とぼくは訊き返した。

円城は横目でぼくを見てから言いなおした。

「あんな子を、うちに招待しようか、と言ったのさ」

「知り合いなんですか？」

「あの子という意味じゃないけどもね」

「では、あんな子って言うのは？」

「あのような年頃の子。きみも関心があるだろう？　おたくには、ずいぶんたくさん写真やら絵があったじゃないか」

「職業的な関心です。モデルが必要なんです」

「モデルにしたい、というのは、いい逃げ口上になるな。ぼくの前だ。もう少し率直になってもいいんだよ。ボスが秘書に、今夜飯でも食わないかね、と言えば、そいつはベッドに行きたいと言ってるのと同じことだよ」

「ぼくは、ほんとに絵を描くことが職業なんですよ」

「ま、いいだろう」円城は微笑した。「きみの目を見ていると、職業的好奇心というよりは、生物学的関心のように見えたのさ」

ぼくは思った。

いま、自分も円城と同じような目で少女のうしろ姿を見つめていたのだろう。瞳孔《どうこう》を広げ、強い光をたたえて。

ぼくは訊いた。

「誰か、招待する当てはあるんですか」

「誰か、適当な子を探してみるさ」

「簡単に見つかりますか。いや、そんな子供が、簡単に招待を受けてくれますか」

「このあたり一帯は、うちの一族の地所だよ。ぼくが望めばいいだけのことだ」

それは、戦前の地主が言いそうな言葉に聞こえた。円城はまだそれだけの支配力をこの地に有しているということなのだろうか。それとも、冗談か、あるいは妄想なのか。その見極めをつけることはできなかった。

円城は言った。

「そんな子を探すこと自体が、ぼくの楽しみになるな。このところ、ぼくはずいぶん活動的な男になっているんだ。きみのモデルにできるような女の子を探すため、一日走りまわっても苦にならないだろう」

「そういえば、奥さんも言ってましたよ。最近、ずいぶんお元気になったとか。お身体、悪かったんでしょう?」

「ま、慢性の病気だ。血の業病だよ」

「血の?」

「遺伝子の、というべきかな」

「病名をうかがってもいいですか？」

円城は、答えを一瞬ためらった。とまどいが感じ取れた。

「わかりやすく言うと、たんぱく質異常ということらしいんだけどね」

その話は、あの野外バーベキューのときに耳にしていた。でも、具体的にはどんな病気なのだろう？

円城は言った。

「社会生活がしにくくなる病気さ。ときどき高熱が出るんだ。この十年以上もここに住んでいるのはそのためさ。ひとづきあいも悪くならざるをえなかったんだが、このところ調子がいい」

とつぜん思い浮かんだ言葉があった。回春効果。もちろん、その効果をもたらすものは、若い女の肉体だ。二十八歳の久美の身体は、円城の歳と較べるなら、十分に若いと呼べるだけのものであるはずだ。彼が元気に、精力的になっているのは、もしかして久美のせいなのではないだろうか。

円城が農園のほうに向けている目をふいに細めた。かすかにだが、耳がぴくりと動いて立ったような気がした。

「どうしました」とぼくは訊いた。

円城は、視線を葡萄畑の向こうの稜線に向けたまま言った。

「またあのうるさい男がきている」

ぼくも円城の視線の方向に目をやった。

ひとの姿は目に入らなかった。

「誰です?」

「カメラマンだよ。ときどき、このうちを丘の上のほうから写している。地所に入ってくるようなら追っ払うんだが、あそこはぎりぎり境界の外だ」

「もしかして、長瀬というカメラマンでしょうか。このコテージをぜひ撮りたいと言ってましたが」

「あの手合いは苦手だ。写真に撮る、と言えば、どんな不作法も許されると思ってる。世の中には、写真に写ることなど迷惑としか感じない者もいるのに」

「でも、どこにいるんです? ぼくには見えません」

「こっちの視線に気づいて、消えてしまったよ。きみの山荘のほうにでも行くんじゃないか」

「やな野郎だ」とぼくは言った。「今度、度を越してなれなれしいことをやってきたら、痛めつけてやりたいな」

その言葉は、たぶん円城の複雑な精神回路のひとつをスパークさせたのだ。いま考えれば、まちがいなくあの言葉が、後の惨劇の伏線となっていた。

それから数日後、ぼくは町の図書館に出かけた。仕事を進めるうえでいくつか確認したい絵があったのだ。ぼくはかなりの数の画集を持ってはいるけれど、それでも個人では集める数にも限度がある。でも自分が持っていない画集も、図書館にならあるのではないかと思ったのだ。

行ってみて、ぼくは町のその図書館には、北海道新聞の縮刷版とか地元の十勝毎日新聞のマイクロフィルムがあることを知った。とつぜん、いくつか調べてみたい言葉が思い浮かんだ。女子高生の失踪事件の顛末《てんまつ》とか、農協職員の遭難事件とか。

さらにもうひとつ、円城の病気だということで耳にした言葉。

たんぱく質異常。

本人自身も、言いにくそうにその言葉を口にした。

社会生活がしにくくなる病気さ……。

ぼくは開架式のリファレンス・ブックの部屋で百科事典を引っ張りだし、この言葉の関連項目を片っ端から読んでみた。

こういうことがわかった。

これは最近になって伝えられるようになったことで、まだ医学的な定説となるには至っていないというのだが、症状として出てくるものとして、ある学者はつぎのようなものを挙げているという。

「意識障害と自動運動。

これが現れるあいだは、一般に見当識を失い、周囲にほとんど関心を示さず、茫然《ぼうぜん》としている。目的なく歩きまわり、いろいろのものに触れたり、わけのわからないことをつぶやいたりするが、話しかけても応じない。この状態のあいだのことは記憶がない。このような朦朧《もうろう》状態が数時間、あるいは数日続き、その間、外見ではほとんど正常に見える行動をすることがある。

ほかに、精神変調、気分変調をきたすことがある。

たとえば憂鬱な気分に襲われ、いらいらして不機嫌になる。怒りやすく、些細《ささい》なことで激しい怒りかたをしたり、ひとが変わったようになる。泥酔するまで酒を飲んだり、妄想にふけったり、徘徊《はいかい》したりするときもある……」

バーベキュー・パーティのとき、大阪から移住してきたという女が言っていなかったろうか。円城はときどき常軌を逸した振る舞いをする。暴力。

待てよ、とぼくは思い出した。

円城が若い女性を暴行したと通報された事件。

ちょうど円城の具合が悪く、看護婦と名乗った女性ふたりが、円城のコテージで彼を看病中だった。

目的なく歩きまわり、いろいろのものに触れたり……。

この状態のあいだのことは記憶がない……。

怒りやすく、ひとが変わったようになる……。

円城は、自分の農園に入ってきた女性にいきなり怒りをぶつけたのではないだろうか。

出ていけと追い詰め、殴るか蹴《け》るかしたのではないか。

ただし、自分ではそのことの記憶がない。

ちがう、とすぐに打ち消した。

女性の身体の傷は、野生動物につけられたもののようだと、医師が判断したというのだ。

やはり円城ではありえない。

もっとも、自分の頭の中でそれが完全に否定できたわけではなかった。妙にひっかかったままだった。

ぼくは北海道新聞と十勝毎日新聞の記事だけコピーしてもらい、山荘に持ちかえった。

円城がいう自分の血の病気の件については、あらためてまた調べにこよう。

でもそのころはまだ、そのことを病気と呼ぶのがよいのか、それとも特異体質とでも呼んだらよいのか、よく判断がつかなかった。

あるいは単に、彼はそのような存在である、というのがもっとも正確な表現のしかたなのか。

いずれにせよ、ぼくが円城正晴のそのこと——病気か体質かそれとも存在のありよう——について、あらたに確信を深めたのは、九月になってからの天気のよい日のことだった。

わが家での食事への招待は延び延びになっていたが、九月に入ってぼくの仕事が一段落したところで、円城夫妻を招いたのだ。

食事の会と言っても、円城正晴のように、帯広から本職のシェフを呼ぶようなことはできなかった。また、ぼくも久美もけっして料理は得意ではない。あれこれ考えたすえに、もっとも簡単なバーベキュー・パーティをすることにしたのだ。

ちょうど町役場が、町営牧場の肉牛の肉を安く放出した。値段は東京で買う国産牛のわずか五分の一ほどだった。オーストラリア産の牛よりもずっと安い。久美は町のワイン工場の売店でステーキ用の肉を二キロも買って、その日に備えた。

ぼくが円城に電話をして、招待を伝えた。

「喜んでゆくよ」円城は言った。「何か、うちから持っていったほうがいいものってあるかい」

ぼくは円城に、ワインを頼みます、と伝えた。ワインについては、円城の舌と知識にまかせたほうがいい。彼のコテージのワインセラーには、自家製以外のワインも豊富にストックされているはずなのだ。

その日のパーティのために、ぼくは家庭用品店へ折り畳み式のバーベキュー・セットを買いにいった。コンロと、テーブルと、椅子が四つ、セットになっている品だ。

買ったセットを駐車場の車に運んでいるとき、赤木に会った。

赤木は、ぼくが両手に抱えている品を見て手を貸してくれた。

赤木は歩きながら言った。

「バーベキューだな」

　ぼくは言った。

近々、うちでもやってみようと思って。

「あんたたち夫婦だけで？」

赤木は、円城夫妻をのぞけば、この地元でいちばん親しくなったひとりだ。いかにも田舎の住人っぽいその詮索も、気にはならなかった。

　ぼくは答えた。

「お隣りの円城さん夫妻もくるんですよ」

「いつやるって？」

「こんどの土曜日」

「なんだったら、鹿の肉を持っていってやろうか。冷凍しておいたのが、ひと塊あるんだ。鹿は食べたことはあるかい？」

「いいえ、まだ」

「けっこういける。バーベキューやるんなら、鹿も試してみろよ。何時から？」

「三時くらいから」

「そのときに行くよ」

　赤木と別れてから、鹿肉を持っていってやる、というのは、おれもバーベキューに参加する、という意味だということに気づいた。ただ単に鹿肉を届けてやるという意味じゃあない。追いかけて、いやけっこうです、と言うには遅すぎた。

バーベキューの日はさいわい好天だった。九月になると雨が多くなると聞いていたから、屋外でパーティを開くにはいいタイミングだったというべきだろう。

久美は、朝から支度でてんてこまいだった。材料の下ごしらえに、ずいぶん時間をかけていた。約束の三時になっても、まだ庭には準備ができていない状態だった。

三時を五分まわったところで、円城夫妻がやってきた。ぼくはようやく団扇《うちわ》で炭火をおこしているところだった。

恭子夫人のほうは、山荘を眺めてから久美に言った。

「お手伝いすること、あるかしら?」

久美が言った。

「ええ、ちょっとだけお願い。あらかたできているんだけど」

久美は夫人を案内して山荘の中に入っていった。

円城と一緒にワインに口をつけていると、表で車の音がした。目をやると、赤木が庭にまわってきたところだった。

赤木は愛想よく近づいてきて言った。

「肉、持ってきた。酒はごちそうになるけど、迷惑じゃないよな」

「ええ、まあ」と、ぼくはあいまいにうなずき、円城に弁解した。「赤木さんは、鹿肉をごちそうしてくれるって言うんで――」

「鹿肉?」

「赤木さんは、狩猟が趣味なんだそうです。毎年、鹿を何頭も仕留めるらしい」

赤木が言った。

「食べ慣れたら、牛よりうまいよ。円城さんは、食べたことは?」

円城は、妙に重っ苦しい調子で答えた。

「たいがいの肉は食べてる」

赤木が鹿肉の包みを広げた。二、三キロはあるかと思える。赤い肉の塊だった。赤木が手慣れた様子でコンロをいじり始めると、円城は好奇心に光る目で肉を見つめた。

ぼくもなんとなく肉に目をやったまま、円城に言った。

「赤木さんは、狼がこのあたりで繁殖してるんじゃないかって言ってますよ」

円城はぼくを見つめた。

「狼がいるって?」

「赤木さんの想像です」

赤木はコンロの前から振り向くと、円城に言った。

「べつに根拠はありませんよ。なんとなく、そうじゃないかって思うだけで」

「ハンターとしての勘かね」

「森や動物のことは、ふつうのひとよりはよく知ってますからね」

「狼のいる証拠でも」

「動物学者が認めるほどのものじゃありませんが」

赤木は、テーブルの上の包丁を取り上げると、持ってきた鹿肉の塊を五、六枚に切りわけた。

円城は、またその肉に目を向けて言った。

「狼はもう北海道では絶滅してるじゃないか」

「鹿が増えすぎてるんで、狼を放そうか、って話が出ていることは、知りませんか。たしか、虹別原野のほうには、北極狼を飼ってる動物好きがいるはずですよ」

「飼っているのと、放すのとでは、ずいぶんちがう」

「飼っているってことは、逃げたのがいるって可能性もあるってことですよ。鹿の多い土地ですからね。逃げた狼も生きてゆける」

やがて久美と夫人も庭にもどってきて、あらためて乾杯となった。

赤木が、牛の前にぜひ鹿肉を、とコンロの前に立ち、ぼくらのために鹿肉を焼いてくれた。

赤木は冗談っぽく言った。

「みなさん、焼き具合はいかがです。レアですか。ミディアム・レアですか」

円城がほとんど間髪を入れずに言った。

「レアで頼む。表面をざっとあぶるだけでいい」

ぼくは、野生動物の肉を生で食べることには不安があった。ミディアムで、と赤木に注文した。女性ふたりも、ミディアムだった。

赤木が最初に焼いた一枚を円城の皿の上に置いた。三百グラムはあろうかというステーキだった。ケチャップはこちら、と久美が言った。

赤木がコンロに向き直って言った。

「さあて、あとはミディアムばかりでしたね」

ぼくらの意識は、大きなフォークを使う赤木の手元に集中した。フォークの先には、香ばしい香りを放つ鹿の肉がある。汁が火の上に落ちて、じゅうじゅうと音を立てていた。

ぼくはグラスのワインに口をつけながら、ふと横を見た。

円城は、すでにステーキを食べ終えていた。唇の脇を舌でなめているところだった。その音さえ聞こえた。皿の上にステーキが載ってから、まだ五秒もたってはいまい。

視線が合うと、円城はごくりと唾《つば》を呑みこんでから、ばつが悪そうに言った。

「昔、欠食児童という言葉があった。いまのぼくは、まさに欠食児童だったたな」

ぼくは、円城の食べっぷりにちがうものを想像していた。同時に、病気とか特異体質という言葉が、脳裏をよぎったのだ。いくらなんでもその食欲は尋常ではなかったし、人並みはずれた咀嚼《そしやく》力と言うべきだった。

日が落ちると、急速に気温が下がった。赤木が、これ以上飲むと運転できないと言って腰を上げ、かなりごきげんな様子で帰っていった。

円城もそろそろおいとまするといいだした。

夫人がぼくに顔を向けて言った。

「あたし、まだ守谷さんのおうちをよく見せてもらっていないの。お仕事場を見せて、なんて言ったらご迷惑？」

「どうぞ」とぼくは立ち上がった。

円城はそのまま庭に残った。

仕事場には、例のとおり資料が散乱しており、イーゼルにもデスクの上にも、描きかけの作品が載っていた。

夫人は、作品に目をやってから言った。

「可愛らしい天使ね。誰がモデルなの？」

ぼくは答えた。

「これはモデルなしで描きましたよ。資料だけで」

「そういうこともできるのね」

「モデルを使えるならそれにこしたことはないけれど」

「天使がモデルになってくれるわけはないし」

「空想の動物を描くときはもっとたいへんです。動物図鑑や写真集をいっぱいに集めて、つぎはぎしなくちゃあならない」

「これはなあに？」と、夫人は開いたスケッチブックを指さした。「何か建物なの？」

それは、つぎの仕事の下絵だった。城の廃墟の前にたたずむ王妃、というのを描くつもりなのだ。とりあえず、ぼくは簡単に廃墟のイメージだけを、いくつか書き留めたのだった。

ぼくは夫人に言った。

「そいつは、下絵なんです。背景を城の廃墟という設定にして、簡単にラフ・スケッチしてみたんですけど」

「うちの裏手の廃墟みたい」

それを言われて思い出した。円城の農園には、英国式庭園のひとつの決まりごとが設けられていた。廃墟《ルーイン》だ。石の塔か門と見えるものの崩れた跡がある。正確には、最初から廃墟と見えるように建てられた石積みのオブジェがある。

石の質感というのは、想像だけでは絵にするのはむずかしい。ましてや、木の文化のこの国の絵描きにとってはだ。でもあのルーインをスケッチするなら、仕事は楽になる。

夫人は訊いた。

「ご存じよね。裏手に、こういう石積みが残っているの」

「一度、見たことがあります」

「イギリス式の庭には、ああいうものをわざと作るらしいのよ」

「庭に物語が生まれますよ。たしかにあそこをスケッチさせてもらえば、話は早いな」

「明日にでもいらっしゃらない？　途中でお茶を持っていってあげる。一緒にひと休みしましょう」

「あの廃墟でお茶を?」

「あそこ、気に入ってるの。秘密の花園の入口みたいな雰囲気があるでしょう?」夫人はもう一度スケッチブックに目を落とした。「ひとはいないの? 廃墟だけを描くの?」

「美しい王妃が、悲しみにうちひしがれてその前にたたずんでいるんです」

「なぜ、悲しいの?」

「王に不貞を責められて」

夫人はぼくを見つめて小首をかしげた。

「いったい何のお話なのかしら」

「アーサー王伝説。そこからモチーフを借りた」

「もしあなたがお望みなら、あの廃墟の前で、あたしポーズをとらせてもらうわ。女優さんとはちがうから、うまくうちひしがれた表情ができるかどうか、わからないけど」

「ありがたいな。明日、何時がいいでしょう?」

「二時では? 円城がちょうどお昼寝している時間だから」

「ゆきますよ。こっち側から直接農園におりていって待ってます」

夫人はちらりと窓に視線をやった。窓の向こうは、夕暮れどきの十勝の空だった。

「天気がくずれそうね。明日いっぱい、持つといいけど」

「かんかん照りよりは、曇天のほうがいいでしょう。廃墟を描くんですから」

その約束をして庭にもどった。久美と円城は、庭からデッキのほうにあがって、顔を近づけて話しこんでいた。久美のほうは、まだワインとビールが抜けていないように見えた。ぼくらが屋内からもどってきたことにも、しばらく気づかないようだった。

翌日は天気が一変した。北西から雲が広がり、風が出たのだ。早ければその次の日にでも雨となるのだろうと思えた。

その日、ぼくは午前中にまた図書館に出かけた。こんどは、狼についての記述を手当りしだいに読んでみるつもりだった。狼の生態についての概説書を三冊見つけたあと、その横に並んだ関連書のタイトルが目に入った。

いわゆる狼男伝説に関わるものだ。

書架の前で立ったまま、本を二冊、読みふけってしまった。

そのうちの一冊は、要約すればこういうことを言っていた。

いわゆる狼男がおかしたといわれている犯罪例の多くは、現在であれば、異常性犯罪のバリエーションとして分類されるだろう、ということ。著者はイギリス人の学者だが、人間が狼に変身した、という伝説についてはきっぱりと、科学にあらず、と決めつけている。とくに著者は、十九世紀末の有名なミュンヘンの狼男についてページをさいている。これによれば、ミュンヘンの狼男のケースは医学的・科学的なデータが豊富に残されており、これを見るかぎり、こんにちではおそらくたんぱく質異常の極端に不幸な発現例と診断されるものであろうという。

ここにも、問題の言葉が出てきた。しかも、いわゆる狼男伝説と結びついたかたちで。

先日記憶した文章がよみがえった。

意識障害と自動運動。無意識のうちに朦朧状態に入る。外見は一見正常に見える。

精神変調と気分変調。憂鬱な気分。不機嫌。ひとが変わったような激しい怒りかた——。

狼男。

もう一冊のほうは、狼男に関する科学的な考察というよりは、文学的な論考だった。著者は日本人の文化人類学者だ。

この本では、このような部分が気になった。

狼男、と呼ばれる言い伝えに関して、著者は日本のキツネ憑《つ》きの例と比較しながら言っている。狼男とは、狼に関して特別な思い入れがある風土での、特殊な精神病理学の問題ではないかと。ぼくは、狼憑き《リカントロピー》という言葉をこの本で初めて知った。

ただし著者は、精神の病以外の何かと見なされるべき例もあったのではないか、という見方も否定していない。たとえば、骨格の変形をもたらすような病気への偏見と、猟奇犯罪の話が結びついたとか。

この部分を読んでぼくはすぐに、映画の『エレファント・マン』とか、手塚治虫の『きりひと讃歌』といった漫画を連想した。

骨格もじっさいに狼のように変形する？　それも科学的にありうるとしたら、症状の具体的な例は？　そしてその原因は？

これまでひっかかっていたことが、少しずつ形をとってきたような気がした。

その日の午後、ぼくは牧草地の上端の小道を歩き、円城の農園を見おろす稜線の上に立った。円城のコテージの煙突から、煙の昇っているのが見えた。農作業のひとの姿はなかった。たまたま休みの日だったのかもしれない。

境界の稜線から、農園へと続く小道をくだり始めたときだ。葡萄畑の斜面に、すっと動くものがあった。見えたのは一瞬だったが、犬らしき動物だった。あるいはキタキツネかもしれない。ちがうとしても、哺乳類であることはまちがいない。ぼくは、前にもこのあたりで哺乳類らしき動物の視線を意識したことを思い出した。ついでに前日の赤木の言葉も。

背にひんやりとするものを感じた。

その小さな恐怖を振り払って、葡萄畑の斜面の中腹の廃墟へと向かった。

その廃墟は、斜面途中の平坦地にあって、もっとも高いところで三メートルほどか。暗い色合いの凝灰岩でできており、塔が崩れてそのまま全体が苔《こけ》むした、という風情に作られている。

ぼくはぐるりと廃墟の周囲をまわってみた。廃墟は、見る場所によってずいぶん表情が変わる、陰影豊かな人工建築物だった。

少し離れた位置から眺めると、その廃墟を含め、円城の農園全体が、宮崎駿《みやざきはやお》のあるアニメーション映画を連想させた。農園は見捨てられた神秘の庭で、コテージはそこに隠遁する僧侶《そうりょ》の家のようなのだ。

もう一度ゆっくりと廃墟の周囲をまわってみた。もっとも美しい角度を探すためだった。

ふいに、目の前に夫人が現れた。石の壁の陰から、唐突にだ。

わっと、ぼくは驚きの声を上げた。

夫人のほうも驚愕《きょうがく》の表情となり、それから笑いだした。

「そんなにびっくりしないで。ちょっと驚かしてやろうと思っただけ」

「十分でした」と、ぼくは胸をなでながら言った。「それにしても、どこにいたんです。いま、ひとまわりしたばかりだったのに」

「隠れ場所があるのよ。ちょっと気づかないところに」

夫人はぼくをその場所へと案内してくれた。廃墟の裏手、コテージ側から見て陰になる位置に、小さなスリットができている。正面から見て直角に切れこんでいるため、前をすっと通りすぎるだけでは、スリットの奥に空間があるとはわからない。空間の大きさは、大人がふたり、抱き合って身を隠すことができるほどだった。腰の高さほどの位置には石の段差があり、そこに腰かけることもできそうだった。

「ほら、ここに入ると」と夫人はその隙間《すきま》に身体を入れ、振り返った。「すっかり隠れてしまうことができるの」

その様子は、石棺の中に納められた美しい死体を想起させた。

「ここにいると、農作業してるひとにも見つからないのよ」

夫人はそう言ってぼくの手をとり、引っ張った。引っ張られたぼくの身体は、夫人を奥の壁に押しつける格好となった。ぼくは手にしていたスケッチブックと画材入れを足もとに落とした。

「びくつかないで」と、夫人がぼくを見上げていたずらっぽい笑みを見せた。

ぼくは石の壁に両手をあてて、夫人をなかば押さえこむように身体を近づけた。夫人は目をつぶり、顎をあげて唇を求めてきた。荒々しいとさえ感じられるキスとなった。

いったん唇を離してから、ちらりとうしろを振り返った。

夫人は薄目を開けて言った。

「だいじょうぶ。きょうは綿貫さんたちもみんな休みの日だから」

ぼくが気にしたのは、農作業のひとたちのことではない。いましがた見た動物だ。あの動物の目が、どこかにあるように思えたのだ。

夫人は再び唇を求めてきた。ぼくは夫人の唇を受入れ、舌をからませながら、両手を夫人の腰にまわした。欲情は急速に成長していった。

唇を離すと、夫人はまた言った。

「何を怖がっているの?」

ぼくは言った。

「こんな真っ昼間から、大胆なことをしてしまってるんですから」

「キスしただけじゃない」

「それで終わるかどうか、わかりませんよ」

「どうして？」

「自分が野獣になりそうです」

「そのほうがいいときもあるわ」夫人の息は荒くなっていた。「円城なんて、ちょっと油断すると、すぐに野獣になってるわよ」

「どんな野獣です？」

「ぐうたらな雄ライオン、なんて思わないでね。狼よ」

「ほんとうに？」

「正真正銘の狼になるんだから」

「そうじゃないかと思ってましたよ。このあいだの夜から」

「うしろを気にしないで」

「だけど」

夫人の手がぼくの背中を這った。

もう一度唇を合わせてから、ぼくは言った。

「ほんとに、野獣になってしまいますよ」

夫人は、目を半分だけ開いて応えた。

「かまわないって」

上瞼《うわまぶた》が充血して、淡い紅色に変わっていた。

「こんな石の上じゃ、恭子さんを傷つけてしまう」

「平気よ」

夫人の手がぼくの腰へとおりてきた。ぼくは夫人の木綿のプリント地のスカートをたくしあげ、柔らかい下着の上から、夫人の尻《しり》をなでた。

夫人は言った。

「ここにくるたびに、ここで犯されることを想像してたわ。こんな場所で犯されるって、たぶんすごく感じるんだろうなって思って」

ぼくは訊いた。

「その場合、相手は円城さんなんですか？」

「いいえ、いろいろ。作男とか、隣りのお屋敷の若主人とか」

「元になる本がありそうですね」

「ここって、密会にはぴったりの場所でしょう？　いつかこういうふうに使いたかったの」

ぼくは夫人の下着をひきおろした。夫人の手はぼくのジーンズの前へと動いて、ベルトをはずしにかかった。

夫人はごくりと唾を呑んでから言った。

「狼になってね」

しかし、口で言うほど、ぼくの行為は野獣的なものにはならなかった。真っ昼間に親しい男の妻と交わる、という意識が、ぼくを抑制したのだ。誰かに目撃されることへの、恐れとおののきもあったろう。あの動物の視線も、気がかりなままだった。

それにだいいち、姿勢が不自然なものとならざるをえなかった。夫人の身体に痣をつけるわけにはゆかなかったし、狭い空間でつながるためには、ぼくのほうが身体を無理にひねるしかなかった。行為の途中で体位を何度か変えたために、ぼくの器官はそのつど萎《な》えた。けっきょく夫人が石の壁に手をつき、ぼくが後ろから覆いかぶさる格好で果てたのだった。夫人もたぶん百パーセント満足を得られなかったにちがいない。その廃墟は、密会の背景にはふさわしいが、情交向きではなかった。

呼吸を整えてから身体を離し、ジーンズを引き上げた。

夫人は振り向いて身づくろいし、ぼくの首に両手をまわして言った。

「狼には、なれなかったみたいね」

まぶたが少し腫《は》れて赤く、まだ情交の余韻が残っているかのような表情だった。

ぼくは答えた。

「やっぱり緊張しましたから」

「狼になってもらうには、あなたをうんとリラックスさせるべきなんでしょうね。ここだと、落ち着かなかったんでしょう？」

「正直言うと、そうです。石が硬すぎる」

「こんどは、毛布を持ってこようかしら」

「ここでは、キスだけにしておいたほうがいいかもしれない」

ぼくらは身体を離して、廃墟のその隙間から出た。

夫人があたりを見渡して言った。

「きょうは、モデルをつとめるはずだったのにね」

「このつぎ、お願いしますよ。あらためて」

「いつがいい？」

「明後日では？」

「どうして明日じゃないの？」

「きょうの明日、では」

「何か心配してる？」

ぼくは、言葉を選びながら言った。

「仕事を放っておくわけにはゆかないし、その、久美にも、言い訳が必要です」

夫人は鼻で笑った。

「ほんとうに、いまさら何を言ってるの？　わたしたち、もう了解ずみじゃない」

ぼくは夫人の言葉の意味をすぐ確かめるべきだった。誰が、何を了解しているというのだ?

それをしないまま、ぼくは言った。

「じゃあ、明日の同じ時間。ここで」

「明日はたぶん、パートのひとたちが入っているけど」

「スケッチさせてもらうだけにします。狼になるのは、またべつの機会に」

「狼になってもらうには、またうちにお招びするのがいいのかしら。このあいだみたいに」

「このあいだは、おいしいお酒でした。何かの薬もききましたよ」

「ああ、あれを飲んだのね」

「あれはいったい何だったんです?」

「よくは知らない。円城が病院からもらっているの。トランキライザーか何かでしょう」

「それで、リラックスできたんですね」

「こんどは、薬なしでもリラックスして。円城に相談するわ。できるだけ早めに、またあんな機会を作るから」

木立の中を歩いて、葡萄畑の端に出た。斜面に直角に小道がついており、昇ってゆくと稜線に出る。おりてゆくと、コテージだった。夫人は、稜線までぼくを送るという。ぼくらは若い恋人同士のように手をつないで小道を昇った。

稜線に出たところで、ぼくは飛び上がるような思いを味わった。

稜線を走る小道に、長瀬がいたのだ。ブローニー・サイズのカメラを持ち、片手に三脚をさげていた。

ぼくは立ちどまった。夫人も足をとめ、ぼくの手を強く握ってきた。

長瀬のほうも、そうとう驚いたようだ。なんどもまばたきしてから、しどろもどろの調子で言った。

「こんにちは。ちょっとその、写真を撮っていたんです」

視線が、ぼくらの手に走った。

夫人はぼくの手を離した。ぼくは、自分たちの身体から、情交の名残の匂いが放たれていやしないかと心配した。それがまだ匂い立っているのではないかと。

ぼくは、その場をとりつくろうために訊いた。

「円城さんの農園の写真?」

「ええ。そうです」長瀬は言った。「中に入って撮るのは、許してもらえないもので」

夫人が言った。

「宅は、写真が嫌いなんです」夫人の声は、緊張ぎみにかすれていた。「すみません」

「素敵な景色なんですがね。きれいな谷と、葡萄園と、イギリスふうの民家。これだけの景色は、なかなかあるものじゃない」

「うちのひとが、時間をかけて作ってきた景色ですから」

長瀬がふいに思いついたように言った。

「こんど、奥さんからもお願いしてもらえませんか。撮影の許可の件で。ご迷惑はかけないつもりですが」

「でも、円城は」

「お願いしますよ。お邪魔はしません」

「無理だと思います」

「そこをひとつ」

長瀬の言葉が、そこでもう恐喝の調子を帯びていた、と感じたのは、気のせいだろうか。

夫人は言った。

「話すだけは話してみます。でも、期待しないでください」

長瀬はぼくにも言ってきた。

「あんたからも、頼んでもらえないかな。同じクリエーターなんだし、この農園の価値はわかるでしょう？」

「ぼくがでしゃばることじゃない」

そう言ってぼくは夫人に合図し、別れた。夫人はいま昇ってきた小道を下ってゆき、ぼくは長瀬をその場に残して、木立沿いの道を自分の山荘に向かった。

密会は、あっさりと他人の知るところとなった。それも、よりによってあののぞき趣味の長瀬にだ。夫人と密会したこととそのことには反省も後悔もなかったが、円城の言うところの「血のちがう」種類の人間に知られたことで、ぼくはかなり落ちこんだ。

山荘にもどったとき、久美は外出して不在だった。

次の日、円城の農園の廃墟で、ぼくは再び夫人と会った。

ただ、この日は夫人が言っていたとおり農園には何人もの作業員が入っていた。ひとの目があるわけだ。前日と同じことが再現されるはずはなかった。

夫人は、石の上に腰をかけてぼくのためにポーズを取りながら言った。

「いるのが綿貫さんご夫婦だけなら、何も気にしないのだけどもね。あのご夫婦は、ずっとこの農場の使用人だから、主人のやってきたことはたいがい見てきた。いまさら何かに驚いたり、見たことを噂にしたりはしないわ」

ぼくは鉛筆を動かしながら訊いた。

「驚くようなことが何かあったのですか」

「たとえばの話よ。円城がとつぜんこの廃墟で狼になってしまったりしても、綿貫さんたちなら気にもとめないだろうってこと」夫人は言いなおした。「いいえ、気にはとめるかもしれないけど、使用人の分《ぶん》は守ると思う。分ってことを、わかってるひとたちなの」

先日来、夫人の言葉の中に妙に狼という言葉が繰り返されるような気がした。ぼくが強く意識しすぎているのか、それとも夫人にはその言葉を何度も口にするだけの理由があるのか。

とつぜんこの廃墟で狼になってしまったりしても——。

いまのこの言葉は、ただのレトリックなのだろうか。

そのことへの疑念を無理におさえつけて、ぼくは言った。

「狼のファミリーの話を思い出しますよ」

「何のことだっけ?」

「恭子さんが教えてくれた話です。狼のファミリーは、序列が決まっている。アルファ・メイルが最初に餌を食べて、あとは序列に従うってことです。綿貫さんたちが、ファミリーの何番目になるのかは知らないけど」

「ああ、あれね」夫人は笑った。「あなたたちは、ファミリーに加わってすぐに二番手になってしまったわね。二番手なんて言いかた、失礼かもしれないけど」

「対等におつきあいできるとは思っていませんよ。ご主人は年長だし、人間としてもぼくよりずっと大きい。ぼくはベータ・メイルで満足しています」

「序列がついていることよりも、わたしたちが同族だってことのほうが大事だわ」

「同感です」

その場にひとの気配があった。

振り返ると、稜線へと続く小道から、少女がおりてくるところだった。先日も見た中学生だ。キュロット・パンツに、フードのついたトレーナー姿だった。少女はまるで警戒心のない無邪気そうな顔をぼくらに向けて、小さく会釈してきた。

少女が農園の下のほうへと下っていってから、夫人が言った。

「あの子、牧草地を抜けてきたのかしら」

　ぼくは訊いた。

「近所の子なんでしょう？」

「二、三軒先の農家の子だと思うけど。きっとこっちが近道なのね」

　その午後、ぼくは二十枚ばかり夫人をスケッチして山荘にもどった。


　それからおよそ二週間、ぼくは自分の仕事に没頭した。

　百五十号クラスの大作となれば、想像力と集中力の持続が必要とされる。やっと、この土地に住むことの利点を生かせる仕事にとりかかれるわけだった。

　ぼくは、ある期間完全にそのことだけにかかりきりになる、という仕事のスタイルが嫌いではない。もしコンピュータ・グラフィックスの世界に進んでいたなら、三カ月間、仕事場に泊まりこみとなるのがふつうというあの業界の習慣も苦にはならなかっただろう。そのかん、食べるものはジャンクフードだけでもかまやしないし、たぶんシャワーも一週間に一度ぐらいですませることができる。外からの光のささぬ部屋で大きなひと仕事を終えて、部屋のドアを開けたとき、外界が何日であったかもわからない、というのが、ぼくの仕事のしかたの理想なのだ。

　ウォーミング・アップから、徐々にエンジンの回転を上げてゆく最初の三日間のあと、ぼくは完全にその世界に入りこんだ。時間や昼夜の観念がなくなり、生活や社会のリアリズムは頭から消えた。食事の時刻も不規則になり、眠る時刻も定まらなくなる。食事をしていても、考えているのは仕事のことだけ。いま何を口にしたのかもわからなくなるようなときが、ぼくにとって最高にのっているときになる。

久美はもう慣れているから、ぼくがそんな生活に入ったとなると、いっさい余計なことは言いださなくなる。ぼくが何時にベッドにもぐりこもうと、何時に起きだそうと、気にもとめなくなるのだ。もっとも、ぼくにしても、仕事をしているあいだ、あるいは眠っている日中、久美がどんなふうに過ごしているのか、見当もつかなくなる。

何日目だったか、目覚めると午後の二時で、リビングルームに出てみても久美の姿はなかった。ぼくはテーブルに載っていたサンドイッチとサラダの食事をとり、シャワーを浴びてから、またロフトの仕事場にこもった。久美が何時に山荘にもどってきたのかは知らない。

午後の八時ころにコーヒーを飲みに階下におりてゆくと、久美は帰ってきていた。ヘッドホンをつけ、何かCDを聴きながら、女性雑誌を読んでいるところだった。

ぼくは訊いた。

「きょう、ずっと外出していた?」

「ええ」と、久美はヘッドホンをはずして答えた。「あなたが眠ってから、町の陶芸教室に行ってた」

「帰ってきたの、気がつかなかった」

「遅かったのよ。教室のあと、ちょっと買い物をしてきたから」

久美が逆に訊いてきた。

「昨夜、外に出た?」

「昨夜? 何時ごろのこと?」

「眠ろうとするときだから、十一時くらいかしら」

「気分転換に、星を眺めに出ていた」

「外で?」

「牧草地のほうでさ」

久美は、納得したような表情でもなかったが、立ち上がってぼくにコーヒーをいれてくれた。

仕事の乗りが最高潮に達したころ、久美が二階の仕事場に上がってきて、声をかけた。

「お客さんなんだけど」

大声だった。

ぼくは思わず驚愕の叫びを上げ、筆をキャンバス・ボードから離した。

「ごめんなさい」久美があわてて言った。「下から呼んだんだけど、聞こえなかったみたいだから」

「聞こえなかった」とぼくは言った。たぶん、かなり険しい声だったろう。集中を邪魔されたとき、ぼくは激しく反応するほうだ。スタート前のF1レーサーもおそらくぼくと似たようなものだろうが。

「お客さん」と、久美は繰り返した。「長瀬さんがきてるの」

あののぞきカメラマンか。

時計を見た。午前九時だった。仕事を再開したのが午前の一時くらいだったから、八時間ぶっ続けで仕事をしていたことになる。そうとう疲労もたまっている頃合いだった。

ぼくは久美に言った。

「ぼくはまだ眠っている。そう言って、帰ってもらってくれ」

久美は言った。

「起きていると言ってしまったわ。ベッドにいなかったんだもの」

「こんな朝にひとを訪ねるなんて、非常識だ」

「田舎じゃ朝は早いし、ましてやあのひとはネイチャー・カメラマンだもの。もうほとんどお昼近いっていう感覚なんだわ」

「非常識だ」

「そんなに大声を出すと、下に聞こえるって。とにかく、用事だけでも聞いてみて」

玄関口に出てみると、長瀬がどことなく卑しげな笑みで立っていた。L・L・ビーンふうのシャツとベスト。首には赤いバンダナという、見るからにアウトドアーズ・マンという格好だった。

「どうも、どうも」と、長瀬は軽い調子で言った。「いい天気が続いているでしょう。秋口の、田園風景を写すには、何よりの光なんですよ」

ぼくは、その日の外の天気がどうであるのかも知らなかった。

「何の用です」と詰問した。「事前の電話もなしに」

「いや、近くまできたものだから」

「だから、何の用です？」

「例の件ですよ。頼んでもらえたかな。きょうあたり、こっちの稜線のほうから狙《ねら》うと、午後の光のいい写真が撮れそうに思うんですよ」

「頼むなんて、約束してませんよ」

「このあいだ、了解してもらえたと思ってましたよ」

「いつ？」

「このあいだですよ」長瀬は、ちらりとぼくの肩ごしに奥をみやった。久美がそこにいる、とでも言っているような目だった。「あの牧草地の上のところで会ったとき」

「約束した覚えはありませんって」

「思い出してくださいよ。どういう状況で約束してくれたか。なんなら、ぼくが直接円城さんを訪ねていって、先日了解をもらいましたって説明したっていい」

明らかにそれは脅迫だった。ぼくと夫人が手をつないで、ひとけのない農園から出てきたことを言っているのだ。それを円城正晴に知られてもいいのか。さらには久美にもと。

円城は、それを知ったところでたいして怒りもせず、嫉妬も動揺もしないはずだ。久美だって、そのことを問題にしないだけの分別と、そしてたぶん事情とを持っている。長瀬の脅迫は本人が期待しているほどの威力を持ってはいない。

しかしぼくには、長瀬の脅迫それ自体が許しがたいものだった。ぼくはスニーカーをつっかけて玄関先におりた。長瀬は目を丸くして一歩さがり、さらにもう二歩さがって、玄関の外のデッキへと出た。

ぼくは玄関口を抜けながら言った。

「二度とくるな。目障りだ」

長瀬はぼくを抑えるように両手を突き出して言った。

「ぼくのどこが？　ぼくが何をした？」

「黙って消えろって」

「あのことが、噂になってもいいのか」

その言葉で、ぼくの抑制は完全に切れた。

玄関の脇に、薪割り用の斧《おの》がたてかけてあった。アメリカ製の、赤い柄の長斧だ。ぼくはその斧の柄に手をかけた。

長瀬はそこでようやくぼくの怒りを理解したようだ。なおあとじさり、ステップを降りようとした。でもすぐてすりにぶつかった。行き止まりだ。

ぼくは斧を振り上げようとした。

久美がすぐうしろにきていた。

「やめて！」

久美は厳しい調子で言いながら、両手で腰にしがみついてきた。力が加えられて、ぼくの手は動かなくなった。

久美はぼくの耳もとで早口で言った。

「やめて、順ちゃん。お願い」

必死の哀願だった。

ぼくはあらためて斧を振り上げようとして、大きく息をすいこんだ。そこで、ふっと激情が薄れた。

久美がまた言った。

「やめて。これ以上は。もうだめ」

ぼくは斧を持つ手を下げた。

長瀬はその隙に横に飛び、ステップを駆け降りていた。

久美がぼくを離した。振り返ると、彼女も息をはずませている。頬が赤かった。

ぼくは首を振って斧を庭先に放り投げ、ステップをおりた。長瀬の四輪駆動車が、砂利をかきあげて、庭先から急発進していった。

ぶるりと身体がふるえた。身体の芯に、まだ憤りと、殺意にも似た激しい感情が残っていた。ぼくは仕事の最高潮の場面で集中を切られ、卑しい要求をつきつけられたうえで、ばかばかしいことにつきあわされたのだ。ほんとうなら長瀬を追っかけていって、あらためてやつの首を締め上げてやりたいところだった。

ぼくは足早に庭を突っ切り、牧草地に出た。怒りと殺意が薄れるまで、ひとりきりで頭を冷ますつもりだった。もちろん、その程度のことで冷えるはずもなかったのだが。


そのときの仕事を終えると、秋も真っ盛りだった。仕事のあとの、余熱を冷ます時間のあいだにあたりを見渡してみて、そのことに気づいた。空気が乾いてきて、雲が遠のき、夏虫の姿が消えた。濃淡のない緑一色だった山肌にも、かすかに黄色味がまじるようになった。秋の盛り、ということは、収穫の季節ということだった。

牧草地の端を散歩していても、円城の農園がざわついてきているのがわかった。作業員の数が増えているようだった。葡萄の取り入れが始まったのだろう。

円城正晴から電話があったのは、九月も下旬のことだったか。恒例の宴会をするからこないか、という誘いだった。収穫作業が一段落したところで、作業員たちに酒と料理を振る舞うのだという。小作制度があった時代から続いている行事とのことだった。

円城の言葉は、いつものとおり大先輩か個人指導の教授といった調子だった。ぼくに何か含むところがあるようなものではなかった。長瀬は、まだ何も仕返しめいたことをしていないようだ。いまだ直接円城の農園を訪ねるのは、遠慮しているのだろう。

円城は言った。

「まだ忙しいのかな。仕事の邪魔でなければいいんだが」

「ひと仕事終わりました」とぼくは答えた。「まいります」

その日、久美と一緒に円城の農園へ出向いた。多少身がまえていたことはたしかだ。円城は愚劣な噂を気にするような人物ではないとはいえ、同族の序列は気にするタイプかもしれないのだ。ぼくは夫人とのことで、日増しに自分が序列を破った狼の一族のような気になっていた。

農園に行ってみると、綿貫夫妻の住居の前庭が宴会の会場となっていた。テントが張られ、テーブルがしつらえられている。出席者たちは、それぞれ黒い器の幕の内弁当に向かい合っていた。テーブルの上には日本酒とビールの瓶も林立していた。

出席者の数は、三十人ほどか。男女の数は同じくらいで、ほとんどが中年から初老と見えた。すでに顔を赤くしている男も少なくなかった。綿貫夫妻が、その出席者たちを相手にしていた。

ぼくらに気づくと、綿貫老人は近づいてきて、ぼくらに母屋のほうへ行ってくれという。円城正晴は、もうあいさつをすませて、コテージにもどったというのだ。

ゆるい坂道を歩いてコテージに行ってみると、珍しく黒っぽいスーツ姿の円城が迎えてくれた。

円城がぼくの顔を見て言った。

「髭を生やすのかい？」

ぼくは頬全体に髭を伸ばしていたところだったのだ。こんどの仕事にかかりきりになったときから、まったく剃《そ》っていなかった。

ぼくは言った。

「仕事のあいだは、髭剃りも面倒くさくなるんです。このままでもいいかと思うようになって」

「そういう髭が似合う顔だちだよ」

「円城さんに影響されたのかもしれません」

夫人が円城のうしろから言った。

「剃らないで、そのまま伸ばして。野性味があって、とてもいいと思う」

久美が言った。

「乗りやすいひとですから、あんまりほめないでください。伸ばし始めたときは、ただの不精髭。不潔だったんですから」

円城はさらに言った。

「目の光もいつもとちがうな。仕事を終えたばかりのせいか」

「ファンタジーの世界にはまりこんでましたから。きっと、現実を見ていないような目をしてるんでしょう」

「そっちの世界に行ったきりでなければいいが」

久美が言った。

「だんだん、もどってくるのに時間がかかるようになってますわ」

円城は話題を変えた。

「宴会のほう、大勢きていたろう。うちに働きにきてくれてるのはみんな、戦前は小作人だった家族の子供や孫たちなんだ。もっともまだ何人か、現役で小作人だったひとたちもいるけど」

ぼくは言った。

「円城さんは、地主として、あちらの宴会にずっとつきあうのかと思ってました」

「まさか。地主が小作人に期待されてるのは、一緒に酒を飲むことじゃない。何かあるたびに、酒樽《さかだる》を贈ることだけさ。長居はしちゃいけないんだ。ぼくはこっちで勝手に収穫祝いをやる」

夫人が言った。

「きょうもシェフさんがきてくれているの。いつもよりずっとおいしいものが出るわ」

「たまには、プロの手によるものも食べていないと、舌が家庭料理に慣れきってしまうからな」

自動車の停まる音がして、ぼくらは振り返った。

コテージの車寄せに、四輪駆動車が入ってきたところだった。見覚えのある車、と思ったところ、運転席から降り立ったのは長瀬だった。

長瀬はぼくに警戒ぎみの目を向けて近づいてきて、円城に言った。

「そろそろ、許しが得られたのかと思って、やってきました。明日あたりから、いかがですか」

円城は眉間《みけん》に皺《しわ》を寄せて訊いた。

「何のことだ?」

「お願いしてありました撮影の件です。空気も澄んできましたし、光の具合もぼく好みなんですよ」

「きみの好みがどんなものかは知らんが、撮影の件なら、前にも断ったはずだぞ」

「あれから多少事情も変わりました。それで、あらためてお願いしたんです」

「わたしに?」

「奥さんに」円城はぼくに目を向けて言った。「こちらの守谷さんにも」

「わたしは聞いていない。うちの農園のことで、守谷さんにお願いするというのも、筋の通らない話だ」

「協力をお願いしたということです。同じクリエーター同士ですからね」

円城はぼくに顔を向けて訊いた。

「このひとは、いったい何の話をしてるんだ?」

ぼくは答えた。

「農園を撮影したいと、ぼくから円城さんに頼んでくれないかと言ってきたことがあります。その場で断っていますが」

「なぜきみに頼むんだ?」

「隣人だからでしょう」

長瀬は、にやついて夫人に言った。

「奥さん、こころよく了解してもらえたものだと思っていました」

夫人は少し青ざめて言った。

「お断りしたはずです。それは無理だと」

「無理を通してもらえるものと思っていましたよ」言いながら、長瀬は意味ありげにぼくを横目で見てきた。「先日は、ちょっとしたゆきちがいがあったけど」

円城は、不審そうにぼくを見つめてきた。ぼくが正直に語っていないのではないかという目だった。ぼくは、自分が赤面するのを感じた。

夫人がきっぱりとした口調で言った。

「言葉足らずだったかもしれませんが、いまもう一度はっきり申し上げます。撮影の件はお断りです」

長瀬は挑発するような調子で言った。

「円城さんご夫妻にとっても、けっして損はない話だと思うんですがね」

「損得の問題じゃありません」

長瀬はぼくと久美に目を向けた。

「こちらの守谷さんにしたって、この土地でずっと暮らすつもりがあるなら、地元のクリエーターにも少しは協力してくれたって」

円城がたまりかねたように言った。

「もういい加減にしてくれ。わたしは自分の敷地内に余計な人間が入ってくるのは我慢ならないんだ。いますぐ出てゆかないと、叩き出すぞ」

長瀬は一瞬気圧《けお》されたような表情を見せたが、言い返した。

「減るものじゃないし、ご迷惑はかけませんよ。それより、断るとかえって困ったことが……」

「出てゆけ。わたしは気が短い」

「考え直してくださいよ」

「くどい」

「知りませんよ。何を噂されても」

円城正晴の堪忍も限界を越えた。彼は一歩長瀬に近寄ると、右手で長瀬の襟首をつかんだ。長瀬の身体は軽々と宙に浮いた。

円城は片手で長瀬を持ち上げたまま四輪駆動車のほうへと歩き、長瀬の身体を車のボンネットの上へ放り出した。長瀬は大きな音を立ててボンネットの上に転がり、地面に落ちた。円城は転がった長瀬を引き起こすと、もう一度強く突き飛ばした。長瀬は砂利を敷いた地面の上にひっくり返った。

テントの下の客たちが、一斉にこちらを注視してきた。

長瀬は地面から立ち上がると、屈辱と憤りとがないまぜになった表情で言った。

「こういう真似されて、おれは黙っていませんよ。やることはやってやるからね」

言葉がぼくに向けられたものか、それとも円城に対してのものだったのかはわからない。

円城は怒鳴った。

「出ていけ。いますぐ！」

それは、声というよりは、咆哮《ほうこう》のように聞こえた。肉食の哺乳類の吠え声だった。長瀬はあわてて四輪駆動車のドアを開け、車に飛び乗った。

四輪駆動車が花壇の煉瓦にぶつかって向きを変え、庭を出ていったところに、綿貫老人が駆け寄ってきた。棍棒《こんぼう》がわりなのか、斧か鍬《くわ》の柄の部分を手にしていた。

不安そうな顔を向ける綿貫老人に、円城は言った。

「なんでもない。また馬鹿《ばか》がきただけだ。気にするな」

綿貫老人は、あたりに注意深い一瞥を向けてからうなずき、黙って宴席のほうへともどっていった。

説明が必要だ、とぼくは思った。廃墟でのセックスの件はともかく、どんな状況であの依頼を持ちかけられたかは、円城に言っておかねばならないようだ。核心の部分を隠しつつ説明するのは、むずかしいことのように思えたが。

ダイニングルームに着いて、久美が席をはずしたときに、ぼくは円城に言った。

「さっきのことですが、あれはつまり――」

円城がぼくに顔を向けてきた。その横で、夫人は首を振った。言わなくてもいい、と言っている顔だ。夫人の表情は、円城には見えない。

「あの長瀬とは」

そこまで言いかけると、円城は不愉快そうに言った。

「もういい。あんなやつのことは思い出したくもない」

「ぼくは、彼には――」

「いいって。もうよそう。せっかくの食事がまずくなる」円城は口調を変えた。「約束してくれ。あいつのことは、二度と話題にしないって。ぼくも、二度とこんな真似をしないよう、身体でわからせてやったつもりだから」

夫人がその場をまとめるように言った。

「ほんとうに、そのくらいにしましょう。世の中、どこにでもおかしなひとはいるもの」

そこに久美がもどってきた。

「さっきのひとの話?」久美は椅子に腰掛けながら訊いた。「あのひとったら、このあいだもうちにやってきて」

ぼくは言った。

「彼の話題はもう持ち出さないことになった。そこまでにしてくれないか」

久美はまばたきしてから言った。

「ええ。いいわ」

キッチンのほうから、白いシェフ帽をかぶった男が顔を見せた。最初のご招待のときにもきていた男だ。帯広から招かれたという、血色のいい料理人。彼は言った。

「用意ができました。始めてかまいませんか」

ぼくは、テーブルの上のナプキンを手にとって、膝の上に広げた。

その日の会食は、けっきょく最後までどことなく不自然さの残るものとなった。四人とも、それぞれにこだわりを隠して、無理に明るく振る舞っているような雰囲気だった。

夜の九時すぎ、食事を終えて辞去することになった。ぼくがコテージの玄関を出ると、倉庫のほうから歌声が響いてきた。カラオケでもやっているのだろう。会場を庭から倉庫に移して、まだ収穫祝いの宴会を続けているらしい。

円城が戸口に立って言った。

「あちらはにぎやかだな。ずいぶん盛り上がっている」

その言葉で、ぼくは円城もその夜の会食の雰囲気を不自然と感じていたことを知った。

ぼくは言った。

「長瀬に、けちをつけられましたね」

「ほんとに不愉快な男だ」

「毛嫌いされてることもわかってない」

「口なおしに、またすぐつぎの機会をもとう。今年収穫の葡萄で、醸造したてができてくる。いわゆるヌーボーがね。若いワインは若いなりのよさがあるから、それを理由にまた招待するよ」

ぼくと久美は円城夫妻におやすみを言って、農園を出た。

数日後、夫人から電話があった。

ちょうど久美は、買い物があると言って町へ出ていたときだ。

夫人はいきなり訊いた。

「お髭はそのまま?」

「まだ伸ばしたままですよ」とぼくは答えた。「そろそろ床屋に行って、手入れしてもらったほうがいいかもしれない」

「ワイルドなままのお髭で、会いましょう」

「いつです?」

「きょう。これから。あの場所で」

「スケッチブックを持っていったほうがいいでしょうか」

「毛布を持ってらして。収穫もすんで、きょうは農園には誰もいないわ。リラックスできるから」

誘いの意味は明白だった。二十分後に、ぼくは農園の廃墟で夫人を抱き寄せていた。

夫人は、キスのあとで言った。

「噂になってるわ。町で、聞こえよがしに言われた」

ぼくはたしかめた。

「ぼくたちのことがですか?」

「ええ。わたしは気にはしないけど」

「ぼくも気にはしません」

その後、たて続けに連作にとりかかっているあいだに、秋は目に見えるほどの速さで深まっていった。広葉樹林の紅葉がわずかの期間のうちに色あせ、落葉松の黄葉と交代した。そしてこの地方では、「収穫」の季節のつぎに「収獲」の時期がやってくることを、ぼくは知った。

ある日、スポーツ用品や家庭用品を扱う大きな店で、ぼくは赤木に会ったのだ。彼は、ポータブルのガスコンロを選んでいるところだった。妙にうきうきした表情だった。

あいさつすると、赤木は言った。

「もうじき、鹿猟解禁なんだよ。まず雄鹿が解禁になるんだ」

ぼくは言った。

「もう始まったのかと思ってました」

「そいつはふつうの猟のほうさ。鹿は十一月十五日からだ。おれも、十五日の朝は白糠の山の中で迎える。それで、コーヒーを沸かすためのコンロを買いにきたってわけさ。前のがいかれちまってたんでな」

「なんだって?」赤木はいったん首をかしげてから言った。

「ああ、そうか。狼ね。まあ、出くわしたなら出くわしたで、楽しみだ。おれは熊も狼も、とにかく肉食獣はまだ撃ったことはないからな」

「いるのは、もうあたりまえの事実みたいに聞こえますね」

「前にも言ったろう。おれは、この地方にはいてもふしぎはないと思ってるよ」

「何か根拠でも?」

「ずいぶん気にするんだな」赤木は言った。「栗崎《くりさき》っていう獣医が、何年か前から、そういうことを言ってる。なんだったら、直接訪ねて聞いてみたらいい」

町の市街地で開業している獣医だという。ぼくは赤木の勧めにしたがうことにした。

その日のうちに電話をして、ぼくは栗崎獣医を訪ねた。

栗崎先生は家畜専門の獣医ではなく、むしろ犬や猫などのペットを扱っていた。日本野鳥の会の会員とのことで、野生動物の保護にも熱心なひとだという。

行ってみると、先生は七十をいくつかすぎていると見える高齢のひとだった。髪が真っ白だった。

ぼくは土産として持参した赤ワインを出しながら、狼のことで先生に話を聞きたいのだ、と切り出した。うちの近所で、ときおり犬のような動物の姿を見るのだが、これが狼だという可能性はあるだろうかと。

先生はすぐには質問には答えずに訊いた。

「あんたは、もしかして、円城さんのうちに越してきたひとかな?」

ぼくは答えた。

「円城さんの農園の隣りです。赤木さんが管理している山荘に」

わかっている、という調子で先生は言った。

「あそこも、円城さんの地所のうちだよ。いまの名義はともかく」

「そういう意味なら、そのとおりです」

「先代とは親しくしていた。何度もあのコテージに招かれたものだ」

「わたしも、正晴氏とは親しくおつきあいするようになりました」

「ワインをいただこう。目がないんだ」

先生は夫人にワインを開けるように指示してから、ぼくに訊いた。

「犬のような動物を見る?」

「ええ。大型の犬のような動物です。ただ、近くではっきり見たわけでもなくて、一瞬遠くに見たという程度なんです。犬かどうかもはっきりしない」

「キタキツネとはちがうのかな?」

「キツネなら、それとわかります。よく見かけていますから」

「この地方に狼がいる、という噂は根強い。北海道では明治の三十七年ころに絶滅したということになっているけれどもね」

「先生は、この地方に狼はいるとお思いですか?」

先生の答は明快だった。

「いる。いっときは狼の話など出ない時期もあったが、またこのところ、聞くようになった。とくにこの数年、ハンターとか、自然愛好家のあいだでは、狼がいる、という話が広まっているよ。一昨年《おととし》の秋には、帯広畜産大学が白糠という土地に調査に入った」

「確認されたんですか?」

「いいや」先生はタバコの煙を吐き出してから言った。「棲息は確認できなかった。ただし、いないと証明できたわけでもない」

夫人がワインの栓を抜き、ワイングラスをふたつ用意して応接室にもどってきた。

ぼくはワインを先生のグラスにつぎながら訊いた。

「先生が、いる、とお考えなのは、どういった根拠からでしょう?」

先生は、ひとくちワインを口にしてから答えた。

「状況証拠が増えてきている。狼がいる、と考えなければ不自然なことも多く聞くようになった。吠え声、糞《ふん》、群れをなす獣の目撃談。鹿の死骸。狼がいる、と噂されている地区では、はっきりとノネズミの数が減少している。そう遠くない将来、棲息は確認されるだろう」

「それは、エゾオオカミが絶滅せずに残っていた、ということなんでしょうか」

「そこは微妙だ。この十年ほどの狼の話は、またちがう種類の狼が現れたということかもしれない」

「誰かが放したんじゃないか、という話も耳にしました」

「その可能性もある。キツネの例があるが、流氷に乗ってシベリアの狼が北海道に上陸したのかもしれない」

「その狼が、この近所にも進出しているんですね」

「いいや。わたしがこの地方と言っているのは、白糠とか、阿寒のほうのことだよ」

「この町にはいますか？」

「その可能性は薄いな。狼は群れを作る。いまこのあたりは、狼が群れで棲息するには、人口密度が高すぎる。群れが目撃されないわけがない。棲息のための環境も貧しい。きみが見たのは、野犬だろう」

ぼくは細かなところをたしかめた。

「いま、と限定するのは、何か理由がありますか？」

先生はまたひとくちワインを喉に流しこんで答えた。

「五十年ほど前なら、ありえた話だ。現にわたしは、いまでも狼の子と思える動物を見ている」

先生は言った。

昭和二十年の夏、ということは、戦争がようやく終わるかどうかという時期だったが、まだ若い獣医だった先生のもとに、一匹の動物が持ちこまれた。灰色のやわらかい毛におおわれた、犬科の動物の子だったという。近所に住む少年が、森の中で見つけたといって抱いてきたのだ。動物は足を怪我《けが》しており、かなり衰弱していた。

先生は驚いた。犬に似ているが、絶対に犬ではない動物だったのだ。狼の子ではないか、とひらめいた。

先生はその動物の足を手当てして、少年に言った。しばらくうちで飼うことはできるかな。もしかすると、これは絶滅したはずの狼かもしれない。北海道大学と連絡をとり、調べてみるから。

少年はうなずき、その動物を抱いて帰っていった。

直後、戦争が終わった。平和がきたが、しかしそれは戦争のあいだ以上の混乱の時期ということでもあった。北大がこの町に、一匹の小動物の正体をめぐって専門家を出すような余裕はなかった。小動物のことは、しばらくのあいだ放っておかれた。

それから三週間ほどたったときだ。先生は町立病院にそのときの少年が入院したことを知った。

少年は、頭痛や不快感を訴えたのち発熱、極度に興奮するようになったという。先生はそれが、狂犬病の症状と似ていることに気づいた。病院の医師に問い合わせてみると、医師の診断もそのとおりだったという。

家族の話では、少年が森から拾ってきた動物が、とつぜん少年を嚙んで逃げたというのだ。飼い始めてまだ二、三日しかたっていないときである。

そのときは、家族は狂犬病のことに思い至らなかった。噛まれてすぐであれば、狂犬病ワクチンを打つこともできたろうが、時間がたちすぎている。少年は絶望的と見えた。

しかし、少年は回復した。ふつう狂犬病であれば、激しい興奮期のあと、さらに三日ほどのちに各部の筋の麻痺《まひ》期に入って死亡する。少年の場合、麻痺期に至らずに熱が引いたのだ。狂犬病ではなかったのかもしれない。

「いまでは」と先生は話をしめくくった。「その逃げた動物が狼であったと確信している。わたしはこの目で見つめ、この手で触ったのだ。子供ながら顎の頑丈さといい、上顎第四前臼歯《きゅうし》の大きさといい、あれは犬ではなかった。とくに、肩幅の狭さは、狼特有の骨格だ。犬じゃない。つまり、エゾオオカミは絶滅していなかったんだ。昭和二十年の時点では確実に」

ぼくは訊いた。

「少年の病気はなんだったんでしょう？」

「わからん、狼が媒介する何か新種のウィルス性の病気だったのかもしれん。その疑いはまだ捨てきれない」

「その少年は、その後病気が再発するなんてことはなかったんですか？」

「なかった。ただ」

先生の顔が一瞬かすかな陰りを見せた。

ぼくは訊いた。

「何かあったんですか?」

先生は、少したためらいを見せてから言った。

「ご家族から、ちょっと聞かされたことがある。嚙まれたことが直接関係するのかどうかはわからないが」

「どんなことです?」言いながら、ぼくは先生のグラスにワインをつぎたした。

先生はグラスを持ち上げてもうひとくち飲んだ。話してもよいのかどうか、迷っているようだった。獣医とはいえ、守秘義務に関わることだということか。

けっきょく先生は言った。

「その、妙に怒りやすい性格になったというんだな。ときどき、ちょっとしたことですぐに暴力をふるうほど、凶暴になったと。周囲のひとたちは、犬の唾液《だえき》がまじってひとが変わった、と噂したそうだ」

「それは、科学的な根拠のあることじゃありませんよね」

「性格の変わりかたのことならね。そんなことはありえない。しかし、なんらかの病気の発現ということは考えられる。わたしは、人間の病気は専門外だが」

そこでいやおうなく思い出したのは、あのたんぱく質異常の症状だった。

不機嫌。激しい怒り。ひとが変わったようになる――。

でも、狼に嚙まれたことが原因なら、先生が言うようにむしろウィルスによる感染ということになるが。あるいはウィルスによって、たんぱく質異常が引き起こされたのだろうか。

ぼくは訊いた。

「少年には、その後、夢遊病のような症状は出なかったんでしょうか」

先生は、意外そうにぼくを見つめてきた。どうしてそれを知っている、と言っているかのような目だった。

「それに近いことを聞いたことはある」先生は、慎重な言いまわしで言った。「その少年はときどき、周囲のことを気にもとめず、朦朧状態で歩きまわったりするようになったそうだ。しかし自分じゃあ覚えていない。あんたが言う夢遊病のような状態だな」

「それは、狂犬病の症状とは無関係ですか」

「完全にちがう」

ぼくは唾を呑み込んで言った。

「最後にひとつだけ教えてください。その少年は、大人になってからもまだこの町にいるんですか」

先生はうなずいた。

「いるよ。と言うよりは、もどってきた」

「さしつかえなければ、その名前を」

先生の答に、ぼくは驚かなかった。

「円城正晴さんだ。円城農園の四代目さ。あのころ、彼は東京からこの町に疎開していたんだ」

ぼくは礼を言って栗崎医院を出た。

さまざまな想像が、どうやらひとつのところに焦点を結びかけてきたような気がした。

たとえ医学的にはどんな解釈がなされているにせよだ。


十一月に入ると、空気がいよいよ乾いてきた。

太陽の位置は日中でもかなり傾いた中空にあり、斜光が遠くの山々の肌に陰影を作った。風景の輪郭はくっきりとして、地上に存在するものすべてにフォーカスが合っているように見えた。絵描きならずとも、この風景を何か永遠性のあるもののうちに閉じこめたい、封じこめたいと思うような季節だった。

そんな秋のある日、町のホールで、札幌交響楽団のメンバーによる室内楽のコンサートが開かれた。演目はモーツァルトとブラームスだ。開かれるひと月ほど前に町役場の文化振興課からチケットを買わないかという電話があり、ぼくはとくに拒む理由もなかったので、二枚買っていた。自分がただの聴衆、あるいは観客でいいのなら、このような行事は歓迎だった。

コンサートの数日前、久美が買物に出ているとき、ちょうどそれをみはからったように夫人から電話があった。

夫人は訊いた。

「室内楽コンサート、行くと言ってたかしら」

ぼくは答えた。

「そのつもりです。チケットも買ってあります」

「わたしたちも行くわ。ヴァイオリンのひとりは、わたしの同窓生なの。コンサートのあと、ささやかなパーティもあるんですって。そっちも出てみない？」

「かまわないんですか？」

「たまには、地元以外のひとと話をするのもいいでしょう」

その夜は少し冷えこんだ。ぼくらは外出するのに、スーツの上にコートを着こまねばならなかった。

ホールに行くと、開演前のロビーには、こんな町には珍しく華やいだ雰囲気が漂っていた。きていたのは、たぶん地元の学校の音楽教師とか、音楽教室の生徒たちが大半だったのだろうと思う。

ぼくと久美がロビーに入ってゆくと、その場にいた町民たちから、いくつか興味深げな視線がぼくらに向けられた。ささやく声も聞こえた。はっきりとぼくの名も出た。

開演までの時間をつぶすため、ぼくと久美はしばらくロビーの壁に貼られた催し物のポスターを眺めていた。そこにうしろから声をかけられた。

「ぼくらは趣味が近いようだな」

円城正晴の声だった。

振り返ると、円城夫妻がいくらかフォーマルな服装で立っていた。

栗崎先生からの話を聞いたあとでも、そこにいる円城は魅力的に見えた。たとえまだ彼が少年時代からの病気で苦しんでいるにしてもだ。それは彼の魅力を少しもそこなうものではなかった。自信に満ち、昂然《こうぜん》として、それでいてお洒落で、知的な風貌の初老の紳士。

円城は言った。

「この巡回公演は、楽しみにしていたんだ。これがあるおかげで、このホールも腐らずにすむ」

恭子夫人が、ぼくに握手を求めてきた。

「ライブで聴くのって、何カ月かぶりなの。おめかししてきちゃった」

夫人は、胸元と腕の部分がシースルーの黒いドレス姿だ。ぼくは言った。

「ここがオペラ座だとよかったのに」

ぼくらが握手をしたとき、ロビーの中は一瞬静まりかえったように思えた。その場に、はっきりと緊張が漂った。

ぼくはいぶかしく思いながら、夫人の手を離した。多くの視線が、まだぼくらに集中していた。

円城が久美のほうに顔を向けながら言った。

「ブラームスはお好き？　っていう誘い文句を知っているかい？」

久美が首をかしげた。

恭子夫人が言った。

「映画のタイトル。原作はサガンで、アンソニー・パーキンスが言うのよ」

久美が円城を見上げて言った。

「パーキンスって、あのサイコの？」

円城が言った。

「彼は、ロマンチックな役柄もずいぶんこなしているんだ。サイコだけの俳優じゃない」

「そういえば、ロマンチックとサイコは、ひとつのことの裏表かもしれませんものね」

円城が、怪訝《けげん》そうにあたりを見渡して言った。

「ぼくら、何かおかしいのかな」

周囲にいた客たちの中に、すっと首をまわしたり、視線をそらした者が何人かいた。

夫人が言った。

「こういう場で浮いているのは、きょうだけじゃないわ。気にしないで」

客席に入ったときも、ぼくは客たちの視線を意識した。ぼくと久美に、好奇心に満ちた目が向けられているのだ。客席に着くとき、後方からの視線を逃れる術はなかった。円城たちの席はぼくらの数列前だったから、もしかするとそれは円城夫妻にも向けられていた好奇心であったのかもしれないのだが。

席に着くと、こんどはささやき声が耳に入ってくる。

「あの絵描きさんが?」

「奥さんと?」

「奥さんも?」

「誰と?」

「円城の旦那さんと」

　ぼくは横目で久美を見た。久美も何か言いたげな目を向けてきた。彼女にも、ぼくらに関するひそひそ話は聞こえたのだろう。しかし、その場でそれをたしかめ合うことはできなかった。円城の耳には、何か聞こえていただろうか。

ただ、ひとつだけわかったことがある。夫人の話では、ぼくと彼女とのことが町で噂になっている、ということだったが、噂の中身はそれ以上のものだということだ。もちろん、発信源のひとつは長瀬であり、おそらくは彼がもっとも積極的で出力の大きい発信源のはずだった。

　やがて開演のブザーが鳴り、客席の照明が落ちた。さっと振り返って見ると、六百人収容の会場はほぼ六分の入りだった。

　モーツァルトの弦楽四重奏曲「狩」と、ブラームスのクラリネット協奏曲を聴いたあと、一部の希望者は同じ建物の中の会議室へと移った。演奏者を囲んで、立食形式のごくカジュアルなパーティがあるのだという。たぶん札幌交響楽団の、セールスプロモーション活動の一環なのだろう。こちらの出席者は七、八十人か。見たところ、地元の学校の音楽教師らしき男女のほかは、町の名士たちが多いように見えた。もっと辛辣《しんらつ》に言えば、土地の俗物たちがほとんどだ。

ワインとカナッペとオープンサンドイッチだけで、パーティが始まった。しばらくは、演奏者たちや札幌の事務局員を、町のおえらいさんたちが専有していた。ぼくら四人は勝手に、しばらく音楽を話題にして過ごした。いましがた耳にしたひそひそ話のせいで、やはりぼくらのあいだには、いくらか不自然でぎごちない空気がただよった。

そのうちにパーティもくだけた雰囲気となり、演奏者たちも会場のあちこちに散った。夫人が自分の同窓生だというヴァイオリニストを紹介してくれた。口が大きく、おしゃべり好きと見える女性だ。香水の香りがきつかった。

円城正晴もその女性とは初対面だった。

「まあ、ご主人さまね」ヴァイオリニストはおおげさな調子で言った。「同窓生のあいだで、お噂はかねがね」

円城は愉快そうに言った。

「悪い噂でなければいいんですが」

「悪い噂ですよ。恭子に音楽をあきらめさせたひとだとか」

円城は笑って言った。

「彼女は、音楽以上のものを見つけたんだ、ということじゃないかな」

そこに、タキシード姿の中年男が近づいてきた。パバロッティ並みに肥満したチェロ奏者だった。ワインのせいか、すでに顔がピンクだった。

ヴァイオリニストは、その男を手招きして言った。

「紹介するわ。あたしの同窓生、円城恭子さんと、そのご主人」

チェリストは、ぼくに顔を向けて言った。

「お初にお目にかかります、ご主人」

ヴァイオリニストがあわてて言った。

「何言ってるのよ。ご主人はこちら」

チェリストはわざとらしく驚いた様子を見せて言った。

「失礼。たったいま、こういう組み合わせだと聞かされたような気がして」

その場を当惑が支配した。誰も、とりつくろう手を持たなかった。とっさの反応ができなかったのだ。

チェリストが、円城と久美を交互に見てさらに言った。

「じゃあ、こちらがカップルだというのも、ぼくの聞きちがいか」

やっとヴァイオリニストが言った。

「あっちにいきなさい。しっ、しっ。酔っぱらいが」

ぼくと夫人の視線が合った。夫人は心なしか頬を染めていた。

円城が、愉快な冗談でも聞いた、というような調子で言った。

「ぼくたちの仲のよさが、このところ評判のようだ」

夫人が円城正晴の腕をとって言った。

「田舎のひとって、どんなことでも噂にしなきゃおさまらないのね」

ヴァイオリニストが、申し訳なさそうに夫人に言った。

「気にしないで。いつもあの調子なの。深い意味はないのよ」

ヴァイオリニストがぼくらのそばから離れてゆくと、久美がぼくに言った。

「これ以上飲むと、運転できなくなるわ。どうする？」

円城がその場をまとめた。

「そろそろ、おいとましよう。いい演奏だった」

ぼくたちは、全員がテーブルにワイングラスを置いた。

四人揃って会場を後にするとき、またぼくは背中にその場の客たちの視線を感じた。ほんとうに比喩《ひゆ》ではなくて、それは背中に突き刺さってきたのだった。

駐車場に出たところで、円城がぼくに言った。

「うちで口なおしをしようか。ブラームスは好きかい？」

自分はひそひそ話を気にしていない、という意思表示だろう。それとも、噂を自分は信じていない、という意味だろうか。その時点では、ぼくには判断がついていない。

ちょっとためらっていると、久美が言った。

「おうかがいしますわ。せっかくいい音楽を聴いたんだし、余韻が欲しいところですから」

夫人の表情に一瞬、躊躇《ちゅうちょ》とも期待とも見えるものが走った。でも一瞬だった。それ以上の感情を読み取ることはできなかった。

ぼくは言った。

「いいんですか。もうこんな時間ですが」

円城は空を見上げた。空は冴《さ》えわたっており、東に満月がかかっていた。

「たまには夜更かしもいいさ。とっておきのワインを抜いて、火入れ式とゆこう」

「火入れ式？」

「暖炉に、今シーズン最初の火を入れようかと思う。少し冷えこんできた」

「素敵ですね」と久美が言った。

ぼくらはそれぞれの車に乗りこみ、円城の農園へと向かった。

コテージに入ると、夫人と久美は酒の用意をしにキッチンのほうに入っていった。円城はマッキントッシュのプレーヤーでLPレコードをかけると、暖炉のそばにしゃがみこんだ。少しひんやりとしたその部屋に、シンフォニカルな豊かな音が満ちてきた。

円城が言った。

「コンサートの続きでいこう。ブラームスだ。『悲劇的序曲』」

円城は暖炉の中に手際よく焚きつけと薪を組んだ。料理用の長いマッチで着火剤に火をつけたところで、円城はぼくを横目で見て言った。

「何を緊張してるんだ？　噂を気にしてるのか？」

ぼくは、狼狽《ろうばい》して言った。

「ええ、いや、はい」

円城は薪の位置を直しながら言った。

「うちのは、きみが気に入ってるよ。きみとつきあうようになってから、ずいぶん生き生きとしてきた。きっと、やはりぼくとふたりきりの生活には、退屈するところがあったんだな」

似たようなことを、夫人から円城のこととして聞いていた。

ぼくは訊いた。

「ご存じだったんですか？」

「ぼくは鼻がきくんだ。すぐにわかるよ。べつに秘密でもなんでもないことじゃないか」

鼻がきく——。ある種の動物の特徴。

黙っていると、円城は続けた。

「ついでに言うと、きみの奥さんもたいへん魅力的だ。きみが仕事に没頭しているときなど、ぼくは奥さんの無聊《ぶりょう》を慰めていたんだ。当然知っていると思うが」

「たぶんそうだと思っていました」

「そのことで、ぼくらのつきあいに差し障りがあったかい」円城はぼくを振り返った。

「何か困ったことでも?」

ぼくの答は、要領を得ないものになった。

「それぞれが、その、納得ずくのことであったかどうかは、ちょっと」

「納得も何も、そうなったのだし、それは自然ななりゆきだった。しかもそのことで、ぼくらみんなが幸せになっている。きみが怯《おび》えることでもないんじゃないか?」

「あの、奥さんや久美は、どう思っているんでしょうか」

「わかってるだろう。恭子は喜んでいるよ。彼女はべつに詳しく話してくれたわけではないが、ぼくは承知している。じつは、どういう経過をたどったのか、言葉で教えてもらったのは、いま帰り道の車の中なんだ」

「奥さんも、やはり秘密にしていたんですね」

「秘密にする、というほどの意識もなかったろう。ことさら告白するほどのこともない、ということじゃないのかな。なんたってぼくの嗅覚は鋭い。こういうことで、彼女はぼくに秘密など持ちようもないんだ」

「長瀬がやってきたときは、何も知らなかったように見えました」

「彼との話のことは、全然聞いていなかったからね。あの男には、猛烈に腹が立った」

暖炉の中の火の勢いが強くなってきた。薪の皮に火がつき、ぱちぱちと爆《は》ぜ始めた。円城は暖炉の前から一歩しりぞき、鋳鉄のデレッキで薪のあいだに酸素の通り道を作って言った。

「奥さんは、ぼくとのことは隠していたのか」

ぼくは自分の顔がほてるのを意識しながら答えた。

「話題にしたこともないんです。ぼくから聞いたこともない」

「互いの関係のことをわざわざ話題にするようなら、その関係はすでに終わっているだろうからな。でも、その日の喜びや感動について、彼女は伝えてくれないのか」

「ぼくが何も言わないのと同じです」

「きみもまだ、しょうもないモラルに縛られているんだな。そんなことは気にとめる必要はないんだ、と教えたじゃないか。ぼくらは、自分たちの幸福や快楽を求めて、その結果月並みな情痴事件を起こすような存在じゃあない。制度や秩序の中で、もがき苦しむべき存在じゃないんだ。自然体で自分の幸福を楽しめばいい」

「そう言われても」

「ぼくが、そうでいいと言っているのに」

そこに、久美と夫人が入ってきた。久美がワインクーラーとグラスをお盆に載せていた。

夫人のトレイの上には、何かつまみらしきもの。

夫人が屈託のない調子で言った。

「あら、やっぱり炎って素敵ね。暖炉を囲んで、腰をおろしましょう」

久美も、どこかひとつ吹っ切れたような顔をしていた。キッチンでも同じようなやりとりりがあったのだろうか。

円城が夫人に言った。

「守谷くんは、きょうくだらん噂を聞いて、すっかりナーバスになっている」

久美がぼくを見た。彼女も少し顔をほてらしていたが、それは照れであったかもしれない。

夫人が言った。

「噂に負けない方法はただひとつ。それがどうしたの、って言い返せるようになればいいのよ」

暖炉の前には、革張りの椅子がふたつ置かれていた。円城は暖炉に向かって右側の椅子に腰をおろした。ぼくは久美からグラスをうけとると、残ったひとつに身体を沈めた。

夫人が言った。

「あたしは、直接カーペットの上でいいわ」

夫人は、トレイを床におろし、暖炉の前のカーペットの上に横座りとなった。身体半分を、ぼくや円城に向ける格好だった。その様子はちょうど、飼い犬が主人たちの前でくつろいでいる情景を連想させた。

円城は、久美からグラスを受け取ると、椅子の肘かけを軽くたたきながら久美に言った。

「きみは、ここにきなさい」

久美は頬を一瞬輝かせた。ぼくは、その呼びかけに驚かなかった。むしろ驚かない自分に驚いた。久美は、暖炉と円城とのあいだの空間に座りこんだ。夫人同様、まさにその様子も犬そのものだった。

円城は久美の頭に手をやってなでた。久美はうれしそうにすりより、円城のひざに手をかけてもたれかかった。

夫人がぼくのほうを見て、腰をずらしてきた。ぼくは白ワインをひと口すすった。夫人の手がぼくの膝に伸び、上体がぼくの脚に触れた。

円城が夫人に言った。

「もっと早めにこうなっておくべきだったかもしれない。彼を仲間にするには、あまり時間をかけるべきではなかったんだな」

夫人は顔だけ円城に向けて言った。

「あたしも、そのタイミングをはかりかねていたの。あなたがここまで望んでいるのかどうか、それもよくわからなかったし」

「自然にまかせていればいいのさ。ぼくにだって、計画のようなものがあったわけじゃない」

「じゃあ今夜が、自然になる夜なんだわ」

円城は久美の頭をなで続けている。

久美は、うるんだ目でぼくを見つめて訊いた。

「いけないと思う？」

ぼくは首を振った。

「困る?」

「いや」

久美は唇をすぼめると、声を出した。

「ワン」

甘えた犬の真似だった。

ぼくは吹き出した。ワイングラスが揺れて、少しだけスーツにこぼれた。

「おっと」

ぼくがあわてて立ち上がろうとすると、夫人がぼくの膝を押さえつけた。

「細かなことを気にしないの」

言いながらぼくからグラスを取り上げて床に置き、椅子にはい上がってきた。椅子の上で、ぼくは夫人にのしかかられるような姿勢となった。夫人はぼくに身体を密着させながら、ぼくの上着を脱がせにかかった。密着しながらの脱衣は容易ではない。ぼくは腕をひねり上体をねじまげて、どうにか上着を脱いだ。夫人は上着を椅子の背もたれのうしろに落とすと、密着した姿勢のままで、ぼくの口に唇を近づけてきた。

円城と久美の視線を気にしたが、すでにその段階ではないことも承知していた。ぼくは円城と久美の見ている前で、夫人の唇を受け入れたのだった。

既視感という言葉が思い浮かんだのはそのときだ。ぼくらがいままでこのような関係になっていなかったのだとしたら、あの夜ぼくが見た、経験したと感じたことは、やはり幻覚だったということになる。そしてあれは、今夜実現するのだ。

そのとおりとなった。

ワインと、途中で円城がくれた錠剤のせいだろう。狼を見た、と感じたところまで一緒だった。

ひとつだけ、記憶になかった部分があった。ホットタブの中で四人が互いの肌を触れ合わせて情交のあとのけだるい覚醒の時間に入っているとき、円城がひとりごとのように言ったのだ。

「世間体を気にすることはないが、ぼくらの仲をとやかく言ったり、壊そうとする男は許せない。そういう下司な男はこらしめてやらねばならんな」

誰のことを言っているのか、すぐに理解できた。何を意味しているのかも。

翌朝、ぼくは暖炉の前のカーペットの上で目をさました。バスローブの上に毛布がかかっていた。暖炉の薪はとうに灰になっていたが、室内は暖かだった。外はすっかり明るくなっている。

身体を起こして完全に目覚めるのを待っていると、キッチンのほうから声が聞こえてきた。

「順ちゃん」と、久美の声だ。「もう起きた?」

振り向くと、久美が入ってきた。昨日のフォーマル・ドレスではなく、セーターにツイードのひざ下までのスカート。夫人のものを借りたようだ。

久美は貞節で愛情深い妻の顔そのもので言った。

「朝ごはんの支度ができてる。起きられる?」

「ああ、すぐに」

キッチンに入ってみると、もう三人がテーブルに着いて、それぞれミルクやジュースを飲んでいるところだった。

円城がぼくを見て言った。

「おはよう。よく眠れたかな」

「ええ、すっきり」

夫人が訊いた。

「コーヒー? それとも、ジュース?」

「両方を」とぼくは答えた。

朝食の席は、ぼくがそれまで経験したこともないような、暖かで親和的な空気に包まれていた。たとえて言うなら、たいへんな航海を乗り切ってきたクルー同士なら持てるにちがいない信頼感と愛情が、そこにはあった。もう少し皮肉に言うなら、かなりリスクの大きい犯罪をやりぬいた共犯者同士の連帯感に近いものか。

ぼくは夫人と久美が一緒にキッチンに立って作ったというオムレツとサラダを食べなが

ら、円城のファミリーの一員となったことを喜んだ。ほんの少しの欠ける部分もなく、はみ出た部分もない、完璧な球体のような関係。世界全体に匹敵するような完結した幸福。それがぼくたちであり、ぼくたちのありようだった。そう強く感じていた。この幸福の前には、円城がどんな体質を持っていようと、たいした問題ではないと思えた。それがあの朝の、ぼくの正直な気持ちだ。

それからちょうど一週間後に、また赤木に会った。ぼくが庭に出ているところに、ひょっこりやってきたのだ。

赤木は言った。

「冬支度はどうなっている？　灯油タンクの水抜きとか、デッキには防腐剤を塗るとか、ひと冬過ごすためにはやらなきゃならないことがたくさんある。何かわからないことはないかい？」

家のメインテナンスのことを少し話題にしてから、ぼくは訊いた。

「猟の成果はどうでした」

「雄の若い鹿を一頭」と赤木は答えた。「肉、欲しいのかい？」

「あまったら、ぜひわけてください」

それからぼくは話題を変えた。

「長瀬というカメラマンを知ってますか」

「知ってる。あいつにも、おれが家を世話してやったんだ」

「どこに住んでいるんです?」

赤木は、ぼくの家の東、二キロぐらいの辺鄙《へんぴ》な土地だと教えてくれた。古い農家跡を借りて、ひとりで暮らしているのだという。

「ひとり暮らし?」

「そうだ。あいつが何か」

「いえ、このところ、うちの近所をうろつかなくなったなと思って」

「うろついてたのか」

「仕事なんでしょうけど、ちょっと目障りでした」

「そういや、あいつと喧嘩《けんか》したんだって? 奴《やっこ》さん、円城の旦那とも揉《も》めたそうだな。このあいだも、飲み屋でいろいろ耳にしたよ」

「ほう、なんでです?」

赤木は困惑を見せた。口を滑らせたと思ったのだろう。

ぼくは助け船を出した。

「ぼくら夫婦と円城夫妻は、ずいぶん親しいって言うんじゃないですか。ぼくも耳にしてますよ」

「まあね。そういうことだ」赤木はほっとしたように言った。「気にするなよ。こういう田舎じゃ、家族同士で混浴温泉に入ることは噂の種にもならないけど、夫婦ふた組がワインでパーティをやれば、なんかおかしいってことになるんだ。ましてや、都会からやってきた、何かと目立つ夫婦がふた組だからな」

「長瀬があちこちで言って歩いてるんでしょうか」

「おれは直接あいつから聞いたわけじゃないよ。ただ、長瀬があんたらとトラブルを起こしたって話にからめて、飲み屋のいい話題になってたってだけだ。長瀬のこと、そんなに気になるのか？」

「いいえ、べつに。全然」

赤木は何か感じたようだったが、それ以上突っこんではこなかった。

あの一夜のあと、ぼくと久美とのあいだの性生活も、微妙に変わった。べつの言いかたをするなら、ちがう段階へと移った。

具体的に言えば、ぼくがより積極的に、より刺激的な行為を求めるようになり、久美がこれを歓迎して受け容れるようになったということだ。もともと一緒に暮らし始めた当初から、性生活では久美がリードしてきた。久美のほうが率直で、大胆で、より多くそれを好んでいた。ぼくはもっぱら受け身で性生活を享受してきたのだった。

しかし円城夫妻との新しいつきあいが始まってから、ぼくの性的な能力や感受性は明らかに強くなった。食事を終えると久美が欲しくなったし、仕事が終わっても同じだ。久美が風呂に入っているところへ侵入して、浴槽の中で交わったこともある。

一回だけ、ぼくらが自分たちの性生活を率直に言葉にして話したことがある。火入れ式の夜の数日後だったろう。

仕事の途中でふいに久美が欲しくなり、階下へおりて、食器を洗っていた久美を強引に抱き上げた。

寝室でぼくが重なったとき、久美はぼくの身体の下で訊いた。

「どうしたの。いったいどうしてしまったの。前の順ちゃんじゃないみたい」

ぼくは答えた。

「初めてのころみたいに、きみが欲しくてたまらないんだ」

「あたしも」と久美は、言語中枢など通していないかのような声で言った。じっさい大脳には血はめぐっていなかったろう。「このごろ、順ちゃんにこうやって襲われるのがすごく楽しみになってる」

「ぼくと円城さんを較べていないだろうな」

「較べているわ。でも、順位はつけていない。あなたはどうなの？」

「ぼくもだ。きみはきみだ。奥さんは奥さんだ」

「ほんとのことを言うとね。このあいだ、円城さんたちに見つめられてしたとき、すごく感じた。あのときは、いままでで一番か二番くらいによかった。それ、わからなかった？」

「わかってたさ。ぼくがきみたちを見ていたときは？」

「わかんないわ」久美は言いなおした。「あなたの視線を感じて、身体がむちゃくちゃにほてったわ」

「ぼくと円城とでは、どちらのとき、幸せになれた？」

「あなたと同じよ。順ちゃんは順ちゃん。円城さんは円城さんだわ。でも」

「でも？」

「あえて言うなら、順ちゃんにはとてもなじんでるの。だけど、円城さんには、ときめいた」

「そのうち、円城さんにもなじむときがくる」

「そのときは、何か新しいことが必要になるわね」

そのあと、行為が終わってから彼女が言ったことを覚えている。

「順ちゃんが変わったことはうれしいんだけど、ときどき、変わりかたが極端だ、って感じるときがある」

ぼくは訊いた。「どんなふうに？」

「ふつうの人間じゃないみたいに」

何を意味する言葉か、そのときはよくわからなかった。

数時間たってから、思い至った。

もしかして、四人の粘膜の接触のせいで、体液が交換されたのか。ぼくにも円城正晴の体質が感染したのか。

すぐに打ち消した。ありえない。あるはずはない。ぼくには、あてはまる症状は出ていない。

やがて天気がくずれ、曇りがちの日が続くようになった。

そうして、あの朝目覚めると、外は雪におおわれていた。草や大地を完全におおいつくすには至っていないけれども、とにかくもう目の前に広がるのは、朽葉色の大地ではなかった。地方一帯に及ぶ規模で、風景は雪景色にと変わったのだ。

ぼくはすぐダウン・ジャケットを着込んで、牧草地の処女雪の上に足を踏み入れた。雪は十センチばかり積もっており、牧草地を横切るいく筋かの動物の足跡があった。空気は、全体が結晶質に変わったように鋭角的で、ぼくの頬をぴりぴりと刺した。

雪のせいで、風景は夏以上にまばゆく見えた。サングラスを持ってこなかったことを悔やんだくらいだ。ぼくはほんの十五分程度のつもりで散歩に出たのだが、着こんでいて寒さを感じなかったせいもあり、けっきょく一時間弱も周囲を散策したのだった。

散歩の途中、円城の谷に通じる斜面に、わりあい大きな動物の足跡を見た。イタチやキツネのサイズではない。ジャーマン・シェパードとかシベリアン・ハスキーとかの、大型の犬くらいの動物のものだ。

その足跡が証拠だった。やはりぼくは幻影を見ていたのではない。

もっともその証拠の足跡がなかったとしても、ぼくはそれまで自分が目撃したものを疑ったことはなかったし、ここになんらかの動物がいる、というのはほとんど確信に近いものだった。

野犬だ、と獣医の栗崎先生は言った。

でも、先生の話からは逆に、ぼくが見たものの正体の裏付けがとれたように思える。

つまり、あれは野犬じゃあない、狼なのだ。

もしかして、とぼくは思ったものだ。ときどき聞くあの狼の遠吠えは、ぼくを呼んでいるのだろうか。ぼくの関心を引きつけるために、この土地の狼は遠吠えし、ちらりと姿を見せ、とうとうこれみよがしに足跡まで見せるようになったのだろうか。

でも、ぼくを呼んでいるとしたら、なぜ？

帰ってきて窓から雪を眺めているところに、円城から電話があった。

「庭の様子が一変した。きれいなものだよ。雪見酒とゆくかい」

そんな誘いがあるのではないかと期待していた。ぼくらが完全に同族となった日から、ほぼ三週間がたっていたのだ。この間ぼくの仕事がまた忙しくなり、ぼくは夫人ともまったく会っていなかった。

ぼくは訊いた。

「雪見酒というのは、日本酒でということですか？」

「うちのワインだ」と円城は答えた。「八八年に仕込んだものが、一本だけ残っているんだ。夕方五時でどうだい？」

出がけに、赤木がやってきた。ちょうどぼくらが車に乗ろうとしていたときだ。

赤木は自分の四輪駆動車をおりると、あいさつ抜きで訊いてきた。

「最近、長瀬を見たかい?」

「いいえ」とぼくは答えた。「ずいぶん見ていませんけど、どうかしましたか?」

赤木は首をかしげ、東の方向、つまりぼくの山荘から見て長瀬の家のある方角に目をやって言った。

「用があって行ったんだけど、見当たらない。三日ぐらいいないようだ。郵便受けに郵便がたまってた」

「それがどうかしましたか」

「何か事故でもあったんじゃないかと思ってさ。あいつ、このあたりによく撮影にきていたんだろう?」

「たまには、きていたようです」

「ひとり暮らしだしな、ああいう仕事だし、ちょっと気になる」

「カメラマンって仕事が、危険ですか?」

「去年も、ハンターがまちがえて、カメラマンを撃ってしまった事故があった。そういうことに巻きこまれたんじゃないかと思って」

「会ったら、注意しておきますよ」

それから赤木はまた、うちの冬支度について気をつかってくれた。不自由していないか、何かトラブルはないか、というようなことだ。本来の用件はそっちのことだった。とうとう初雪となったので、様子を見にきたのだという。

お節介すぎるくらいに細かく注意をしたあと、赤木は訊いた。

「どこか、外出か？」

「お隣り、円城さんのところです」

「ああ。親しいんだものな」

五分後にぼくたちは円城のコテージの前に着いた。

庭先の夜間照明に、雪の庭が照らし出されていた。庭が白一色になっているわけではなかった。木々の枝や、灌木のまだ落ちきらぬ葉の隙間を雪が埋め、白と黒のくっきりとした対比で庭の輪郭を浮かびあがらせているのだ。雪があることで、逆に雪に覆われていないときの庭の姿が想像された。庭は氷の風を吹きつけられて凍りつき、あるいは時間と一緒に生命の脈動を止められているかのようだった。

夜ではあったが、雪の白さのせいと、木々の葉がかなり落ちてしまっているせいで、庭のかなり奥まで見通すことができた。斜面の中ほどにはあの廃墟が黒いシルエットを見せており、手前の庭の仕切りの煉瓦の壁やノートルダム寺院の怪物の彫像などが目立つようになっていた。生命が凍りついたのと反対に、これらの無機物が逆に生命を持ち始めているようにも感じられた。

エントランスでドアノッカーをたたくと、恭子夫人が出てきて言った。

「サンルームのほうにいらして。あちらで、雪を眺めながらチーズ・フォンデュなの」

コテージの中に入り、久美が夫人を手伝いにキッチンのほうへ行くと、入れ代わりに円城が出てきた。円城は左手の手首に包帯をしており、顔にもひっかき傷のようなものがついていた。

ぼくは訊いた。

「その傷、どうされたんです?」

円城は答えた。

「大掃除さ。倉の中を片づけていたら、上から空のワイン樽が落っこちてきた」

「病院には行ったんですか」

「それほどの傷じゃないよ」

そこに夫人が出てきて、円城に言った。

「ちょっと手伝ってくださる? お鍋が奥のほうに入ってるの」

円城はぼくの前から離れていった。

蘭《らん》の花の匂うサンルームで、ぼくらはチーズ・フォンデュを食べ、ワインを飲んだ。裏庭にもいくつもの照明がつけられており、ガラスごしに、シーズン最初の雪景色を眺めることができた。

話題はこのような関係の大人同士のものにふさわしく、音楽と料理のことで終始した。

夫人が思いつき、円城が蘊蓄《うんちく》を傾け、ぼくがひたすら感心して聞き、久美がまぜっかえすという、いつもの役割分担だった。

四人で三本のワインを開けたところで、円城が黙って立ち上がって、リビングルームのほうへと入っていった。洗面所かと思ったのだが、一分ほどしたところで、夫人が久美に目配せした。久美もナプキンを椅子の上に置いてサンルームから出ていった。

ぼくは夫人に言った。

「ふたり、引きこもってしまったのかな」

「そうでしょう」夫人が言った。「一緒のほうがよかった?」

「ぼくはまだ、どのようにするのが自然なのか、判断できないんです」

「うちのひとにまかせておけばいいのよ」

「ぼくらはどうするんです?」

「あたしの趣味の部屋、ご案内したかしら」

「いいえ」

「屋根裏にあるの。植物画を飾ってあるんで、恥ずかしいけど」

「ふたりも二階なんでしょう?」

「円城の寝室のはずよ。いまさら、何か困ることでもあって?」

「またご主人に秘密を作ってしまうような気がするから」

「また堅苦しいことを言いだすのね。きょうはきょうの楽しみかたがあるってことよ。そのお髭のせいか、少しちがった男のひとになったように思っていたんだけども」

ぼくは夫人の手に自分の手を重ねて言った。

「十分になってますよ。久美も保証してくれてます」

「たとえば?」

「欲求に対して、率直になりましたよ。ずいぶん自分が自然な人間になったような気がする」

「欲しいものを求めるのが一番よね」

「久美には、ふつうの人間じゃなくなってるみたいだと言われた」

「野性的になっているということでしょう。匂いでわかる」

「何か匂いがしますか?」

「うちのひとと似たような男の匂いがするようになってるわ」

ぼくは夫人の手を強く引いて言った。

「食べてしまいたいんですが」

夫人は柔和な微笑みを見せた。

「ことわらずに、かみついてきて」

ぼくは夫人を自分の膝の上に引っ張り、抱き寄せて彼女におおいかぶさった。

夫人の趣味の部屋で、ぼくは植物画のほかに、一枚の水彩の肖像画を見つけた。日本人の少女を描いたものだ。ウインザー調の椅子に浅く腰をかけ、白いセーターを着て、真正面を向いている少女。

見つめていると、夫人が言った。

「近所の中学生を描いたの。モデルになってと頼みこんでね」

思い出した。円城も関心を寄せていた女の子だ。夫人の稚拙な筆致では、じっさいの顔を想像することはできなかったのだが、そう言われてみれば――。

ぼくは訊いた。

「彼女は、このコテージにもよくきてるんですか?」

「中に入ってもらったのは一回だけよ」と夫人は答え、ぼくの身体に自分の腰を押しつけてきた。「よそのひとのことなど考えないでよ」

ご主人も彼女に関心があるのですよ、と言おうとしてやめた。もしかして、この女の子をモデルにして家に呼んだというのは、円城の意を受けてのことなのかもしれない。ぼくが、まさにその手でこの関係に取り込まれていったように。

いつか円城が口にした言葉も脳裏をよぎった。彼は、あの子も楽しもうか、と言ったのではなかったろうか。もうそのための罠が仕かけられたということだろうか。

積もった初雪もいったん消えたころだ。ぼくが庭に出ているときに、自動車の音がして、表にまわってみると、赤木だった。

赤木は言った。

「長瀬は、やっぱり事故だったよ。裏手の山の中で死んでた」

ちょうどデッキのほうに久美が出てきていた。

久美が驚いて言った。

「死んだ？」

赤木が久美のほうに顔を向けて言った。

「そうなんですよ、奥さん。近所の住人が捜してたんですけどね。死体が見つかった」

「どんな事故だったんです？」

「さあ。山の中に倒れていたそうだけど、心臓病ってことも聞いていなかったからな。警察じゃ、変死ってことで解剖するって言ってた。いま帯広のほうに運ばれましたよ」

赤木がぼくに訊いた。

「あんたが、長瀬の家を訪ねたのはいつだい？」

ぼくは答えた。

「べつに訪ねていませんよ」

「家がどこか、気にしていたじゃないか」

「そうでしたっけ？」

「訪ねていない？」

「歓迎されるわけでもないでしょうし」

赤木は首を振って言った。

「ほんとに事故だといいがな。この土地で事件なんてことは、やだからな」

久美がなぜかぼくを見て不快そうに眉《まゆ》をひそめ、室内に引っ込んでしまった。

それから四日の後だと思う。山荘をふたりの男が訪ねてきた。昼前という時刻だったが、ぼくは寝起きだった。シャワーも浴びず、歯も磨いていない状態で、ぼくはその男たちを迎えた。

男たちは、玄関口に出たぼくを見て、一瞬当惑のような表情を浮かべた。顎髭を生やしていたし、着ているものはリキテックスで汚れたスウェット・シャツと、だぶだぶのイージーパンツだった。健全な常識人とは見えなかったのだろう。

警察手帳を見せられた。町の警察署の私服警官だとわかった。

年配のほうの刑事が言った。

「長瀬というカメラマンのことで、ちょっとうかがっているんです」

「ああ」ぼくは髪をかきあげながら言った。「変死ということでしたね。どんな事故だったんです?」

年配の刑事が言った。

「ショック死です。急性心不全だろうとの所見が出ました」

「病気で、突然死ってことですか」

「ま、身体には、外傷がないでもないのですが、致命傷ではない」

「外傷？」

「動物に噛まれたような傷跡が、いくつも残っていたんですよ。アノラックも、裾《すそ》や袖口がボロボロに千切れていた」

「野犬にでも襲われたんでしょうか」

「それを調べているところです。お宅では、犬は飼っていますか？」

「いいえ」

若いほうの刑事が、開け放したドアの隙間から中を気にした。

ぼくは言った。

「よかったら、中でどうぞ」

ふたりを居間に案内してから、久美にお茶を入れるよう頼んだ。

ふたりの刑事は、興味深そうに室内を見渡した。ぼくも彼らの視線の先を見た。床には、資料に使っている画集やら写真集を、ページを開いたまま積み上げてある。テーブルの上には、スケッチとかポラロイド写真があった。

年配の刑事が訊いた。

「お仕事は、絵描きさんでしたか？」

「ええ」

「こういった写真や絵は、趣味で？」

　年配の刑事が見つめているのは、ジョック・スタージェスの写真集だ。ヨーロッパのヌーディストの家族を撮ったものだが、開いてあったのは、まだヘアも生えていない少女の真正面のヌードだった。

「仕事です」と、ぼくは写真集を閉じ、テーブルの上のものを重ねながら答えた。

　年配の刑事は、ぼくに視線をもどして言った。

「長瀬さんとは、お親しいんでしたっけ？」

「いいえ。ほとんどつきあいはありません」

「家をご存じですか。ここから車で五分ほどのところですが」

「いいえ。行ったことはありませんよ」

「最近、彼をどこかで見ました？」

「ふた月か、そのぐらい前に、隣りの農園で」

「円城さんの農場の、収穫祝いの日のことですな」

「ええ」

「あの前後、守谷さんと長瀬さんが、トラブルを起こしたという話を聞いていますが」

「図々しいひとなので、迷惑だ、と言ったことはありますよ。原因は、円城さんと同じことですがね」

「ほう？」

　ぼくは、撮影の件での彼との一部始終を、じっさいよりもずっとおだやかな雰囲気のものに変えて話してやった。

話を聞き終えると、年配の刑事は言った。

「それだけのことなら、トラブル、というほどのことでもないですな」

「親しくもなかったし、トラブルもありませんでしたよ」

刑事は質問をやめて言った。

「長瀬さんが事故に遭ったのは、ちょうど二週間前のことになるんですが、そのころ長瀬さんをめぐって何か思い出したことがあったら、いつでも連絡をくれませんか」

「何か、と言うと？」

「どこかで見かけたとか、長瀬さんを訪ねてきたひとを知っているとか、その前後のことならなんでも」

「単純な突然死なんでしょう？」

「そう思いたいのはやまやまなんですがね」

刑事たちはそこで腰を上げて帰っていった。

彼らは口にはしなかったが、たぶんもっと不審なこと、事故と判断してしまうには不可解なことを、何かつかんでいるのだろう。

刑事たちが帰ったあと、湯呑み茶碗をさげながら久美が言った。

「二週間前っていうと――」

ぼくがあとを引き取った。

「忙しかったころだな。昼夜逆転していた」

「あのころ、よく夜中に散歩に出ていたわね。出くわさなかった？」

「長瀬と？　どうしてだ？」

「満月のころだったんじゃない？　あのひと、このあたりで月光浴写真なんかも撮ってたんじゃないかと思うから」

「いいや、会わなかった」

答えてから、ひらめくものがあった。

満月。満月のころ。

ぼくはすぐにダウン・ジャケットを着こみ、ニット・キャップを目深にかぶって外に出た。円城の家に行くつもりだった。牧草地の端の稜線沿いを足早に歩き、円城の農園におりる小道を下った。たぶん円城夫妻のうちのどちらかがぼくを見つけることだろう。谷をほとんど下りきり、コテージに近づいてゆくと、コテージから円城が現れた。ゆったりとしたニットのカーディガン姿だった。

円城はカーディガンのポケットに手を突っこんだままあいさつしてきた。

「先に電話をくれたら、お茶を用意して待ってたのに」

ぼくは言った。

「仕事の途中なので、すぐに帰ります」

「ということは、何か用事か」

「警察はもう来ましたか」

「警察？　いいや」

「長瀬と、話をつけたんですね？」

「長瀬がどうしたって？」

「長瀬が死にましたよ。山の中で、心臓発作で倒れたらしい」

「おやおや、かわいそうに」

「変死だってことで、ぼくのところにも、警察が事情を聴きにやってきた。円城さんのところにもくると思います。あのトラブルのことを知っていた」

「追い出したことか？　あれと、長瀬の心臓発作と、どうつながるんだ？」

「何か不審な点があるようです。きっと警察は、きょうのうちにもきますよ」

「何も役には立てないがな」

「いろいろ詮索されます」

「だけど」と円城は言った。「ということは、今後はもうあいつに、この農園でのぼくらの暮らしを邪魔されずにすむわけだな」

「脅すだけのつもりだったんでしょうけど」

円城は首をかしげた。

「なに？」

意識障害と自動運動。その状態のときのことは記憶がない——。

その状態だったのか。

「もしかしたら覚えてないのかもしれませんけど、わかってるんです」

コテージの表のほうで、自動車の停まる音がした。それからドアが開いて閉じられる音。

「きっと警察ですよ」とぼくは言った。「じゃあ、ぼくはこれで」

「近いうちに、また招ぶよ。ごちそうを用意しておく」

円城は眉間にしわを寄せたまま、コテージのほうにもどっていった。何か心配ごとが急に胸のうちに芽生えた、という様子だった。

その翌日だ。お昼すぎにスーパーマーケットに行ったとき、レジスターのそばでぼくは地元の女性たちのひそひそ話を耳にした。

前日から中学生が行方不明になっているというのだ。親や近所のひとたちが、付近の山狩りを始めているという。

どの地区の話なのか、中学生とは誰のことか、そこまではわからなかったが、連想できるものがあった。かなりはっきりと、胸騒ぎも感じた。

噂話を耳にしたとき、久美がちらりとぼくに目を向けてきた。

山荘にもどると、まだ雪の残る牧草地の端のほう、一キロほど離れた農道のあたりを、ひとが十数人、列を作って歩いている。横一列になって、ウサギでも追っているような様子だった。

捜索のようだ。その捜索の列は、たぶん一時間ほどで山荘まで達することだろう。そして、あの場所で捜索がおこなわれているということは、行方不明の女の子とは、まずまちがいなくあの中学生のはずだ。

仕事場にこもって小一時間もたったころ、客があった。出てみると、赤木と、ぼくの知らぬ男だった。

赤木が言った。

「近所の女の子が、昨日から見えなくなってるんだ。あんた、何か心あたりはあるかい？」

連れの男が言った。

「うちの子なんです。中学生で、うちはここから二キロぐらい先のところなんですけどね」

「いいえ」と、ぼくは首を振った。「知らないな」

久美もぼくのうしろに立って言った。

「とくに見かけてはいませんけど、このあたりでいなくなったんですか」

父親が答えた。

「学校を出てから、どこに行ったのか、わからなくなったんだ。少し坂道だけど、このうちの脇を通るといくらか近道になるんで、それでお宅さんにも訊いてみたわけですが」

「気がつかなかった。何かお手伝いできることはありますか？」

「そいつはどうも。でも、身内でとりあえず捜してみますんで」

「警察には届けているんですか」

「ええ。いま、道沿いとか、橋のあたりをまわってくれてますが」

「お嬢さんの名前、なんて言うんです？」

「アサミ」と父親は言った。「赤いアノラックを着て、毛糸の白いマフラーをしていた」

「気をつけておきます」

玄関を出るとき、赤木が一瞬何かためらいを見せて首をまわしてきた。ぼくは赤木の視線を受けとめて言葉を待ったが、けっきょく赤木は何も言わずに、父親について玄関を出ていった。

赤木たちが帰っていったあと、久美がぼくに訊いた。

「あなた、昨日、何度か散歩に出なかったっけ？」

ぼくは答えた。

「散歩は毎日のことだ」

「どっちのほうに行ったの？」

「昨日の朝は、稜線沿いに歩いて、牧草地の向こうまで出たけど」

「そのとき、その中学生でも見なかった？」

「見なかった。それに、いなくなったのは、昨日の午後だろう。学校の帰りと言っていた」

「あたしが午後に買物に行ってるあいだも、散歩したんでしょう」

「息抜きで表に出たことはあったさ」

久美はぼくから離れながら言った。

「ほんとに、近所でこういうことがあるっていやね」

「そういえば」とぼくは久美のうしろについてリビングルームにもどりながら言った。

久美が振り返った。

「雪の上で大型の犬か何かの足跡を見た」

「どこで?」

「稜線の小道に沿って、ずっとさ」

「それが何か関係があるの?」

そう久美に問われて、答に詰まった。ぼくは肩をすくめて言った。

「いいや。なんでもない」

「女の子は狼に襲われた、とでも言いたかったのかしら」

「だとしたら、おかしいか?」

「ううん」

久美はキッチンのほうへ歩いていって、そのやりとりを切り上げた。

山荘の近所の捜索は、午後いっぱい続いた。牧草地から周辺の山林にかけてを、横一列の捜索隊が往復したのだ。捜索隊はぼくの散歩道である稜線沿いの小道にも入ったし、牧草地と山荘の敷地の境界までもやってきた。

二階の仕事場の窓から見ていると、捜索隊の何人かは山荘の敷地のひと隅を気にかけたようだった。ぼくが先日、下絵のデッサンのために手製の人形を燃やしたところだ。そのときの燃えかすが黒く山になっており、その上にうっすらと雪がかぶっていた。

男たちは少しのあいだ、いぶかしげな目をその燃えかすに向けていたが、敷地の中まで入り込むような真似はしてこなかった。もちろん、通学路沿いのほかの場所でも、捜索はおこなわれたのにちがいない。

夕刻、完全に日が落ちてから、赤木がぼくの山荘に寄った。近所で、午後いっぱい捜索を手伝っていたのだという。お茶を飲ましてくれないか、とやってきたのだ。そのときはちょうど仕事が一段落していたところだったので、ぼくは赤木の図々しい訪問にも寛容になれた。

赤木はリビングルームで久美のいれたコーヒーをすすってから言った。

「事件の可能性も出てきてるんだ」

ぼくは訊いた。

「どういう意味です？」

赤木は、ぼくをまっすぐに見据えて言った。

「誘拐か、その、性犯罪か何かってことだよ」

「とくにない。ただ、十二歳の女の子だからな。みんな、いやなことを想像しだしたんだ」

「証拠でも？」

「これから、どのあたりを捜索するんです？」

「明日もこの近所の山林の中を捜す。それに、離農農家跡なんかを調べることになった」

「警察はどうしているんです？」

「近所で聞み込みを始めたようだ」

久美が訊いた。

「うちも、捜索を手伝ったほうがいいのかしら」

赤木は答えた。

「いらんだろう。奥さんも、山歩きには慣れていないだろう。住人だけでやるつもりでいるよ」

ぼくは訊いた。

「円城さんも参加してるんだろうか」

「消防団のほうから話はしたらしい。もっとも、いつものとおり、こういうことはパスだ。代わりに綿貫さんが来ていた」

赤木は、リビングルームの中を見渡してから言った。

「妙なことが続くな。長瀬が死んだことといい、こんどのことといい。この町じゃ、こういうことは、しばらくなかったんだがな」

「以前は、あったんですか」

「おれの知ってるかぎり、こうも続くことは初めてだな。十何年か前にも、高校生が失踪した事件はあったが」

円城にまつわるよからぬ噂のひとつ。話してくれたのは、あの長瀬だった。

赤木は言った。

「ま、あれは、家出かもしれない。歳も十八だったし、問題のあった女の子だったから。もっとも、親のほうは頑として家出だってことを認めなかった。あのときもやっぱり地元総出で、一週間捜索をしたんだ」

「死んだ長瀬は、その事件と円城さんを結びつけるような話しかたをしてましたよ」

「あのころ、たしかにそういう噂をした連中はいたけれどもね。風評ってやつだ。警察が動いたりはしなかった」

「長瀬本人が死んだ件は？」

赤木は顔をしかめた。

「あれは、検死結果が出た。やはり心臓発作だ。犬に吠えかかられて、よっぽどびっくりしてしまったんだろうが」

「男前の農協職員が死んだ件もありましたね」

「ああ、あの東京帰りね。ばかな色男が、酒を飲んで行き倒れになったってだけだ」

「長瀬の死に方と似ているような気がしますよ」

「そうかな」関心なげに返事をして、赤木は足元からぼくの本を一冊取り上げ、ぱらぱらと開いた。エゴン・シーレの軽装版の画集だった。「これも仕事で使っているのか？」

「そうです」

「危ない絵だな」

久美が言った。

「コーヒー、もう一杯いかがです」

「いや、もう結構。どうもごちそうさん」

赤木が帰っていってから、久美が言った。

「あのひと、ほんとうにお茶が飲みたくて寄っていっただけかしら」

赤木の真意には、とうぜんぼくも勘づいていた。ただ、どう対処すべきかわからなかった。ぼくは、円城がどんな人物であれ、そのファミリーでいることにかなりの幸福を感じているのだ。いまのこの素晴らしい関係を作ってくれたのは、彼だった。彼あってこその、この土地での幸福な暮らしだった。その彼から離れてよいのか？　ぼくはほんとうにファミリーを離れることができるか？

とにかくまだ様子見だった。でも円城にはもう一度はっきり、嫌疑がかかりそうですよと警告したほうがいいだろう。

夕食のあと、ぼくは円城の家に電話した。夫人が電話口に出て、すぐに円城に代わった。

円城は言った。

「つぎのお楽しみの件だろう。わかってる」

「と言いますと？」

「ごちそうすると、約束した件だ。じつは材料も仕込んで、冷やしてあるのさ。期待してくれ」

「何を冷やしているとおっしゃいました？」

「ごちそうの材料だって」

「いったい何です？」

「そのときのお楽しみということにしておこう。たぶん、きみは未経験だな。まだ味わったことはないはずだ」

「ぼくの体験なんて、ごくごくわずかなものでしかありませんからね」

「日取りは、一両日中に決めるよ。きみのほうの都合は？」

「二、三日で、いまの仕事が一段落します」

「じゃあ、そのあとだな。奥さんもそれでいいんだろうか」

「いいはずです」

ぼくは、ふと思い出したかを装って言った。

「そういえば、近くの中学生がいなくなってるそうですよ。ご存じですか」

「そうらしいな。近所のひとが、うちにもきていった。捜索に協力してくれないかと言うんで、綿貫をやったが」

円城の声音には、とくに緊張のようなものは感じられなかった。

ぼくは言った。

「この近所にも捜索隊が出ていましたよ。何か事故になってなければいいですね」

「そうだな。うちの農園の中までは入ってきてほしくないが」

「中を捜索させてくれ、と言われたら、協力しないわけにはゆかないでしょうけど」

「うちには何もありゃしないよ。無理を言うなら、追い出すまでだ」

「そういうわけにゆきますか?」

「正式の令状でもないかぎり、地所には入れない。それより」円城は口調を変えた。「恭子に用だったのか? 代わろうか?」

「いいえ、けっこうです」

翌日はお昼すぎに目覚めた。久美は外出中で、テーブルには昼食が用意されていた。冷えたフレンチ・トーストと、ポテト・サラダ。それにオレンジ・ジュース。

自分でコーヒーをいれ、その遅い昼食を食べていると来客があった。

玄関に出てみると、男が三人立っていた。赤木と、前にも来た刑事たちだった。

年配のほうの刑事が言った。

「アサミちゃんの件です。彼女のことはご存じですね」

ぼくは答えた。

「知っています」

答えてから、刑事が訊いたのは中学生の行方不明のことではなく、彼女と面識があるかということだと気づいた。あわててつけ足した。

「見たことはありますよ」

「それだけですか。見たことだけ?」

刑事の口調には、明らかに詰問の調子があった。

ぼくは訊いた。

「どういう意味です」

「アサミちゃんをモデルにしたことがありますね?」

「いいえ。口をきいたこともないのに」

「彼女は近頃、絵のモデルになっていたそうです。学校の友だちに、そういうことを話したことがある」

夫人のことだとすぐに気づいたが、それは口にしなかった。逆にぼくは訊いた。

「ぼくとどういう関係があるんです?」

「この近所で、絵を描くひとはあなたぐらいなんですよ」

ぼくはいくらか腹を立てて言った。

「もしぼくが、もしですよ、ぼくがその中学生をモデルにしたとしても、それがこんどの事件と何の関係があるんです？」

「少し気になるのが、ふつうの感覚だと思いますよ。どんなモデルをつとめたのか。男とふたりきりだったのか。モデルになっただけか。何もないならそれでいい。それをたしかめたくってね」

「ぼくはその中学生をモデルにしたことなんてない」

「上がってかまいませんか」

「どうするんです？」

「お仕事場を見せてください」

「冗談じゃない」とぼくは言った。「お断りです。仕事場には、入れるわけにはゆかない。絵を描くものにとって、アトリエは神聖な空間です」

それに、いま描いているものは、少女の像だ。思い切り通俗な説明をつけるなら、仮死状態にある妖精の絵だ。あの絵やエスキースを見せると、あらぬ疑いをかけられることになる。ここはどうしたって拒まねばならなかった。

刑事は言った。

「何かまずいものでも？」

「何もありません。仕事をしているだけです」

赤木が、刑事のうしろで言った。

「ちょっとだけ、見せてやったらどうだ？　描きかけの絵とか、スケッチとかをさ」

「誰にも見せたくない。そういうものなんですよ」

刑事が言った。

「出直すことになりますが」

「そうしてください。何度来たって同じだけど」

若いほうの刑事が、口を開いた。

「そうなると、つぎは捜査令状をとって、ということになります」

「勝手にしてください。どうしてもって言うんでないかぎりは、仕事場に他人を入れるわけにはゆかないんだ」

赤木が言った。

「このあいだは、上げたじゃないか」

「居間に通しただけです。あの日だって仕事場には入れてない」

「な、おれからも頼む。ほんの三分かそこらで、妙な勘繰りが消えたら儲《もう》けものだ」

「だめですね」

年配の刑事が、肩をすくめて言った。

「では、のちほど、きちんと手続きをとってやってきますよ。おおごとになりますが」

ふたりが消えたあと、ぼくは庭に出て斧を取り上げ、手近の薪に思い切り強くたたきこんだ。嫌疑がかけられていると、そのことだけで腹立たしかった。それも、根拠があるわけでもなく、ぼくが絵描きだというだけの理由で。

刑事が言う「のちほど」と言うのが、どれほどの時間なのかわからなかった。数時間後なのか、それとも明日なのか。ぼくは努めて冷静になって考えてみようとした。

ぼくの容疑が濃厚ということであれば、まず任意同行の事情聴取ということになるのではないだろうか。それを求められなかったということは、つまりはまださほど強い容疑がかかっているわけではないのだ。刑事たちは聞き込みの途中でモデルの話を耳にして、とくに目算もなしに、とりあえずぼくの山荘へと駆けつけた、ということなのではないか。となれば、のちほどというのは、きょう今晩ということではありえまい。

どうであれ、この地に移り住んで半年あまり、ぼくが感じてきた一連の不可解なできごとの共通項が、やっとはっきり、疑いようもないほどに明白なものになってきたような気がした。長瀬の件、そしてこんどの中学生の一件。

それにしても、事件は解決したほうがいいのか。それとも、永久に謎に閉ざされていたほうがいいのか。

自分がこの土地で得てきた生活の魅力を考えるのなら、謎は謎のままであったほうがいい。とはいえ、余計な事件の嫌疑がぼくにかかるなら、事件は解決してもらうしかない。ぼくは自分が、かなり深刻なジレンマを抱えたことに気づいた。自分が事情聴取を受けることになったら、ぼくは自分の嫌疑を晴らすために、円城の性癖やら夫人の趣味やらぼくら夫婦との関係やらを、かなりの程度に明かさざるをえないのだ。それは、あまり望ましいことではなく、品のいいことでもなかった。

　ふと思いついたことがある。

　アルファ・メイル。自分がアルファ・メイルとなる。

　円城がいなくなれば、自分が繰り上がる？

　ぼくは自分が想像したことに自分で驚き、あわててこれを打ち消した。

　仕事を再開しようとしたが、なかなか気分が鎮《しず》まらなかった。ぼくはキッチンにおりてワインの瓶を収納庫からひっぱり出した。

　そのときはもう夕刻だったが、久美はまだ帰っていない。ぼくがまた不規則な生活に入っているせいで、多少は気をつかっているのだろう。それとも、単に勝手をやっているだけか。その時刻、行っているとすれば、円城のコテージ以外には考えられなかったが。

　仕事場でワインの瓶を半分ほど空け、少しうとうとしてから、午後の九時すぎに階下に下りた。久美はまだ帰っていなかった。

　この時刻まで警察もきていないとなると、強制捜査とか出頭命令とかは、まちがいなく明日の朝以降になるだろう。

　落ちつかない気分に不安が重なった。

　ぼくはジャケットを着こむと、ブーツをはいて外に出た。

　夜空は晴れており、月が出ていると思えるだけの明るさがあった。しかし首をめぐらしてみても月は見当たらなかった。ちょうど南側の木立の陰になっていたのだろう。空気はパリパリと音がするほどに冷えきっており、息を吸い込むとたちまち肺が苦しくなった。少し風があり、周囲の木立がときおり風に揺れてひゅうひゅうと唸った。

ぼくは庭を出ると牧草地を抜け、西の稜線上の小道へと出た。懐中電灯は持たなかったが、このあたりはすっかり慣れた散歩道だった。わずかな月明かりだけで進んでゆくことができた。

円城の農園へと下る分岐のところまできて、ぼくは足をとめた。うしろでカサカサいう音が聞こえたような気がしたのだ。木の枝がざわついたような音も聞こえた。

またあの動物が近くにいるのか？　それとも風か。

耳をすましたが、それ以上物音は聞こえなかった。たぶん風だったのだろうと、ぼくは判断して道を下り始めた。

木立を抜け、葡萄畑の上端までくると、円城のコテージの窓明かりが見えた。庭の常夜灯のせいで、コテージ全体も夜の谷あいに浮かびあがっている。

ぼくは斜面の左手に目を向けた。目をこらすと、やがて暗闇の中に廃墟のシルエットが見えてきた。周囲の木々の葉が落ちたせいで、廃墟は以前よりも大きく見え、輪郭をはっきりさせている。

ぼくは小道を下り、斜面を等高線に沿って延びる円弧状の遊歩道へと出た。この小道を左手に巻いてゆけば、廃墟に出るのだ。歩いていると、また背後で物音が聞こえた。谷の中で動物たちがうごめいているのだろうと思った。

廃墟の前に出てから、横にまわりこみ、かつて夫人に教えられた隙間へ体を入れてみた。夜目に、白いものが浮かび上がった。ぼくはライターを取り出して点火した。小さな炎だったが、そこにあるものをたしかめるには十分だった。隙間の石の上に、ひとが横たわっているのだ。全裸の少女だった。脚を伸ばし、両手を胸の前で合わせていた。見たときは、驚きも衝撃もなかった。その場にはそれがあるだろうという確信があった。この情景を想像して、ぼくは簡単にスケッチさえしてみたのだ。そのスケッチそのままのものが、いまここに現出している。

少女が死んでいることは明白だった。それを疑わねばならぬ理由は、なにひとつなかった。しかし、まだ腐敗は始まってはおらず、その白い肌のどこにも死斑《しはん》は現れていない。少女は蠟細工《ろうざいく》さながらの透き通るような白さで、廃墟の隙間の闇に浮かびあがっているのだった。

ミレーの『オフィーリア』。

美しい水死体。まるでセックスのあとの仮死状態にも似た――。

うしろで物音がした。ひとがいる。それも、ふたり？　すぐそばだ。

ぼくはライターを消して振り返った。とたんに顔にライトを浴びせられた。ぼくは目を手でおおい、誰がいるのかたしかめようとした。

聞こえてきたのは、赤木の声だった。

「やっぱり、こういうことだったのか」

誰かがぼくを突き飛ばし、脇をすり抜けた。ぼくはよろめいて石の壁に倒れかかった。

「ああ」と、ぼくのうしろにまわった男が悲痛な呻《うめ》き声をもらした。「アサミ――」

彼女の父親か。

目が慣れた。赤木はぼくに散弾銃を向けている。べつのひとりが、懐中電灯をぼくの顔に向けていた。三人はたぶん稜線のあたりからついてきたのだろう。いや、そもそも今夜、ぼくは監視されていたのか？

父親がぼくのうしろで言った。

「赤木さん、その鉄砲を貸してくれ。おれがこいつを殺してやる」

ぼくは両手を挙げて叫んでいた。

「待ってくれ。誤解だ。かんちがいだ」

赤木が言った。

「何を誤解してるって言うんだ？」

「ぼくがやったんじゃない。ぼくが殺したんじゃない」

「じゃあ、誰だ？」

答につまると、また父親が言った。

「貸してくれ。鉄砲、貸してくれ」

ぼくは必死で言った。

「ほんとうだ。ぼくじゃない。信じてくれ」

父親が言った。

「赤木さん、かまわんから撃ってくれ。こいつを、ここで撃ってくれ」

赤木が銃をかまえたまま一歩前に出てきた。

ぼくはあとじさった。赤木の行為がただの脅しとは思えなかった。そうでなければ、あえて散弾銃を用意しはしまい。赤木は使うつもりでいるのだ。

ぼくはとうとうそのことを口にしていた。ぼくもその一員となった一族のトップを売る言葉。アルファ・メイルに背く言葉を。

「ちがう。円城です。円城正晴だ。長瀬も、この女の子も、殺したのは円城だ」

赤木はぼくの眼前に銃口を突きつけて訊いた。

「ふたりとも?」

「そうだ。ぼくじゃないんだ」

「長瀬は、何か動物がらみの事故だ」

動転していたぼくは、ついにあの事実まで口にしていた。口にすれば、ぼくが病気だと思われかねないことを。

「そうだ。彼は狼なんだ。ときどき狼になるんだ。全部、狼男のやったことなんだ」

それが、逮捕された夜のことだ。

さあ、ぼくは洗いざらい話した。あとはあんたたちが、ふたつの殺人事件を徹底的に調べてくれたらいい。何の先入観も偏見も持たずに調べてくれたなら、ぼくの言っていることが真実だとわかるはずだ。ぼくが無実だと知るはずだ。

# 第三部

守谷の逮捕から一年半がすぎた。

彼が起訴されたのは、女子中学生の殺人の一件についてだけだ。長瀬の死については、守谷は罪を問われてはいない。

中学生の殺人事件についても守谷自身は否認したままだ。弁護側は守谷の精神鑑定を求めており、いま裁判はその鑑定の結果待ちというところにある。心神耗弱《こうじゃく》が認められる可能性はせいぜい三割というのが、おおかたの見方だ。耗弱が認められなかった場合、たぶん最低でも懲役十二年ぐらいの刑となるだろうという。弁護側はその場合すぐ控訴するだろうから、裁判は向こう十年近くも続くことになりそうだった。

守谷が起訴されたあとに、わたしは守谷と離婚した。わたしのほうから弁護士を通じて申し入れたのだ。守谷の返答はあっけないものだった。弁護士が伝えるところによれば、そうですか、はい、とふたこと言っただけだったという。手続きは拍子抜けするくらいに簡単にすんだ。

守谷の逮捕以降の日々を、わたしは円城の農園にこもって過ごした。あの小さな谷は、マスコミや物見高い野次馬からしっかりと守られていたし、なによりそこには円城夫妻の支えがあった。これ以上の逃避先、隠れ場所はなかった。おかげでわたしは、いいや、わたしたちは、心配していたメディアによるもみくちゃをやりすごすことができたのだった。

円城は事件について、短く言葉を口にしただけだ。

「守谷くんは、気の毒だったな」

無実を信じるとか、魔がさしたんだろうとか、月並みな感想はもらさなかった。逮捕という事実を静かに受け入れ、その境遇に同情した。それですべてだった。

離婚と同時に、わたしは山荘を引き払った。守谷の仕事道具や資料のたぐいは、彼の生家が指示する倉庫会社へ送った。その荷物はそれからまた、ゴミの焼却場にでも転送されたのではないかと思う。

わたしはそのまま、円城正晴のコテージに居ついてしまった。コテージの屋根裏に円城がひとつ部屋を与えてくれたのだ。部屋にはわたしのための小さなベッドがあるが、もちろんわたしがそのベッドを使うのは、月のうちせいぜい五、六日程度でしかない。わたしたち三人は、たいがい円城正晴の巨大なベッドの上で一緒に眠るのだ。

三人の暮らしは、とてもうまくいっている。ちょうど小さな洞窟《どうくつ》で、三匹の哺乳類《ほにゅうるい》の家族が暮らしているような感じだ。ぴったりと身体をくっつけ、体毛を重ねあわせ、互いの体温を感じながら充足して生きているようだ。強い牡《おす》の庇護《ひご》のもとで、ややこしい感情のゆきちがいなど一切受け入れずに、完璧《かんぺき》なファミリーとしてぬくぬくする生活。こうなることは自然だった。わたしたちは、こうなるべきだった。

昨日のことだ。

わたしたち三人は連れ立って散歩に出た。さわさわと風が木立を揺らす晴れた午後で、素晴らしい散歩日和だった。六月の陽光が、わたしたち三人を祝福していた。

わたしたちは円城を真ん中に、わたしと恭子さんが円城をはさみこむように身体を寄せて歩いていた。農園の奥の斜面を突っ切って、稜線《りょうせん》の上の小道へと出たとき、ふいにひと組の男女と出くわした。二十代の、若夫婦と見えるカップルだった。わたしと恭子さんは、円城にもたれかかるのをやめて、まっすぐに立った。

チェックのシャツを着た男が言った。

「もしかして、円城さんですか?」

円城が言った。

「そうです。あなたがたは?」

「あっちの山荘に越してきたんです」男は名字を名乗って言った。「近いうちにごあいさつにうかがうつもりでした。これは、家内です」

若い女性のほうが、愛くるしい笑顔であいさつしてきた。彼女はまだ二十代前半だ。二十一、二かもしれない。色白で、まだ幼さの残るふっくらした頰《ほお》をしていた。

円城はわたしたちを紹介した。

「ぼくの娘たちです」

わたしたちもそのカップルにあいさつした。

幼い奥さんのほうは、なんとなくわたしたち三人の関係に興味をひかれたようだった。三人を見較べるとき、目には好奇心にあふれた輝きがあった。

夫妻は、ご主人のカヌーづくりの趣味のために横浜から北海道に移ってきたのだという。サラリーマンをやめ、この地でカヌー工房を作る計画とのことだった。

「いい山荘を見つけたんで、思い切って」とご主人は言った。「ご存じですよね。三角屋根の」

円城が言った。

「よく知っていますよ。以前、友人もすんでいた」

「なにやら、よくない噂《うわさ》もあるって聞きましたけど、ほんとうなんでしょうかね」

「べつに。気にするようなことじゃありません」

幼い奥さんが言った。

「わたし、こっちへ移ってきたら、どんなお友だちができるのか心配で、はじめは反対していたんです。こちらにもいいひとたちがいるといいんですけど」

円城が言った。

「わたしたちがそうかはともかく、わたしたちも、いい隣人を待ち望んでましたよ」

また少し、土地の事情について円城と男が言葉を交わした。そのやりとりのあいだじゅう、夫人のほうはわたしたち三人を交互に見つめていた。

男が言った。

「それじゃあ、近々また」

「それじゃあ」と円城。

ふたりは山荘のほうへと小道を歩いていった。

円城は、ふたりを見送りながら言った。

「近々、招待しよう」

恭子さんが言った。

「あらあら、もう目をつけたの」

円城が言った。

「新しい隣人ができたんだ。当然のことじゃないか」

「すっかり自信をつけたみたいね」

「何のことを言ってるんだい？」

「すっかり味をしめたと言ったほうがいいのかな？」

「よしてくれ。大人をからかうな」

愉快そうに言いながら、円城はわたしに笑みを向けてきた。同意を求める笑みだった。きみもそれを望んでいるだろうと。それを拒んだりはしないだろうと。円城のくちもとがほころんだ。

そのときわたしは一瞬、円城の口もとに、伸びた犬歯を見たような気がした。

円城には、もともとそんな立派な犬歯が生えていたろうか。確信を持って言えなかった。

あったような気もするし、なかったような気もする。

わたしは言った。

「楽しみですね。ご主人が、うんと強い精神の持ち主ならなおいいけど」

円城は、なぜかじつに満足げな、自信に満ちた表情で言った。

「そのときはそのときじゃないか。どうにでも解決はつくさ。ぼくらはすでに、このとおり素晴らしい解決を手に入れてるんだし」

こんどは見まちがえではなかった。円城の口には、たしかに犬歯がはえていた。牙《きば》と呼んでもよいくらいの、長く鋭い犬歯だ。

円城正晴は狼《おおかみ》だ――。

ふいに守谷の言葉がよみがえった。

彼には狼の血がまじっているんだ――。

そうかもしれない。ありえないこととは思うけれど、でも、もしそれがほんとうだとして、なんだっていうのだろう。

円城正晴には、牙がある。狼かもしれない。

でもわたしには、そのことを気にしなければならない理由など、なにひとつない。

# 解説

若竹七海

大学を出て一年あまりたった頃、勤め先がなくなって貧乏になった。ひとり暮らしだったから、アルバイト収入のほとんどが家賃と光熱費と食費に消えて、新刊本を買うなんてとんでもない贅沢《ぜいたく》、古本だってめったに買えない。なにしろ朝早く起きて公園に行って髪を洗い、野蒜《のびる》を引っこ抜いてきてお粥《かゆ》に入れて食いつないでいたくらいだったのだから。

そんなある日、家の近くの古本屋の前を通りかかると、なにか引力のようなものを感じた。読書好きで本屋や古本屋をのぞくのがなにより好きだ、というひとにはわかってもらえるだろう。たまに本が自ら強い引力を発して、読者を招くことがある。呼ばれるままにこれまで聞いたこともない作家の、聞いたこともない本を手に取る。すると、たいていその本は、一生忘れることのできない体験をもたらしてくれるのだ。

わたしはふらふらと古本屋に近づいた。店頭のワゴンの上に一冊の白い本が載っていた。呼んだのはこの本だ、とすぐにわかった。タイトルは『真夜中の遠い彼方』、裏表紙に鉛筆で走り書かれた価格は三百円だった。

そのときの所持金は千円あまりで、次のバイト代をもらえるまで五日あった。三百円はあまりにも痛い。それでも立ち去りかねて、本をぱらぱらとめくった。短くリズミカルな、淡々《たんたん》としていながら熱い文章が、目に、というより脳髄《のうずい》に、一気に流れ込んできた。置いて帰るわけにはいかなかった。

これが、佐々木譲さんの作品との最初の出会いである。古本屋で買った、なんて作者にとっては全然嬉しくないだろうし、失礼でもあるけれど、飢え死に覚悟だったということでお許しいただきたい。それから五日間、わたしはパンの耳をかじりながら『真夜中の遠い彼方』を読み、至福の時間を過ごした。繰り返し繰り返し、いったい何度読んだことだろう。

その後、『ベルリン飛行指令』が巷間たいそうもてはやされていると知り、出たばかりのバイト代で今度は（ちゃんと）新刊本を買い、読んでまたまた感動し、以後、青春小説やバイク小説、『ベルリン〜』などの第二次大戦ものといわれる小説など、佐々木作品を次から次へと読みあさり、どっぷりつかっていくことになるわけだけれども、正直な話、その多彩な作品群のなかにホラーがあると知ったときには、かなりの違和感を覚えた。

というのも、わたしは佐々木作品の短いセンテンス、乾いた描写、もったいぶったところのない端的なセリフといった文章に、魅了されていた。例えば『エトロフ発緊急電』など、ウエットに描かれていたらどうしようもなく甘ったるいメロドラマになりかねなかっただろう。あの乾いた文章で表現されたからこそ、主人公のやりきれない閉塞《へいそく》感やヒロインのぎりぎりの心情が、かえって切実にこちらの胸に届いたのだ。

とはいえ、その短く乾いたハードボイルドな文体でホラー……うーん。

ホラーはもっとどろどろして、べったり湿った文章で作る世界じゃないのかなあ、などと思ってしまったがために、傑作だという評価を耳にしながらも、わたしは『死の色の封印』や『そばにはいつもエンジェル』といったホラー作品になかなか手をつけられずにいた。まったく、こういった思いこみや偏見ほど無意味に世界を狭くするものはない。ずいぶんたってからおそるおそる読んでみて、わたしは自分で自分を罵った。

これまで読まずにいたなんて、このバカ。ものすごい佳作ぞろいじゃないの！

ことに『牙のある時間』は、傑作と呼ぶにふさわしい、みごとな恐怖小説なのである。


「ものごとがいったん荒々しい結末を迎えた日のことを、いまでもよく覚えている。」

という印象的な文で、物語は幕を開ける。

幻想的な画風で脚光を浴びつつあった画家・守谷順一と、地味な舞台女優である久美の若い夫婦は、北海道の小さな町へ移り住む。ふたりはその地で果樹園を営んでいる円城という夫婦と知り合い、久美は円城に、守谷は円城夫人にひかれ、二組の夫婦は次第に関係を深めていく。その関係はやがて、町の少女が果樹園の中で、守谷の愛した絵画そのままの姿の死体となって見つかるという〈荒々しい結末を迎え〉る……。

この顚末を、妻の目からと夫の目から、ふたつの視点で物語は描かれている。双方とも一人称だし、心情がかなりストレートに盛り込まれ、あまり乾いた感じはしない。だが、行為を淡々と描いていく手法はそのままだ。本書にはかなり激しい性描写があるが、さほど官能的に感じられないのはそのためではないか。

しかし、ふたつの視点がひとつの事件を物語る構成をとったことで、この淡々とした文章が、かえって恐怖をそそっている。

この作品の構成には、誰もが『藪の中』を思い浮かべると思う。妻と夫、それぞれの申し立てていることがある部分では重なり、ある部分では異なっている。読者は妻の側にたって事件の全容を眺める。そしてまた、夫の側になって事件を見つめ直す。そうすることで、光の当て方次第でいくつもの影ができるように、事件がいくつもの解釈を持ち得ることに気づかされる。

（注意！　ここから先、本書の重要な内容に触れている箇所があります。まずは作品を堪能してからお読みください）

例えば、会話の再現にしても、守谷の記憶によるものと、久美の記憶にあるものとでは、精密さや詳しさが段違いだ。守谷は円城の体臭に犬の臭いを感じているが、久美はそれを「守谷の妄想《もうそう》」であると片づけている。また、二組の夫婦がホットタブで混浴するという久美の記憶も、守谷の記憶の中では、そのものずばりの乱交シーンになっている。

さらに久美によれば、守谷順一には小動物を殺すという、やがては少女を殺すことへの伏線とも受け取れる性癖があるのだが、守谷自身の口からはその性癖への言及がない。

通して読めば、誰でもがまずはひとつの結論にたどり着くことだろう。すなわち、円城は狼男であり、少女を殺した真犯人で、守谷はその罪をかぶせられたにすぎない、という結論である。町で起こった数々の事件――女性が暴行されかけ、円城に襲われたと名指したが、傷が獣によるものだったために無実となったという事件、女子高校生の行方不明、ふたつの夫婦にしつこくつきまとっていたカメラマンの死、それらはすべて、狼の血を抑え切れなかった円城によるもの。そして、守谷に少女殺しの罪をかぶせたのは、「うれしいが、でもいずれ彼は、ぼくの地位を狙うようになる気がする。リーダーの座につきたいと、ぼくの排除にかかるようになる気がする」（二一四頁）という、久美が聞いた円城の言葉に表されているように、四人の男女というひとつの群れのリーダーの座を守るため、つまり守谷を排除するためだったのではないか、という結論を得ることだろう。わたしもいったんは、物語はそう終息したものだと思いこんだ。

しかし、もう一度読み返してみて、疑問を覚えた。円城はなるほど人狼で、数々の事件を起こしたのだろう。だが、守谷ははたして本当に無実なのだろうか。猫を殺して東京を追われた守谷は、町に来て円城夫妻と関わりあううちに再び小動物を――久美の記述を信じるなら――殺している。カメラマンの死の時期、これまた久美の記述を信じるなら、守谷の衣服には血がついている。また、守谷は円城にこうも言われている。
「数世紀にわたって遺伝子の組み合わせが純化されてくれば、ちがう種類の人間ができる。ぼくらとあの連中とは、そもそもの血がちがうんだ」（二四六頁）
「ぼくらは共通の血を持っている」（二六〇頁）
この言葉を字句通りとらえるなら、守谷も円城と同じく人狼ということになる。彼らに共通する暴力衝動も、守谷が久美の気づかない体臭をかぎ分けたのも、すべて狼の血のなせるわざだったとしたら、少女を殺したのは守谷であり、当人にはその記憶が——小動物のときと同じく——ないとしても、不思議ではない。
だが、守谷自身が真犯人だった、とする仮説は久美の記憶によるところが大きい。ところで久美はいったい誰に、なんの目的で物語っているのか。守谷は自己の無実を証明するために、いきさつを話している。では、久美はなぜ話すのか。守谷の犯行説を裏づけるため？　それともただ自分の身に起きたことを、正直に振り返っているだけなのか？
本書が優れた恐怖小説である理由は、日本の風土に西洋恐怖小説の題材をみごとに移植し料理した手腕だけではなく、こういった、謎めいた人の心の深淵を覗き込ませているところにあると、わたしは思う。人間は孤独だ。同じ場所にいて同じ体験をしても、感じること思うこと、記憶に残ることは異なっている。その孤独は、身体をつなぎあわせたところで埋められるものではない。人里離れた寂しい土地にあって、自己の孤独と向き合いたくないばかりに、守谷は罠と気づきながらも円城夫婦との縁を切ることができず、久美は支配されることを望み、ひょっとすると自己の記憶すら塗り替えていったのではないか、そんな風に感じるのは、うがちすぎた見方だろうか。

本書は一度ではなく、二度三度と読み直してみることをお薦めする。味わえば味わうほど、見えてくる闇は深く、そして濃い。

（わかたけ・ななみ／作家）

本書は一九九八年八月、マガジンハウスより刊行されました。

ハルキ文庫

さ 9-1

牙《きば》のある時間《じかん》

著者 佐々木《ささき》 譲《じょう》

2000年7月18日第 一 刷発行
2011年5月18日第十七刷発行

発行者 角川春樹

発行所 株式会社角川春樹事務所
〒102-0074 東京都千代田区九段南2-1-30 イタリア文化会館

電話 03(3263)5247(編集)
03(3263)5881(営業)

印刷・製本 中央精版印刷株式会社

フォーマット・デザイン 芦澤泰偉
表紙イラストレーション 門坂 流



ISBN4-89456-718-0 C0193

ハルキ文庫 小説

| | |
|---|---|
| 高木彬光 | 刺青殺人事件 |
| 高木彬光 | 人形はなぜ殺される |
| 高木彬光 | 成吉思汗《ジンギスカン》の秘密 |
| 赤江 瀑 | オイディプスの刃 |
| 佐野 洋 | 直線大外強襲 |
| 佐野 洋 | 跳んだ落ちた |
| 東 直己 | 待っていた女・渇き |
| 東 直己 | 沈黙の橋《サイレント・ブリッジ》 |
| 内山安雄 | 上海トラップ |
| 内山安雄 | マニラ・パラダイス |
| 太田忠司 | 歪んだ素描 探偵藤森涼子の事件簿 |
| 太田忠司 | 暗闇への祈り 探偵藤森涼子の事件簿 |
| 龍 一京 | 殺人権力 刑事 多岐川恭介 書き下ろし |
| 龍 一京 | 地獄のマリア 刑事 多岐川恭介❷ 書き下ろし |
| 宮城賢秀 | 隠密助太刀稼業 書き下ろし |
| 宮城賢秀 | 幕末志士伝 赤報隊 上 下 |
| 佐伯泰英 | 異《い》風《ひゅ》者《もん》 書き下ろし |
| 佐伯泰英 | ピカソ 青の時代の殺人 |
| 佐伯泰英 | ゲルニカに死す |
| 祐未みらの | 緋の風《スカーレット・ウインド》 |
| 矢島 誠 | 双曲線上の殺人 |
| 矢島 誠 | 「北斗星」0文字の殺人 |
| 新津きよみ | 二重証言 |
| 新津きよみ | 血を吸う夫 |
| 新津きよみ | 同姓同名 書き下ろし |
| 新津きよみ | 安曇野殺人紀行 |
| 新津きよみ | 結婚紹介殺人事件 |
| 小森健太朗 | ローウェル城の密室 |
| 小森健太朗 | コミケ殺人事件 |
| 蕪木統文 | 始皇帝復活 書き下ろし |
| 竹河 聖 | 月のない夜に |
| 司城志朗 | 気の長い密室 |